Ullstein

ÜBER DAS BUCH:

Eine junge Schwarze taucht in Paris auf mit Informationen über Robert Henry Carey, den amerikanischen Agenten, der zu den Russen übergelaufen war. Nun will er das Lager abermals wechseln und hat brisantes Material in der Tasche, für das sich eine Reihe von Leuten interessiert: John Dorey, Angestellter der amerikanischen Botschaft, Janine Daulney, die schöne Doppelagentin, und Mr. Radnitz, der einflußreiche Geschäftsmann. Nicht zu vergessen die diversen Berufsagenten, die bei diesem Spielchen kräftig mitmischen. Eine erbarmungslose Jagd beginnt ...

DER AUTOR:

Der Engländer James Hadley Chase, eigentlich René Brabazon Raymond, ist der unumstrittene König des harten Thrillers. Bis zu seinem Tode 1985 veröffentlichte Chase etwa 85 Romane, die weltweit eine Auflage von mehr als 20 Mio. Exemplaren erreichten. Rund 20 davon wurden verfilmt und etwa ein Dutzend zu Bühnenstücken verarbeitet.

James Hadley Chase

Nach Gebrauch vernichten

Aus dem Englischen von
Bodo Baumann und Armin G. Müller

Ullstein

Kriminalroman
Ullstein Buch Nr. 10749
im Verlag Ullstein GmbH,
Frankfurt/M – Berlin
Titel der englischen
Originalausgabe:
This is for real

Neuauflage der deutschen
Originalausgabe

Umschlaggestaltung:
Theodor Bayer-Eynck
Illustration:
Agentur Irmeli Holmberg

Printed in Germany 1993
Gesamtherstellung:
Ebner Ulm
ISBN 3 548 10749 4

Februar 1994
Gedruckt auf alterungs-
beständigem Papier mit
chlorfrei gebleichtem Zellstoff

Vom selben Autor
in der Reihe
der Ullstein Bücher:

Was steckt hinterm Feigenblatt? (10197)
Jagt den Killer (10240)
Zahltag (10331)
Das Fleisch der Orchidee (10386)
Lotosblüten für Miss Quon/Einen Kopf kürzer/Ein Double für die Falle *Dreifachband* (10397)
An einem Freitag um halb zwölf . . . (10430)
Dumme sterben nicht aus (10501)
Die anderen sind tot (10607)
Nicht mein Bier (10623)
Ängstlich sind die Schuldigen (10637)
Ein Grab für zwei (10648)
Er schwieg bis zuletzt (10671)
Mord am Canal Grande (10678)
Sareks Sore (10687)
Die Kanaille (10696)
Miss Callaghan muß Trauer tragen (10711)
Blondine unter Banditen (10721)
Ich lache zuletzt (10729)
Mach mir den Pelz nicht naß (10735)
Einmal zuviel geheiratet (10740)
Man muß für alles zahlen (10745)
Eva (30173)
Hallo, ist da jemand? (40075)

Die Deutsche Bibliothek –
CIP-Einheitsaufnahme

Chase, James Hadley:
Nach Gebrauch vernichten / James
Hadley Chase. Aus dem Engl. von Bodo
Baumann und Armin G. Müller. –
Neuaufl. der dt. Orig.-Ausg. –
Frankfurt/M; Berlin: Ullstein, 1994
(Ullstein-Buch; Nr. 10749:
Kriminalroman)
ISBN 3-548-10749-4
NE: GT

1

Die beiden Amerikaner saßen an einem Ecktisch, weit weg von den Journalisten, die sich um die Theke in der *Paris Crillon Bar* drängten. Der eine war ältlich, hatte ein Gesicht wie ein Vogel, trug eine randlose Brille und einen sauber gebügelten dunklen Anzug. Er hieß John Dorey. Dorey hatte irgendeinen bescheidenen Posten an der amerikanischen Botschaft inne.

Sein Tischpartner hieß Harry Rossland, war Ende Vierzig, groß, füllig und trug einen ausgebeulten Tweedanzug und staubige derbe Halbschuhe. Rossland lebte schon so lange in Paris, daß er zu einem festen Bestandteil der Stadt geworden war. Er schrieb Artikel über moderne Kunst und schien damit sein Leben zu fristen. Er galt als harmlose Null.

Die beiden Männer unterhielten sich halblaut. Rossland trank Whisky mit Eis, Dorey Tomatensaft.

Niemand konnte an ihren Gesichtern ablesen, ob sie sich nun über etwas Wichtiges oder über Belanglosigkeiten unterhielten.

»Das ist alles«, sagte Dorey. »Kann was dran sein – oder auch nicht. Ich möchte, daß du das übernimmst, Harry. Es bleibt unter uns, solange ich keine Klarheit habe, ob sie wirklich was zu bieten hat oder uns nur zum Narren hält.«

Rossland ließ die Eiswürfel in seinem leeren Glas klingeln. »Ich erledige nie etwas persönlich. Das solltest du inzwischen wissen. Aber ich werde einen von den Jungs beauftragen, wenn dir das recht ist. Er wird dreißig Dollar für seine Mühe berechnen.«

»Dreißig Dollar ist die Sache nicht wert«, knurrte Dorey. Er trennte sich nicht gern von Geld. »Er soll sich nur mit dieser Dame verabreden und herausfinden, was sie zu verkaufen hat. Wenn die Sache interessant ist, wird er natürlich dafür bezahlt.«

Rossland winkte einem Kellner und schwenkte sein leeres Glas in der Luft. Er wußte, daß Dorey für ihn mitbezahlen würde, und er war durstig. Sie schwiegen, bis der Ober ein neues Glas Whisky mit Eis serviert hatte. Rossland blickte ihm nach und sagte: »Entweder dreißig Piepen, oder aus der Sache wird nichts. Schließlich könnte es auch eine Falle sein. Hast du schon an diese Möglichkeit gedacht? Vielleicht hat Warley die Nase voll von dir und deinen Arbeitsmethoden, Dorey. Ich will zwar den Teufel nicht an die Wand malen, aber du hast so eine Art, Dinge selbstherrlich zu entscheiden. Diese Frau könnte ja von Warley beauftragt sein. Vielleicht möchte er dir eine Falle stellen, damit er dich nach Hause schicken kann.«

Dorey hatte schon an diese Möglichkeit gedacht, war jedoch überzeugt, daß Warley über solche Methoden erhaben war. In gewisser Hinsicht wäre es Dorey sogar recht gewesen, daß Warley ihn ernst genug nahm, um ihm eine Falle zu stellen.

»Also gut. Dreißig Dollar, aber keinen Dollar mehr«, murmelte Dorey. »Um Warley brauchst du dir keine Kopfschmerzen zu machen. Als neuer Besen ist er viel zu beschäftigt, um sich um meine Angelegenheiten zu kümmern.« Er schwieg einen Augenblick und fuhr dann fort: »Ich verlange pünktliche Erledigung, Harry. Wenn diese Dame wirklich was Interessantes zu verkaufen hat – obwohl ich das bezweifle –, bietet sie es vielleicht den anderen an.«

Rossland mußte grinsen. Er wußte, daß Dorey in ständiger Angst vor den Russen lebte.

»Gib mir das Geld, und du wirst dich über mangelnden Eifer nicht zu beklagen haben.«

Dorey betrachtete das runde, feiste Gesicht seines Tischnachbarn. »Ich zweifle manchmal, Harry, ob du dir deiner Verantwortung bewußt bist, wenn du für mich arbeitest.«

Rossland lachte. »Bisher hab ich dich noch nie enttäuscht.«

»Für alles gibt es ein erstes Mal.«

»Nun laß bloß das Unken! Ich beauftrage einen meiner Jungs, die Dame zu besuchen, und gebe sofort Bescheid, wenn ich Näheres weiß.«

»Wen willst du beauftragen?« Doreys wasserhelle Augen sahen Rossland durch die randlosen Gläser neugierig an.

»Was kümmert dich das, solange der Auftrag erledigt wird?« Rossland leerte sein Glas.

Dorey zuckte die Achseln, winkte dem Kellner und zahlte. Die beiden standen auf. Während sie nebeneinander auf die Rue Boissy d'Anglas hinaustraten, schob Dorey eine kleine Rolle zerdrückter Banknoten in Rosslands linke Hand.

Rossland wartete, bis Dorey die Straße überquert hatte und mit raschen Schritten dem amerikanischen Botschaftsgebäude zustrebte. Dann wandte er sich nach rechts und schlenderte die Rue Faubourg St-Honoré hinunter.

Er summte leise vor sich hin und spielte von Zeit zu Zeit mit den Dollarscheinen in seiner Tasche.

An der Kreuzung, wo es zum Place Vendôme abging, wartete er ungeduldig, bis die Ampeln auf Rot schalteten. Ein Frosthauch wehte mit dem Aprilwind durch die Straßen, aber nach den beiden doppelten Whiskys störte Rossland die Gänsehaut nicht, die ihm über den fetten Rücken lief.

Als der Verkehr zum Stehen kam, überquerte er die Straße und setzte seinen Weg fort, bis er den Seiteneingang zur Bar des *Hotel Normandy* erreichte. Er schüttelte dem Barkeeper, den er schon seit Jahren kannte, die Hand, bestellte einen doppelten Whisky mit Eis und schlüpfte dann in die Telefonzelle. Er riegelte sich ein und wählte eine Nummer in Fontenoy. Den Hörer zwischen Wange und Schulter geklemmt, kramte er eine Packung Zigaretten aus der Tasche.

Eine Männerstimme fragte: »Allo?«

»Girland? Harry am Apparat.«

»Oh, zum Kuckuck! Hören Sie zu, Harry, ich bin gerade dringend beschäftigt. Können Sie mich vielleicht in ein paar Stunden noch mal anrufen?«

Rossland grinste. Er wußte, was Girland so sehr in Anspruch nahm.

»Da haben Sie leider Pech gehabt, mein Lieber«, antwortete er. »Schicken Sie sie nach Hause, wenn sie ein Zuhause hat. Das Pferd, für das wir unser letztes Hemd verwettet haben, ist zuletzt durchs Ziel gegangen.«

Girland fluchte leise, und Rossland grinste wieder ohne Mitgefühl.

»Geben Sie mir wenigstens eine Stunde Frist«, bettelte Girland.

»Wir treffen uns in einer Viertelstunde, Eingang Odéon Métro«, erwiderte Rossland mit fester Stimme und legte auf.

Er verließ die Telefonzelle und schlenderte zu seinem Barhocker. Während er die Hand nach seinem Glas ausstreckte, blickte er sich in dem elegant ausgestatteten Raum um. Drei oder vier Paare saßen an den Tischen und plauderten. Rossland streifte sie nur mit einem kurzen Blick. Doch dann blieben seine Augen einen Moment an einem jungen Mann hängen, der sich in den *France-Soir* vertiefte, ein volles Glas Pernod und eine Karaffe mit Wasser neben sich. Rosslands Blick schweifte sofort weiter, aber er hatte sich das Aussehen des jungen Mannes genau eingeprägt. Er war ungefähr zwanzig Jahre alt und trug einen billigen dunklen Ulster; sein kurzgeschorenes Haar war schwarz, und der Knebelbart unter dem Kinn ließ ihn jünger erscheinen, als er tatsächlich war. Dunkle Ringe lagen um seine Augen, und seine Haut sah blaß und ungesund aus. Er paßte nicht hierher, und Rosslands Mißtrauen wurde sofort wach.

Er trank sein Glas zur Hälfte leer, beugte sich dann vor und fragte den Barkeeper: »Der Junge dort drüben – ist der schon lange hier?«

»Kam sofort nach Ihnen, Mr. Rossland.«

Rossland drückte seine Zigarette aus. Jahrelange Erfahrung hatte ihn gelehrt, allen Leuten zu mißtrauen, die nicht zu ihrer Umgebung paßten. Und dieser junge Mann gehörte ganz und gar nicht hierher. Rossland trank sein Glas aus und zahlte.

Er schüttelte dem Barkeeper wieder die Hand, murmelte etwas über das unfreundliche Wetter und schlenderte dann in die Hotelhalle hinüber. Er verließ das Gebäude durch den Haupteingang, blieb am Rande des Bordsteins stehen, um drei Autos passieren zu lassen, überquerte dann die Straße und wandte sich der U-Bahn-Station Palais Royal zu. An der nächsten Kreuzung mußte er wieder warten, bis der Verkehr in die Rue de Rivola abfloß. Er nützte die Gelegenheit, einen kleinen Spiegel aus der Tasche zu ziehen, und hielt ihn halb verborgen in seiner breiten, haarigen Hand, bis er den jungen Mann aus der Bar darin erblickte. Er wartete ebenfalls hinter ihm, um eine Seitenstraße überqueren zu können.

Rossland schob den Spiegel nachdenklich wieder in die Tasche. Dorey hatte von anderen Interessenten gesprochen. Vielleicht war dieser bärtige junge Mann nur ein harmloser Bursche, der zufällig seinen Weg kreuzte. Aber Rossland war viel zu erfahren, um sein Handeln durch Zufälle bestimmen zu lassen. Er ging über die Straße und die Treppe zur U-Bahn-Station hinunter, kaufte sich eine Fahrkarte und schlenderte dann langsam auf den Bahnsteig hinaus. Wenn er zum Odéon fahren wollte, mußte er in Châtelet umsteigen. Rossland widerstand der Versuchung, sich umzublicken, als der Zug neben dem Bahnsteig hielt. In Châtelet wartete er, bis die Türen sich wieder schlossen, stieß sie dann mit seinen bärenstarken Armen wieder auf und zwängte sich hinaus auf den Bahnsteig. Die Türen sprangen fauchend hinter ihm zu, während der Zug langsam aus der Station glitt.

Rossland sah, wie der junge Mann sich die Nase an der

Türscheibe des folgenden Wagens plattdrückte. Gutgelaunt winkte Rossland ihm zu.

Mark Girland ließ den Hörer mißmutig auf die Gabel fallen.

Tessa – ihren Nachnamen hatte sie ihm noch nicht verraten – blickte ihn fragend an. Sie saß auf einem zusammenklappbaren Gartenstuhl, dem einzigen komfortablen Möbelstück, dessen Girland sich rühmen konnte.

Tessa war eine gutgebaute Blondine mit ovalem Gesicht, großen blauen Augen, hübsch geschnittenem Mund und einer zarten Nase. Sie mochte ungefähr vierundzwanzig Jahre alt sein und trug einen grünen Pullover mit dem Aufdruck *New York Herald Tribune* auf der Brust. Die lange Hose aus schwarzer Wolle umspannte hauteng ihre Hüften und die langen, wohlgeformten Beine.

Sie hatte Girland ihre letzte Zeitung auf dem Boulevard Brune unter die Nase gehalten. Die langen Beine und die Kornblumenaugen hatten ihn angezogen, und er hatte sie sofort mit seinem Charme überschüttet. Er hatte eine unbeschwerte, selbstsichere Art, mit Frauen umzugehen, und die Tatsache, daß sie beide aus den Staaten waren, beseitigte rasch die Schranken natürlicher Zurückhaltung. Sie tranken einen Whisky zusammen, und Girland fand das Mädchen amüsant und sexuell erregend. Als er bezahlte, sagte er in seiner gewohnten selbstsicheren Art: »Wäre schade, wenn wir uns jetzt Lebewohl sagten. Darf ich Sie in meine Wohnung einladen? Wir könnten den Abend gemeinsam verbringen.« Er strahlte sie an. »Wenn wir uns dann sympathisch finden, woran ich nicht zweifle, könnten wir auch die Nacht zusammen verbringen.«

Das Mädchen lachte. Sie war weder schockiert noch verlegen, und das gefiel ihm.

»Sie leiden nicht gerade an Minderwertigkeitskomplexen«, sagte sie. »Ich komme mit in Ihre Wohnung, aber weiter gehe ich nicht.« Sie betrachtete ihn aufmerksam und fügte dann hinzu: »Wahrscheinlich.«

Er wohnte in einem Ein-Zimmer-Apartment in der Rue de Suisses. Er ließ sie vorangehen, als sie die Treppe zum fünften Stock hinaufkletterten. Sie hatte das hübscheste Hinterteil, das er seit langem bei einer Frau gesehen hatte. Während er die Wohnungstür aufschloß, lehnte sie sich an die Wand, um Luft zu schöpfen.

Das Apartment war sehr geräumig und besaß zwei große Fenster, die auf die Dächer, die Schornsteine und den Antennenwald von Paris hinausgingen. Es war nur mit dem Allernötigsten ausgestattet: ein Doppelbett ragte in den Raum hinein; zwei Bänke flankierten einen wurmstichigen Eßtisch. Ein Küchenausguß zog sich unter dem Fensterbrett hin. An einer anderen Wand lehnte ein großer Radioapparat mit Plattenspieler. Zwei Gartenstühle mußten als Sessel herhalten. Ein Kleiderschrank und ein Regal, vollgestopft mit amerikanischen und französischen Taschenbüchern, rundeten das Inventar ab.

Das Mädchen blickte sich um, als Girland die Tür schloß und sich mit dem Rücken dagegen lehnte.

»Hübsch ist das hier«, rief sie. »Ich wohne dagegen in einem Spucknapf. Da können Sie aber froh sein, daß Sie so viel Platz haben!«

Girland schlenderte auf sie zu und legte ihr die Hände auf die Hüften. Sie sahen sich lächelnd an. Dann zog er sie an sich und küßte sie. Eine Weile blieben sie so, dann schob sie ihn von sich und setzte sich.

»Erzählen Sie von sich«, forderte sie ihn auf. »Was treiben Sie? Aber zuerst möchte ich eine Zigarette.«

Während Girland seine Taschen absuchte, läutete das Telefon. Rossland war am Apparat.

Als Girland wieder auflegte, sagte er: »Tut mir leid, aber ich muß weg. So ist das Leben. Ich weiß nicht, wann ich zurückkomme. Können Sie so lange bleiben? Dort sind Schallplatten und da Bücher. Machen Sie sich's bequem. Essen steht im Eisschrank. Es wäre ein angenehmer Gedanke, daß Sie zu Hause auf mich warten.«

»Ich weiß nicht, ob ich bleiben soll«, sagte sie, machte jedoch keine Anstalten aufzustehen. Sie sah ihn an und überlegte dabei, daß er gut aussah.

»Sie bleiben«, drängte er. »Ich bin nicht lange weg. Sie dürfen nicht gehen.«

»Also gut, ich bleibe.«

Er nickte, durchquerte den Raum und öffnete die Tür zum Bad. Er legte den Riegel von innen vor. Rechts neben der Duschkabine reichte ein Wandschrank bis zur Decke. Er öffnete die Tür und drückte auf eine verborgene Feder. Die Rückwand öffnete sich lautlos. Er griff in die Höhlung dahinter und zog ein Pistolenhalfter mit einer kleinen flachen Waffe heraus. Als er sein Jackett wieder anlegte, vergewisserte er sich, daß die Waffe unter der Achsel den Stoff nicht verräterisch ausbuchtete. Prüfend betrachtete er sich im Spiegel.

Girland war groß und dunkel, hatte ein hageres Gesicht mit dunklen, tiefliegenden Augen, energischem Mund und eckigem Kinn. Ein paar graue Haare an den Schläfen verleiteten dazu, ihn ein paar Jahre älter zu schätzen, als er wirklich war: nämlich fünfunddreißig.

Er fuhr sich mit dem Kamm durchs Haar und drückte dann auf den Knopf der Toilettenspülung.

Als er die Tür öffnete, kniete Tessa vor dem Bücherregal. Sie blickte über die Schulter und lächelte, als er auf sie zukam.

»Graham Greene, Chandler, Hemingway . . . wir haben den gleichen Geschmack.«

Er bückte sich und küßte sie. »Wir haben noch mehr gemeinsam«, sagte er und streichelte ihren langen Rücken und ihr wohlgeformtes Hinterteil.

Sie bewegte sich nicht, aber in ihre Augen trat ein harter, abweisender Glanz. »Zu viel dürfen Sie sich nicht bei mir herausnehmen. Ich mag keine Männer, die mich als Freiwild betrachten.«

Er wich einen Schritt zurück. »Ich betrachte dich gar

nicht als Freiwild«, sagte er. »Aber ich lebe unter Druck. Ich habe das Gefühl, daß das Leben mir dauernd entfliehen will. Ich habe früher viel zu viel Zeit damit vergeudet, die Frauen zu belagern. Jetzt versuche ich es mit dem Frontalangriff. Meistens habe ich Erfolg.«

Sie ging nicht darauf ein, sondern fragte nur: »Wo gehst du denn hin?« Er lächelte. Er sah so jung und arglos aus, wenn er lächelte.

»Ach – es dreht sich um einen Schäferhund. Warte auf mich. Wenn das Telefon läutet, geh nicht ran. Und schließ dich ein, damit dich niemand stört. Im Eisschrank liegt ein Steak, es gehört dir. Auf Wiedersehen bis heute abend.«

Er verließ das Apartment und begann den langwierigen Abstieg zur Straße. Tessa starrte mit leeren Augen auf die Buchtitel und lauschte. Als Girlands Tritte sich unten verloren, stand sie auf, ging leise zur Tür und öffnete. Auf Zehenspitzen schlich sie bis ans Treppengeländer und spähte hinunter, bis sie einen Blick auf Girland erhaschte, der gerade die Haustür aufstieß. Dann drehte sie sich rasch um und legte den Riegel von innen vor.

Danach begann sie, den Raum mit methodischer Geduld zu durchsuchen.

Girland ging rasch die Rue de Suisses hinunter, wo er seinen Fiat 600 geparkt hatte. Der Wagen hatte seine besten Tage hinter sich. Girland betrachtete tiefsinnig die Stelle am Vorderreifen, wo die Leinwand hell vom profillosen Gummi abstach. Er war Optimist. Vielleicht hielt der Reifen noch fünfzig Kilometer.

Girland setzte sich in den Wagen, erweckte die Maschine mit viel Zartgefühl zum Leben, legte den Gang ein und tauchte dann im Verkehr unter.

Als er schließlich die U-Bahn-Station Odéon erreichte, wartete Rossland schon ungeduldig auf ihn. Girland hielt auf der gegenüberliegenden Straßenseite. Rossland überquerte die Fahrbahn und zwängte sich mühsam auf den Beifahrersitz.

»Sie sind aber spät dran, verdammt noch mal!« schimpfte Rossland. »Los, fahren Sie schon zu! Nicht stehenbleiben!« Rossland setzte sich auf dem schmalen Sitz zurecht, als Girland den Fiat wieder in den Verkehr einreihte. »Himmel, was für ein Auto! Wann schaffen Sie das denn endlich ab?«

»Immerhin ist es ein fahrbarer Untersatz«, entgegnete Girland ungerührt. »Ich bin kein Millionär.« Er blickte Rossland von der Seite an. »Sie haben mir einen vielversprechenden Abend verdorben – was Sie wahrscheinlich kalt läßt.«

»Frauen«, schnaufte Rossland. »Warum können Sie die Frauen nicht in Ruhe lassen? Sie bereiten mir schlaflose Nächte, Mark. Im Ernst, Sie haben zu viel mit Frauen in tun.«

»Wie ist es denn um Ihr Liebesleben bestellt?« fragte Girland lachend. »Nun sagen Sie bloß nicht, Sie leben wie ein Mönch.«

»Kümmern Sie sich nur nicht darum, wie ich lebe. Ich bekomme schon, was ich brauche; aber deswegen richte ich mein Leben nicht nach den Frauen ein, das ist das Entscheidende. Sie denken viel zuviel an Frauen.«

»Lassen wir das«, sagte Girland mit plötzlicher Ungeduld. »Weshalb haben Sie mich hierherbestellt?«

»Für einen Job – ziemlich undurchsichtig. Kann was dran sein oder auch nicht.«

»Steckt Geld darin? Ich könnte es im Augenblick gut gebrauchen.«

»Wann brauchen Sie mal keins?« meinte Rossland säuerlich. »Frauen und Geld – das ist alles, was Sie im Kopf haben.«

»Lohnt es sich denn, an etwas anderes zu denken?« murmelte Girland, während er im Rückspiegel einen schwarzen Citroën beobachtete, der ihm schon seit drei Minuten nicht vom Hinterrad wich. Der Fahrer hatten den Hut tief in die Stirn gezogen und verkroch sich förmlich hinter dem Lenkrad, damit man sein Gesicht nicht erkannte. Girland bog überraschend in eine kleine Seitenstraße, drückte dann den Gashebel durch. Der Citroën folgte. Rossland wollte etwas sagen, aber Girland kam ihm zuvor: »Ich glaube, wir werden beschattet, Harry.« Rossland wurde sofort hellwach. Er blickte über die Schulter.

»Kann mich auch täuschen. Ich versuche mal, ihn abzuschütteln.« Girland bog bei der nächsten Kreuzung nach rechts ab, fuhr durch eine Einbahnstraße, die durch links und rechts parkende Wagen zu einer winzigen Fahrspur verengt war, und bog dann wieder nach rechts. Eine Verkehrsampel zwang ihn anzuhalten. Drei Meter hinter ihm hielt der schwarze Citroën.

»Drehen Sie sich nicht um«, befahl Girland und schielte in den Rückspiegel. »Er ist immer noch hinter uns.« Girland ließ die Kupplung los, als die Ampel umsprang. »Ich halte irgendwo an und verpasse ihm einen Denkzettel.«

»Nein. Kümmern Sie sich nicht um ihn. Ich möchte mit Ihnen reden«, entgegnete Rossland ärgerlich. »Solange die Karre rollt, kann er uns nicht hören.«

Girland zuckte nur die Schultern. Ein paar Minuten fuhr er schweigend geradeaus, überquerte dann die Pont Sully und bog in den Quai d'Anjou ein. Der Citroën wich ihnen nicht von den Fersen. Plötzlich löste sich ein Wagen aus der Reihe der Autos, die Stoßstange an Stoßstange am Straßenrand parkten, und jagte die Straße hinunter. Girland stoppte, bugsierte den Fiat in die Lücke und schaltete den Motor ab.

»Mal sehen, was er jetzt macht.«

Der Fahrer des Citroëns beschleunigte plötzlich und brauste an ihnen vorbei, ohne den Kopf zu wenden. Am Ende der Uferstraße bog der Wagen dann rechts ab und tauchte im Verkehrsstrom unter, der sich über die Pont Marie wälzte.

»Den wären wir für einen Augenblick los«, murmelte Girland und steckte sich eine Zigarette an. »Was geht eigentlich vor? Er war hinter Ihnen her, Harry, nicht hinter mir. Wie konnte Ihnen das passieren?«

Rossland machte ein besorgtes Gesicht. »Ein junger Kerl mit Bart hat mich beschattet. Ich habe ihn vorhin in der Métro abgehängt. Aber anscheinend hatten sie zwei auf meiner Fährte.«

»Sie sollten eigentlich wissen, daß immer zwei zusammenarbeiten. Einer geht voraus, der andere hinterher.«

»Wollen Sie mir weismachen, daß der Bursche mir in seinem verdammten Citroën in der Métro vorausgefahren ist?« knurrte Rossland ärgerlich.

»Das war wieder ein anderer. Einer stand an der U-Bahn-Station. Als er sah, daß Sie auf mich warteten, telefonierte er mit dem Burschen im Citroën. Der setzte sich hinter das Steuer und lag auf der Lauer, bis ich eintraf.« Girland erklärte das mit aufreizender Geduld. »Schwamm drüber. Worum geht's?«

»Heute morgen erhielt Dorey einen Anruf von einer Dame, die sich Madame Foucher nannte«, berichtete Rossland. »Sie hätte etwas zu verkaufen. Dorey ist im Zweifel, ob das Angebot was taugt. Sie deutete an, daß sie auch mit anderen verhandeln könne. Dorey möchte sich vergewissern, daß er keiner Verrückten auf den Leim geht. Sie will sich mit jemand treffen, der mit ihr über den Preis verhandelt und dergleichen. Dorey hat mir dieses Ei ins Nest gelegt – ich gebe es an Sie weiter. Die Sache ist denkbar einfach. Heute nacht um elf Uhr ist sie im *Allo Paris*. Sie sollen sich mit ihr in Verbindung setzen und herausfinden, was sie zu verkaufen hat und zu welchem Preis.«

»Und das ist alles?«

»Alles. Sie müssen entscheiden, ob sich der Kauf lohnt. Legen Sie uns ja nicht fest! Das Zusammentreffen dient nur zur Erkundung.«

»Aber warum ziehen Sie mich in die Sache hinein?

Warum übernehmen Sie den Auftrag nicht selbst, Harry? Mir scheint er eher auf Sie zugeschnitten.«

Rossland holte eine Zigarette aus einer zerknüllten Pakkung. »Ich halte mich immer im Hintergrund. Deswegen bin ich ja Dorey so nützlich.«

Girland schüttelte energisch den Kopf. »Soll ich Ihnen mal was sagen, Harry? Sie sind für Dorey jetzt genauso nützlich wie eine Leiche mit 'nem Loch im Kopf. Warum werden Sie eigentlich nie erwachsen? Dieser Handel ist kein Schwindel, Harry, hier geht's um ein dickes Geschäft. Sie hat bereits mit anderen verhandelt, und die behalten sie jetzt im Auge. Ihre Spur haben sie schon aufgenommen, und dank Ihrer Dummheit haben sie mich jetzt ebenfalls beim Wickel. Sie brauchen Ihnen doch nur zu folgen! Jetzt müssen sie lediglich meine Autonummer überprüfen, dann wissen sie, wer ich bin und wo ich wohne. Was geht nur in dem weißen Ding vor sich, das Sie als Ihr Gehirn bezeichnen?«

Rossland rutschte unbehaglich auf dem Sitz hin und her.

»Reden Sie nicht so mit mir!« plusterte er sich auf. »Das verbitte ich mir!«

»Ereifern Sie sich bloß nicht so«, erwiderte Girland gelangweilt. »Sie zeigen Ermüdungserscheinungen, Harry. Sie sind zu fett, zu routiniert und zu selbstsicher geworden. Sie haben zu lange gutes Geld in diesem Geschäft verdient, und jetzt glauben Sie, Ihnen kann nichts schiefgehen. Sie halten das Ganze für ein Gesellschaftsspiel – geben Befehle, streichen das Geld ein, machen Hokuspokus und lassen die andern die Schmutzarbeit verrichten. Vor zwei Jahren hätten Sie sich nicht von einem Schatten hereinlegen lassen. Das ist kein Spiel, Harry, sondern so gefährlich wie ein Lastwagen Nitroglyzerin. Leute wie wir, die so verrückt sind, für Dorey und Konsorten die Kastanien aus dem Feuer zu holen, müssen auf Draht sein. Sie sind schon so bequem und abgestumpft, daß Sie die Gefahr nicht mehr sehen, und wenn Sie Ihnen bereits auf dem fetten Schoß sitzt.«

»Mein Gott«, rief Rossland, während ihm der Schweiß auf der Stirn ausbrach, »so ein billiger Windhund wie Sie darf sich diese Freiheit mit mir nicht erlauben! Sie sind nicht der einzige Agent in meinem Stall, der die Sache erledigen kann. Ich tue Ihnen einen Gefallen, weil ich weiß, daß Sie Geld brauchen, und Sie hacken auf mir herum. Noch ein Wort und ich . . .«

»Nein, Harry, das tun Sie nicht«, fiel ihm Girland verdrossen ins Wort. »Ich bin der letzte von Ihren Lakaien, und Sie wissen das ganz genau. Jason ist tot. Gray, Fauchet und Pierre sind rechtzeitig ausgestiegen. Ich bin der letzte Gaul in Ihrem schäbigen Stall, auf den Sie sich noch verlassen können. Also kommen Sie mir bloß nicht mit Drohungen.«

Rossland atmete schwer. Er wischte sich die Stirn und starrte wütend durch die staubige Windschutzscheibe.

»Und wieviel legen Sie dafür an?« fragte Girland schließlich. »Ich lasse mich gar nicht erst auf die Sache ein, wenn ich kein Geld sehe.«

Rossland zögerte, griff dann in die Hüfttasche und gab Girland zwei Hundert-Franc-Noten.

»Wo bleibt der Rest?« forschte Girland.

»Das ist alles im Moment. Sie wissen doch, wie Dorey zahlt.«

Girland steckte die Banknoten in seine Brieftasche.

»Ich sollte mich eigentlich auf meinen Geisteszustand untersuchen lassen, weil ich für so ein Taschengeld arbeite«, sagte er voll Abscheu.

»Machen Sie schnell«, sagte Rossland. »Ich fahre jetzt in meine Wohnung zurück und warte auf Nachricht. Passen Sie auf, daß man Sie nicht beschattet.«

»Bloß nicht noch faule Witze, Harry«, murmelte Girland.

Hermann Radnitz saß allein in einer Nische in der Hotelbar – ein vierschrötiger, schwerer Mann mit Säcken unter den Augen und fleischiger Hakennase. Er trug einen tadellosen Savile-Row-Anzug, eine dunkelrote Nelke im Knopfloch und Halbschuhe von Lobb. Von Zeit zu Zeit zog er an seiner teuren Zigarre.

Eine halbe Stunde saß er bereits so in der Bar des *George V.*, einen nachdenklichen Zug um den grausamen Mund.

Radnitz war sehr bekannt im Hotel. Man hielt ihn für einen der reichsten Männer der Welt. Seine finanziellen Verbindungen reichten um den ganzen Erdball, wie die Saugfüße eines riesigen Kraken.

Ein junger Mann mit Knebelbart und schäbigem Ulster kam unauffällig in die Bar. Er wartete, bis Radnitz ihm ein Zeichen gab, und setzte sich dann zu ihm.

Der junge Mann hieß Michael Thomas. Er berichtete leise: »Dorey hatte eine Besprechung mit Rossland. Die beiden trafen sich in der *Crillon Bar*. Als sie sich trennten, steckte Dorey Rossland etwas zu, wahrscheinlich Geld. Ich war ihm nicht nahe genug, um es genau sehen zu können. Rossland begab sich dann in das *Hotel Normandy* und führte dort ein Telefongespräch. Borg arbeitete mit mir zusammen. Er beschattete Rossland von vorn, ich von hinten. Rossland hängte mich in der Métro ab, aber Borg blieb ihm auf den Fersen. Borg hat eben durchgegeben, daß Rossland einen Amerikaner mit einem kleinen Fiat getroffen hat. Wir wissen nicht, wer dieser Amerikaner ist, aber wir haben seine Zulassungsnummer. Borg stellt im Augenblick Ermittlungen an.«

Radnitz blickte auf seine spatenförmigen Fingernägel hinunter. Nach einer langen Pause sagte er: »Die Angelegenheit muß rasch erledigt werden. Bringen Sie Rossland zum Reden. Er muß sagen, was er mit Dorey zu besprechen hatte. Mir ist es gleichgültig, wie Sie das anstellen. Sie brauchen ihn nicht zu schonen.«

Thomas nickte und stand auf.

»Ich warte hier«, fügte Radnitz hinzu. »Beeilen Sie sich.«

Er langte nach seinem Glas, während Thomas wieder unauffällig aus der Bar verschwand.

Dann ging Thomas die Avenue hinunter bis zu der Stelle, wo ein schwarzer Citroën am Straßenrand wartete. Der Fahrer – ein untersetzter, kräftiger Mann mit rundem, feistem Gesicht und kalten kleinen Augen – blickte Thomas fragend an, als der sich auf den Beifahrersitz warf.

Im Fond saß noch ein Mann. Er war groß, hager und dunkelhaarig. Sein scharfgeschnittenes Gesicht war ausdruckslos wie eine Maske, und diese lauernde Lautlosigkeit umgab ihn wie eine drohende Wolke. Das war Schwartz.

»Der Boß will, daß wir mit Rossland reden«, sagte Thomas. »Er hat ein Apartment in der Rue Castiglione.«

Borg, der Fahrer, gab einen grunzenden Laut von sich und ließ den Motor an.

Sie brauchten zehn Minuten, bis sie den Block erreichten, in dem Rosslands Apartment lag. Thomas und der schweigsame Schwartz stiegen aus, während Borg einen Parkplatz suchte.

»Wir können das ohne Borg erledigen«, sagte Thomas.

»Du meinst wohl, ich kann das«, meinte Schwartz mit schiefem Grinsen.

Thomas blickte ihn scharf an. Schwartz bereitete ihm Sorgen mit seiner unverhüllten Verachtung, doch jetzt war nicht die richtige Zeit für eine Auseinandersetzung. Sie betraten den Hausflur, stahlen sich schnell an der Loge der Concierge vorbei und stiegen in den Fahrstuhl. Eingekeilt in den schmalen Käfig, glitten sie hinauf in das oberste Stockwerk.

Dann stiegen sie aus und schlossen die Lifttür leise hinter sich.

Thomas deutete auf den winzigen Spion, der in die Wohnungstür eingelassen war. Schwartz nickte und stellte sich in den toten Winkel. Thomas zog eine .38er Automatik aus der Manteltasche, schraubte einen kleinen, aber wirksamen Schalldämpfer auf und klingelte. Schwartz verdeckte den Spion mit der Hand.

Lange regte sich nichts, dann näherten sich schwere Schritte.

Rossland war unvorsichtig, denn er hatte eine Idee zuviel getrunken. Er machte sich nicht einmal die Mühe, einen Blick durch den Spion zu werfen, sondern schob den Riegel zurück und riß die Tür auf.

Thomas richtete die Automatik auf Rosslands Spitzbauch.

»Mach keinen Unsinn«, sagte er gelassen. »Geh rückwärts, und halt die Hände still.«

Als Schwartz wie ein Schatten hinter Thomas auftauchte, wurde Rosslands Gesicht aschgrau. Langsam wich er ins Wohnzimmer zurück. Thomas folgte ihm, während Schwartz die Wohnungstür schloß und verriegelte.

Girland spurtete die Treppe zu seinem Zimmer hinauf. Er hatte noch genügend Zeit, das Mädchen in das kleine Bistro gegenüber zu führen, überlegte er, als er das oberste Stockwerk erreichte. Nach dem Essen wollte er sie wieder hierherbringen, sie dazu überreden, noch einmal kurz auf ihn zu warten, und die Dame im *Allo Paris* aufsuchen. Wenn er seinen Auftrag erledigt und Rossland angerufen hatte, hatten er und das Mädchen noch die ganze Nacht für sich. Dieser Gedanke war typisch für die hohe Meinung, die er von sich hatte – er kam gar nicht auf die Idee, daß das Mädchen sich seinen Wünschen widersetzen könnte.

Er sperrte die Wohnungstür auf, trat in den hell beleuchteten Raum und blieb stirnrunzelnd stehen. Das Mädchen war nicht da.

»Tessa?« rief er. Keine Antwort.

Er blickte in das winzige Bad. Dann setzte er sich auf das Bett. Das Mädchen war tatsächlich fort, hatte ihn zum Narren gehalten. Sie mußte gleich nach ihm gegangen sein. Aber warum eigentlich? Warum war sie mitgekommen und hatte ihm schöne Augen gemacht, wenn sie gar nicht mitspielen wollte? Seine Augen wurden wachsam, er stand vom Bett auf. Dann schaute er sich in dem großen Raum um. Alles schien dort zu stehen, wo es hingehörte.

Er ging zum Kleiderschrank und zog die Schubladen heraus. Die unterste Lade, die er sehr selten benützte, diente als eine Art Kontrollanlage. Er hatte ein Haar über Eck gespannt, und das Haar war jetzt zerrissen.

Rasch eilte er hinüber ins Bad und drückte auf die verborgene Feder im Wandschrank. In der Höhlung dahinter versteckte er seine Ausrüstung: eine Exakta mit Zubehör, zwei Mikrofone, ein Tonbandgerät, einen Satz Einbruchwerkzeuge, Waffen und andere Geräte, die er in seinem Beruf brauchte. Auch Kleidungsstücke hingen in der Geheimnische, denn manchmal mußte Girland auch sein Aussehen verändern.

Ein winziges Licht an der Decke schimmerte grün. Das bedeutete, daß das Mädchen wenigstens die Geheimnische nicht entdeckt hatte.

Er schob die Schrankwand wieder vor und kehrte ins Wohnzimmer zurück. Er hatte Rossland also zu Unrecht getadelt, überlegte er. Diese Leute hatten seine Identität schon gekannt, ehe er sich mit Rossland traf. Er war böse auf sich, weil er so dumm gewesen war, auf das Mädchen hereinzufallen. Diese Unbekannten hatten ihm eine kluge Falle gestellt.

Er ging zum Telefon, wählte Rosslands Nummer und lauschte auf das monotone Geräusch, als es am anderen Ende der Leitung läutete. Keine Antwort. Girland rieb sich nachdenklich den Nacken. Rossland hatte doch wieder in seine Wohnung zurückkehren wollen. Er hatte ausdrücklich gesagt, er würde auf seinen, Girlands, Anruf warten. Weshalb ging er dann nicht ans Telefon?

Girland wechselte im Bad seine kleine Waffe gegen eine Automatik vom Kaliber .45 aus, verließ das Zimmer und sah sich vorsichtig um, ehe er zu seinem Fiat ging.

Er brauchte zwanzig Minuten bis zu Rosslands Wohnblock. Dort stellte er den Wagen in einer Seitenstraße ab und ging zu Fuß zu Rosslands Haus.

Als er im fünften Stock läutete, rührte sich nichts. Das hatte Girland erwartet. Er öffnete das Schloß mit einem dicken Draht. Mit gezogener Automatik schlich er lautlos durch die winzige Diele ins Wohnzimmer

Er blieb wie angewurzelt stehen: Rossland lag auf der rotsamtenen, schmalen Couch, das Gesicht im Todeskampf erstarrt.

Rossland war brutal erwürgt worden. Von seinen mißhandelten Händen tropfte noch Blut auf den Teppich und bildete dort eine dunkle Lache.

Die Hand ohne Fingernägel verriet Girland alles, was er wissen wollte: daß Rossland nicht zäh genug gewesen war, der Folter zu widerstehen. Seine Mörder wußten jetzt, daß eine Frau, die sich Madame Foucher nannte, sich um elf Uhr nachts mit Girland im *Allo Paris* treffen wollte.

Girland berührte die Schulter des Toten. Fünf Jahre hatte er für Rossland gearbeitet. Er hatte zugesehen, wie Rossland fett und weichlich geworden war. Die anderen Agenten hatten ihn einer nach dem anderen im Stich gelassen. Girland war Rossland treu geblieben, weil er zu bequem gewesen war, sich woanders umzusehen. Rossland hatte ihm so viel Geld gegeben, wie er für seinen Lebensstil brauchte.

Girland blickte hinunter auf das entstellte Gesicht, und plötzlich ergriff ihn Mitleid mit dem, was von Rossland übriggeblieben war. Er hatte ihn gewarnt. Aber Rossland war schon zu betrunken und zu dumm gewesen, um seine Warnung zu beachten.

2

»Ich habe den Amerikaner mit dem Fiat identifiziert, Sir«, sagte Thomas. Er stand respektvoll vor Radnitz, der in einem Clubsessel saß und zu Thomas aufblickte. Der Clubsessel stand in Radnitz' Luxusapartment. Der Zeiger der vergoldeten Rokoko-Uhr auf dem Kaminsims deutete auf fünfundzwanzig Minuten vor zehn. »Sein Name ist Mark Girland. Er hat ein Zimmer in der Rue de Suisses. Er nennt sich Journalist, aber Geld scheint er nicht damit zu verdienen. Rossland gab unter Druck zu, daß Girland einer seiner Agenten ist. Girland hat keinen direkten Kontakt mit Dorey. Rossland hat Girland beauftragt, heute abend um elf diese Madame Foucher im *Allo Paris* zu treffen. Weder Rossland noch Dorey wissen, was diese Dame zu verkaufen hat. Ich habe mich etwas verspätet, Sir, weil wir noch in Girlands Wohnung gefahren sind. Er war aber nicht zu Hause. Ich hatte gehofft, ihn genauso schnell auszuschalten wie Rossland.«

Radnitz zog an seiner Zigarre.

»Sie machen Ihre Sache gut, Thomas. Aber merken Sie sich das eine: Girland darf nicht mit dieser Frau zusammentreffen. Sorgen Sie dafür, daß er nicht in den Club hineinkommt. Sie müssen das Gebäude abschirmen. Beseitigen Sie ihn. Nehmen Sie Kontakt mit der Frau auf. Ich muß mit ihr reden. Aber tun Sie ihr nichts, bringen Sie sie zu Schwartz. Ich warte hier, bis Sie mich anrufen. Es ist unbedingt erforderlich, daß ich diese Dame sehe und spreche, ehe ein anderer mit ihr Kontakt aufnimmt. Verstanden?«

Ein Lob sprach Radnitz selten aus, und Thomas errötete vor Freude. Er war Radnitz' Sklave und bewunderte ihn mit einer Hingabe, die an Fanatismus grenzte.

»Jawohl, Sir«, sagte er, »ich werde dafür Sorge tragen.«

Radnitz entließ ihn mit einer Handbewegung. Er hatte keine hohe Meinung von Thomas und verachtete ihn wegen seines Bartes und seines schäbigen Aussehens, aber solange Thomas sich gut anstellte, spannte er ihn für seine Zwecke ein.

Thomas verließ das Hotel wie auf Wolken schreitend. Er ging zu der Stelle, wo der Citroën geparkt stand, und sprach mit Borg seine Anweisungen durch. Schwartz saß lauernd und still im Rücksitz. Er wurde nie zu einer Beratung hinzugezogen, sein Job hieß liquidieren. Thomas und Borg hielten ihn für einen Wilden und fürchteten sich insgeheim vor ihm.

»Wir werden Verstärkung brauchen«, sagte Thomas. »Ihr wartet hier, während ich telefoniere. Vier Mann brauchen wir mindestens, wenn wir den Club abriegeln wollen.«

Borg sah ihm nach, als er ins Hotel zurückschlenderte, und klemmte sich eine Zigarette zwischen die Lippen. Dann musterte er Schwartz im Rückspiegel. Schwartz brütete vor sich hin. Thomas hatte Borg erzählt, was Schwartz Rossland angetan hatte, und Borg verzog das Gesicht. Manchmal fragte er sich, ob die Summe, die ihm Radnitz als Gehalt aussetzte, auch wirklich eine ausreichende Entschädigung für das Leben war, das sie führen mußten.

Ein blondes Mädchen mit einem Pullover, auf dem *New York Herald Tribune* gedruckt stand, kam auf den Wagen zu und riß die Tür auf.

»Tribune?« fragte sie und hielt ihnen eine Zeitung hin. Ihre blauen Augen blickten Borg prüfend an und glitten dann zu Schwartz.

»Hast du nichts anderes anzubieten als Zeitungen, Kleine?« fragte Borg.

Das Mädchen wich zurück und warf die Autotür zu. Borg sah ihr nach, als sie sich entfernte.

»Der Bursche, der diesen Zahn aufgerissen hat, hat jetzt bestimmt einen erstklassigen Zeitvertreib«, brummte Borg nachdenklich. »Verkauft Zeitungen – wohl nicht ganz bei Trost! Mit diesem Gestell könnte sie sich ein Vermögen verdienen.«

Schwartz verharrte schweigsam. Frauen bedeuteten ihm

nichts, und Borg haßte ihn wegen dieser überlegenen Distanziertheit.

Eine Minute später kam Thomas wieder aus dem Hotel. Das blonde Mädchen mit den Zeitungen stand im Schatten, so daß Thomas sie nicht gewahrte. Als er sich in den Citroën setzte, notierte sich das Mädchen auf der Titelseite der *Tribune* die Autonummer.

»Jetzt zum Boul' Clichy«, murmelte Thomas. »Wir erhalten dort in einer halben Stunde fünf Mann Verstärkung. Beeil dich, wir müssen vor Girland dort sein.«

Borg grunzte nur und ließ den Motor an. Dann reihte er sich in den Verkehr ein und fuhr in Richtung L'Etoile.

Girland saß in einem Bistro und aß ein Kräuter-Omelett. Das heißt, er stocherte darin herum, während sein Verstand fieberhaft arbeitete.

In zwei Stunden mußte er sich mit der gewissen Dame in Verbindung setzen. Er war überzeugt, daß die Männer, die Rossland ermordet hatten, ihn dort erwarten würden. Wenn sie so tüchtig waren, wie er sie einschätzte, ließen sie ihn keinesfalls in die Nähe des Kellerclubs kommen. Inzwischen hatten sie bestimmt schon das Gebäude umstellt, und wenn er nicht sehr vorsichtig war, ging er geradewegs in eine tödliche Falle.

Er spielte mit dem Gedanken, Dorey anzurufen. Aber er hatte ihn nie kennengelernt, nur durch Rosslands Vermittlung von ihm Anweisungen erhalten. Er beschloß also, vorläufig auf eigene Faust zu handeln. Zuerst mußte er Kontakt mit dieser Madame Foucher aufnehmen und herausfinden, was sie zu verkaufen hatte. Dann konnte er sich immer noch überlegen, ob er mit Dorey zusammenarbeiten oder Einzelgänger bleiben wollte.

Er schob seinen Teller weg und zündete sich eine Zigarette an.

Er hatte zwei Möglichkeiten: Er konnte entweder zum Kellerclub gehen und sich in Gefahr begeben, oder er rief den Club an und versuchte die Dame zu überreden, sich woanders mit ihm zu treffen.

Doch die Gegenseite kannte jetzt ihren Namen und ihre Adresse. Sie würde keineswegs der Folterung widerstehen, die Rossland weichgemacht hatte. Sie würde sprechen, und dann war er, Girland, aus dem Rennen geworfen.

Er beschloß, zum Club zu gehen. Schließlich konnte er nicht über seinen Schatten springen. Er kämpfte an der Front und nicht in der Etappe.

Er bestellte eine Tasse Kaffee und brütete weiter. Er machte sich immer noch über Tessa Gedanken. Wer war sie? Was für eine Rolle spielte sie? Er dachte an ihren warmen, langbeinigen, einladenden Körper. Idiot, der er war, warum mußte er sich auch immer die Suppe versalzen?

Er trank seinen Kaffee aus, bezahlte und trat auf die Straße hinaus. Eine Weile blieb er unschlüssig stehen, beschloß aber dann, sein Auto zu lassen, wo es war. Geduldig wartete er zehn Minuten am Straßenrand, bis ein leeres Taxi vorbeikam. Er nannte dem Fahrer den Bahnhof St-Lazare.

Dort entlohnte er ihn und begann seinen langen Fußmarsch zum Boulevard de Clichy. Er ging langsam, im Sog der Menge, die sich auf dem Bürgersteig drängte, mit wachen Sinnen und scharfen Augen.

Es war jetzt zehn Minuten vor zehn. Girland wählte die Seitenstraßen, die parallel zum Boulevard verliefen, und grübelte darüber nach, was für eine Falle sie ihm wohl stellen wollten. Sie konnten ihn schlecht mitten auf der Straße niederknallen, er war ständig von Passanten umgeben. Seine Hand glitt in die Manteltasche und schloß sich um die .45er. Die Berührung mit den kalten Griffschalen gab ihm neues Selbstvertrauen.

Plötzlich lief ihm ein Schauer über den Rücken. Aus den Augenwinkeln sah er einen untersetzten Mann, der müßig in das beleuchtete Schaufenster eines Fotoladens starrte. Der Mann trug einen Trenchcoat mit Wollfutter, dazu einen grünen Tirolerhut mit einer Hahnenfeder darauf. Er drehte sich ganz beiläufig um, als Girland an ihm vorbeiging, und folgte ihm.

Es sah zu beiläufig aus. Girlands Mund wurde eine straffe Linie. Sie hatten ihr Netz verdammt weit gespannt. Schön – sie sollten wissen, daß sie es nicht mit einem Anfänger zu tun hatten. Er ging weiter, lauschte auf den leisen Schritt des Mannes hinter sich und bog plötzlich in einen Torweg, der zu einem Hinterhof führte. Er kam zuerst durch Dunkelheit, dann in einen Hof, der vom Mondlicht nur schwach erleuchtet wurde. Dort drückte er sich an die Mauer des Hinterhauses und verschmolz mit den Schatten. Nichts geschah. Er lauschte auf die gedämpften Schritte der Fußgänger, die nach Hause eilten, auf das Knirschen der Getriebe, wenn es einem ungeduldigen Fahrer in der engen Straße nicht schnell genug ging. Girland hatte viel Zeit und Geduld.

Zehn Minuten lang stand er so. Er konnte warten, ohne daß seine Nerven darunter litten. Ausdauer war schon immer eine Eigenschaft gewesen, die ihm in seinem Beruf sehr zustatten gekommen war.

Dann sah er eine untersetzte Gestalt sich vorsichtig im Torweg nähern. Der Mann blieb stehen, als er merkte, daß er den schwach erhellten Hof überqueren mußte. Er schien nervös.

Girland beobachtete, wie er etwas Blitzendes aus dem Mantel zog. Einer, der mit dem Messer arbeitet, überlegte Girland.

Der Untersetzte kam näher. Er war nur noch einen Meter von Girland entfernt, als er ihn bemerkte. Der Mann war ein rascher, kompetenter Killer, aber nicht rasch genug für Girlands Reflexe.

Eine flache Klinge stach zu, als Girland sich gegen die Knie des Angreifers warf. Die beiden schlitterten über den Beton.

Der Hut fiel dem Untersetzten vom Kopf, als er versuchte, Girland das Messer in die Kehle zu stoßen. Girland packte das Handgelenk, über dem die Klinge aufblitzte. Beide stemmten sie mit ihrer ganzen Kraft. Immer näher kam die Klinge Girlands Hals, so nahe, daß sie schon seine Haut ritzte. Dann bot er noch einmal seine ganze Kraft auf, drückte das Messer zur Seite und schlug die linke Handkante gegen den Hals des Untersetzten, daß ihm das Messer aus der Hand fiel. Er gurgelte leise und wurde dann schlaff. Girland rappelte sich keuchend hoch.

Er vergeudete keinen Blick mehr auf den Körper, der ausgestreckt am Boden lag, sondern klopfte sich den Schmutz vom Mantel und ging zurück auf die beleuchtete Straße, wo er sich unter die Menge mischte.

Er war jetzt noch mehr auf der Hut. Nur noch hundert Meter bis zum Club. Er blickte auf die Uhr: halb elf.

Am Ende der Straße lag eine Kaffeestube, in der sich junge Leute drängten. Er schlüpfte ins Lokal, lief Spießruten zwischen plärrenden Musikboxen und dem schrillen Gezirpe der Mädchen, stieg eine kurze Treppe zu den Toiletten hinunter, neben denen eine Telefonzelle stand. Er schloß sich darin ein und wählte die Nummer des *Allo Paris*.

Endlos läutete es am anderen Ende. Er lehnte sich gegen die Holzwand der Kabine und suchte mit den Augen den halbdunklen Korridor draußen ab.

Ein Mann meldete sich ungeduldig: »Ja?«

»Ist Madame Foucher bei Ihnen?« fragte Girland in fließendem Französisch. Er konnte die schrillen Töne einer Tanzband im Hintergrund hören.

»Wer spricht denn dort?« fragte der andere.

»Wenn Madame Foucher bei Ihnen ist, erwartet sie mich.«

»Bleiben Sie am Apparat.«

Girland wartete, lauschte dem Rhythmus des Schlagzeugs. Ein Mädchen in der Kaffeestube oben lachte hysterisch. Er zog ein schiefes Gesicht, weil ihm Tessa wieder eingefallen war. Aber er erinnerte sich auch an Rosslands Vorwurf und wischte sich den Nacken mit dem Taschentuch; es war heiß in der Kabine. Er zuckte die Schultern. Rossland war tot, nur noch eine hohle Stimme aus dem Grab. Vielleicht hatte er recht, aber er war eben schon immer auf Frauen hereingefallen.

Wieder die Männerstimme am anderen Ende der Leitung: »Madame Foucher ist hier und erwartet Sie.«

Girland lächelte bitter. Es warteten auch andere, gefährlichere Gäste.

»Ich möchte mit ihr sprechen«, sagte er. »Würden Sie bitte . . .« Er brach ab, als er den Schatten eines Mannes auf die Wand gegenüber fallen sah. Er legte auf, fiel auf die Knie und verbarg sich hinter dem Sperrholz, aus dem die Tür bis zur halben Höhe bestand. Mit der Linken langte er nach dem Türgriff, mit der Rechten nach seiner Automatik.

Er regte sich nicht mehr und wartete, fühlte sich in die Enge getrieben. Der Mann vor der Kabine brauchte nur die Tür aufreißen und ihn abknallen.

Dann überlegte er, daß der Schuß die jungen Leute oben alarmieren würde. Mindestens dreißig Halbstarke würden sich an der Kellertreppe zusammendrängen und dem Killer den Weg versperren.

Girland hörte eine Tür zufallen, dann wurde es wieder still. Seine Finger, die sich um den Pistolengriff spannten, schmerzten. Er wartete. Eine Toilette wurde gespült, eine Tür klapperte – Stille.

Girland blieb auf den Knien liegen. Von oben wehten die hellen Stimmen der Beatniks herunter. Vorsichtig öffnete er die Tür einen Spalt, steckte die Mündung der Waffe hindurch. Er blickte in den halbdunklen Vorraum: leer.

Du bist schon genauso weich in den Knochen wie Rossland, schalt er sich wütend. Du hast genauso schlechte Nerven wie eine alte Jungfer. Dann fiel ihm wieder die Tortur ein, der Rossland zum Opfer gefallen war. Das sollte ihm nicht passieren.

Unschlüssig sah sich Girland um und erblickte dann eine Tür neben der Herrentoilette. Dahinter führte eine steile Treppe nach oben. Er stürmte hinauf. Auf dem fünften Treppenabsatz verlangsamte er das Tempo und blickte über das Geländer. Die spiralförmig ansteigende Treppe setzte sich noch zwei Stockwerke nach oben fort. Im sechsten Stock ging das Licht automatisch aus. Girland tastete fluchend nach dem Schalter, aber das Licht ging von selbst wieder an. Schritte kamen von oben, und seine Hand suchte wieder den Griff seiner Pistole. Eine dicke Frau, nicht mehr ganz jung, einen Wollschal um die Schultern gelegt, das fettige Haar von einem Netz zusammengehalten, kam um die Biegung. Er preßte sich an die Wand, um sie vorbeizulassen. Sie nickte dankend und stampfte an ihm vorbei.

Girland hastete weiter nach oben. Im siebten Stock fand er sich, ganz außer Atem, in einem langen Korridor mit vier Türen, von denen der Lack abblätterte. Am Ende des Flurs stellte sich eine verriegelte Stahltür quer.

Er zog den Riegel zurück, öffnete die Tür und sah den Sternenhimmel über sich. Das Dach lag flach vor ihm, eingefaßt von einem niedrigen Geländer. Tief unten sah er das geschäftige Treiben auf dem Boulevard. Die Fassade des *Casino Theatre* säumte eine Lichterkette. Noch weiter drüben, zu seiner Rechten, winkte das bunte Neonschild von *Allo Paris*.

Er ließ den Blick prüfend über die Dächer vor ihm gleiten. Drei davon waren flach und leicht zu begehen; das vierte war spitz und gefährlich wie eine Felswand; das fünfte, das zu dem Gebäude des *Allo Paris* gehörte, war zum Teil abschüssig. Er kam zu dem Schluß, daß der Weg über die Dächer sicherer war als der unten auf der gepflasterten Straße.

Er erreichte in wenigen Sekunden das Spitzdach. Hier studierte er eine Weile die Lage. Widerwillig entschloß er sich dazu, das Dach anzupacken, die Füße in der Regenrinne, den Körper gegen die Dachziegel gepreßt. Er hatte kein Vertrauen zu dieser Dachrinne, er wußte, daß er dem rußigen, dünnen Zinkblech nicht sein ganzes Gewicht aufbürden durfte. Die Gratwanderung führte ungefähr zehn Meter am Abgrund entlang, ehe es auf dem nächsten Dach flach und sicher weiterging.

Er zog die Pistole aus dem Halfter, legte den Sicherheitsflügel um, packte sie bei der Mündung, beugte sich vor und zertrümmerte einen Dachziegel. Er entfernte die Bruchstücke, griff in das Loch hinein und hielt sich an der Querlatte fest, die den Ziegel getragen hatte. Vorsichtig setzte er einen Fuß in die Rinne und verlagerte den größten Teil seines Gewichts auf die Hand, die sich um die Latte krallte. Die Rinne knarrte, aber sie hielt.

Wieder beugte er sich vor und zerschlug einen zweiten Ziegel. Während er die Hand nach dem neuen Sparren ausstreckte, mußte er einen Moment sein ganzes Gewicht auf die Rinne verlagern. Das Blech protestierte heftig. Girland brach der Schweiß aus, als er an den langen, tödlichen Fall hinunter auf den Boulevard dachte. Er ruhte sich einen Augenblick aus, ehe er wieder eine Bresche in die Ziegel schlug. Er steckte die Pistole in das Halfter zurück und griff mit der Linken nach der Öffnung, während die Rechte sich noch um die Latte in der zweiten Öffnung krallte. Als er sich bewegte, gab die Dachrinne nach, und seine Füße zappelten im leeren Raum. Verzweifelt krallte er sich fest, griff zu, verfehlte die Öffnung, griff noch einmal nach und bekam eine Latte zwischen die Finger. So hing er über dem Abgrund und suchte verzweifelt einen Halt für seine Füße. Endlich verhakte sich sein linker Fuß in dem nächsten Teilstück der Rinne. Er hielt still und verlagerte dann ganz langsam sein Gewicht von der Hand auf den Fuß. Die Rinne knackte, aber sie hielt. Unendlich langsam zog er sich wieder auf das Dach hinauf und schöpfte Atem. Dann schlug er das vierte und letzte Loch in die Ziegel. Sein Atem ging pfeifend, als er das Manöver wiederholte. Dann griff er in die Öffnung und schwang sich hinunter auf das flache Dach, das einen Meter tiefer lag.

Er ließ sich auf Hände und Füße nieder und beobachtete seine Umgebung. Doch nichts zeigte sich, was ihm verdächtig schien. Ganz in seiner Nähe schimmerte das Glas einer Dachluke. Beruhigt richtete er sich auf und ging auf die Luke zu. Er brauchte nur wenige Minuten, um sie aufzustemmen, zog dann eine Taschenlampe aus der Hüfttasche und ließ den Lichtstrahl durch den dunklen Raum darunter gleiten. Er konnte einen Treppenabsatz und Stufen ausmachen, schlüpfte durch das schmale Viereck, zog den Deckel der Luke hinter sich zu und ließ sich leise wie eine Katze hinunterfallen . . .

»Total abgeriegelt«, murmelte Thomas. »Er kommt nicht an den Kasten heran, ohne uns in die Arme zu laufen.« Er blickte auf seine Uhr. »Er kann jeden Moment hier sein.«

Borg und Thomas standen in einer dunklen Passage, die dem Kellerclub gegenüberlag. Borg langweilte sich. Außerdem kroch ihm die Kälte in die Beine.

»Und was machst du, wenn du ihn siehst?« fragte Borg. »Dieser Junge ist zäh, kein Schlappschwanz wie dieser Rossland.«

Thomas' Finger streichelten den Schalldämpfer auf der Automatik in seiner Tasche.

»Ich knalle ihn ab. Ehe die Leute begriffen haben, was passiert ist, sind wir schon über alle Berge.«

»Da mußt du aber genau zielen«, murmelte Borg. »Wo steckt Marcel?«

»An der nächsten Ecke«, antwortete Thomas. »Er kennt Girland vom Sehen und gibt uns ein Zeichen, sobald er sich dem Club nähert.«

Borg trat von einem Fuß auf den anderen.

»Schön – wenn du nur weißt, was du tust. Aber steht auch jemand auf dem Dach?«

»Dem Dach?« Thomas sah seinen Kollegen mit großen Augen an. »Warum das?«

Borg hob die Schultern. »Entweder hast du das Gebäude abgeriegelt oder nicht. Der Bursche ist nicht doof. Übers Dach führt auch ein Weg.«

Thomas war schockiert, daß ein Schwachkopf wie Borg auf einen Gedanken gekommen war, der ihm selbst hätte kommen müssen. Trotz seiner Jugend hatte er Radnitz' Vertrauen gewonnen, weil er seinen Verstand zu gebrauchen wußte. Schweißperlen traten auf seine schmale Stirn. Vielleicht brachte dieses Detail alle Pläne seines Chefs zum Scheitern.

»Du gehst aufs Dach«, sagte er rasch. »Ich hätte daran denken sollen. Nimm den Lift zum obersten Stockwerk. Beeil dich!«

Borg sah ihn böse an. »Geh doch du. Warum soll ich immer den Kopf hinhalten?«

»Hast du nicht gehört?« antwortete Thomas wütend. »Los, geh schon!«

Borg zögerte. Aber er wußte, daß Thomas bei Radnitz einen Stein im Brett hatte. Es konnte böse Folgen für ihn haben, wenn er sich mit Thomas zankte. Also zuckte er nur mit den Schultern. »Schon gut, ich geh ja schon.«

Borg trat aus dem Schatten der Passage und ging hinüber zum Eingang der Kellerbar. In der Vorhalle schlugen ihm der monotone Rhythmus des Schlagzeugs und die heiseren Töne des Saxophons an die Ohren.

Girland wollte gerade um den letzten Treppenabsatz biegen, als er Borg den Vorraum betreten sah. Er preßte sich gegen die Wand und beobachtete Borg, der den Fahrstuhl betrat und dann langsam nach oben entschwebte.

Sobald der Lift das erste Stockwerk passierte, setzte Girland seinen Weg nach unten fort.

Ein roter Neonpfeil deutete schräg nach unten. Die Bar *Allo Paris* lag also eine Treppe tiefer. Girland stellte sich unter das Neonlicht und betrachtete seinen Anzug.

Der Schmutz daran war nur bei hellem Licht zu entdekken, aber seine Hände waren schwarz vor Ruß und seine Schuhe kotig und zerschrammt. Girland nahm eine Fünfzig-Franc-Note heraus, rollte sie zusammen und ging die teppichbelegten Stufen zum Clubeingang hinunter.

Der Portier in der knallroten Uniform warf nur einen Blick auf ihn und stellte sich ihm breitbeinig in den Weg. »Nur für Mitglieder«, sagte er mißbilligend.

Girland grinste ihm ins Gesicht. »Okay, mein Junge«, sagte er mit seinem derbsten amerikanischen Akzent. »Wir sind doch *buddies*. Jemand hat mir ein Bein gestellt.« Er schwankte hin und her und schob dem Portier dann den Geldschein in die Hand. »Ich wasche mich ein bißchen, und dann machen wir uns alle *a wonderful time.*«

Der Portier betrachtete die Banknote, grinste, hakte sich bei Girland ein und führte ihn durch eine hellerleuchtete Vorhalle in die Toilette.

»Wenn Sie irgend etwas brauchen, Monsieur, rufen Sie nur.«

Girland benötigte volle zehn Minuten, ehe er den schlimmsten Schmutz abgewaschen hatte. Dann verließ er die Toilette und blieb beim Clubeingang stehen.

Das Getöse, das ihm aus dem halbdunklen, rauchgeschwängerten Raum entgegenschlug, marterte sein Trommelfell. Ein kleiner Mann im grünen Frack wuchs vor ihm aus dem Boden: »Haben Sie einen Tisch bestellt, Monsieur?« fragte er. »Wenn nicht . . . ich bedaure . . .«

»Madame Foucher erwartet mich«, fiel ihm Girland ins Wort.

Das Gesicht des kleinen Dicken wurde wachsam. Er betrachtete Girland von Kopf bis Fuß. Dann nickte er.

»Kommen Sie mit.«

Er führte Girland an der Wand entlang. Auf der Bühne zog sich ein Mädchen gerade zu den schrillen Tönen der Band aus. Das Mädchen war hübsch, und seine Bewegungen waren gekonnt aufreizend. Als Girland eine Seitentür am anderen Ende des Raumes erreichte, zog sich das Mädchen langsam das schwarze Spitzenhöschen aus. Girland blieb stehen und sah zu. Girland ließ sich so was nie entgehen. Das Mädchen drehte jetzt dem blasierten Publikum die Kehrseite zu und vollführte die üblichen Schlinger- und Schraubenbewegungen. Über der linken Hinterbacke spannte sich ein großes Stück Pflaster, das dem Publikum ein schmerzendes Furunkel verbarg.

Girland zog eine Grimasse. Frauen sollten durch ihre Erscheinung blenden und betören, aber das klappte nur so lange, wie sie keine Furunkel, Pickel, Ausschläge und andere Wehwehchen bekamen, von denen sie so oft heimgesucht wurden.

Der Mann im grünen Frack stand wartend neben der offenen Tür. Girland ging hindurch, und die schrillen Dissonanzen erstarben zu einem leisen Flüstern.

Sie standen jetzt in einem schmalen Korridor, von dem links und rechts Türen abgingen.

Der kleine Dicke deutete auf eine Tür am anderen Ende des Ganges. »Madame Foucher wartet in Zimmer sechs, Monsieur«, sagte er, ging um Girland herum, öffnete die Tür und ließ den heftigen Applaus und den abschließenden Trommelwirbel durch den Korridor rollen. Dann schwang die Tür wieder zu, und Girland seufzte vor Erleichterung.

Er zog die Automatik aus dem Halfter und klopfte an Nummer sechs.

Niemand bat ihn hinein.

Er klopfte noch einmal. Als es wieder still blieb, öffnete er die Tür und blickte in einen quadratischen Raum. An der gegenüberliegenden Wand reichte ein breiter Spiegel bis zur Decke. Mitten im Raum stand ein breites französisches Bett. Ein dicker, flauschiger Teppich lag auf dem Boden. Das Zimmer war gemütlich, aber leer.

Er war allein, also konnte er die Waffe wieder wegstekken.

Eine Frauenstimme sagte: »Setzen Sie sich bitte auf das Bett mit dem Gesicht zum Spiegel.« Die Stimme war leicht verzerrt und hatte einen eigenartigen Akzent. Er begriff sofort, daß sie durch ein Mikrofon sprach.

Dann verstand er und grinste. Madame Foucher hatte sich einen raffinierten Ort für ihre Verabredung ausgesucht. Er war in einem dieser Zimmer, wohin die Mädchen ihre betrunkenen Kavaliere brachten, um mit ihnen alle Stellungen durchzuexerzieren, während zahlende Gäste hinter dem Trickspiegel standen und ihnen zusahen. Die andere Seite, wo Madame Foucher stand, war durchlässig wie Fensterglas. Girland war ein reflektierender Spiegel zugekehrt.

Er saß auf dem Bett, starrte in den Spiegel und dachte, daß er gar nicht mehr so jung aussah, wie er sich immer einbildete.

»Wer sind Sie?« fragte die Frauenstimme, und Girland hatte das Gefühl, daß ihn die Unsichtbare mit beunruhigender Sorgfalt musterte.

»Müssen Sie denn unbedingt Versteck spielen?« stellte er die Gegenfrage.

»Wer sind Sie?« wiederholte sie.

Girland zuckte die Schultern. Das Spiel fing an, ihn zu langweilen.

»Mein Name ist Mark Girland. Sie haben Dorey angerufen. Dorey rief dann Rossland an, für den ich arbeite. Rossland hat mir dieses Ei ins Nest gelegt. Ich bin der Strohkopf, der für schmutzige Leute die Schmutzarbeit verrichtet. Ist das die Auskunft, die Sie haben wollten?«

Eine Weile blieb es still. Girland hatte das verdammte Gefühl, mit seinem Spiegelbild geredet zu haben.

»Los, sprechen Sie schon weiter«, drängte die Frauenstimme schließlich ungeduldig.

»Weiter? Worüber denn? Was haben Sie anzubieten? Ich bin hier, um zu hören, nicht um zu reden. Sie haben mich ja rufen lassen.«

»Woher soll ich wissen, daß Sie wirklich von Dorey kommen?«

»Weshalb wäre ich sonst wohl gekommen?« fragte Girland. »Man sagte mir, Sie hätten etwas zu verkaufen. Ich soll herausfinden, um was es sich handelt und wieviel Sie dafür verlangen. Jetzt kommen Sie dran.«

»Wer ist dieser Rossland, von dem Sie eben gesprochen haben?«

Girland rieb sich das Kinn. Er gewöhnte sich allmählich an sein Spiegelbild. »Um den brauchen Sie sich nicht mehr zu kümmern. Er ist tot. Als ich ihn das letzte Mal sah, lag er auf dem Rücken, an der rechten Hand fehlten ihm die Fingernägel, und die Luft war ihm ebenfalls abhanden gekommen. Man hat ihn erwürgt.«

Er hörte durch das Mikrofon, wie sie rasch Atem holte.

»Sie meinen, er ist ermordet worden?« Die Stimme war eine Idee zu schrill. »Wer – wer hat das getan?«

»Weshalb kümmert Sie das?« Girland lehnte sich vor, stützte die Ellenbogen auf die Knie und starrte wie hypnotisiert auf sein Spiegelbild, hinter dem die Frau sein mußte. »Rossland hielt Sie für einen Witz. Dorey hält Sie für einen Witz. Ich halte Sie für das Gegenteil. Deshalb bin ich auch noch am Leben – vorläufig. Ich vermute allerdings, daß Sie zuviel geredet haben. Ich sage Ihnen das nur, falls Sie sich über die Situation noch nicht im klaren sind. Hier wird mit harten Bandagen gekämpft. Rossland wurde gefoltert und ermordet. Da ich Rossland kenne, weiß ich, daß er alles ausgeplaudert hat. Er verriet seinen Mördern, daß wir beide uns hier treffen wollten. Ich kam über die Dächer. Falls Sie Rosslands Mördern in die Hände fallen, werden sie mit Ihnen genauso umspringen wie mit ihm, und Sie werden sich bestimmt nicht tapferer benehmen. Sie werden sprechen, und danach haben Sie nichts mehr zu verkaufen.«

Es entstand eine lange Pause. Schließlich sagte sie: »Ich verstehe das nicht. Ich habe mich nur mit Mr. Dorey in Verbindung gesetzt.«

Girland zuckte die Schultern. »Okay, wenn nicht Sie«, sagte er gleichmütig, »dann jemand anders. Die Ware wird dadurch nur billiger. Können wir jetzt vielleicht zum Geschäft kommen? Was haben Sie anzubieten?«

Wieder eine lange Pause. Dann sagte die Frau: »Ich weiß, wo Robert Henry Carey ist.«

Girland legte den Kopf schief, seine Augen weiteten sich jäh. »Meinen Sie den amerikanischen Agenten, der vor vier Jahren zu den Russen übergelaufen ist?«

»Den meine ich.«

»Er ist doch in Rußland, oder?«

»Er hat Rußland vor zehn Tagen verlassen.«

»Wo hält er sich jetzt auf?«

»Das ist die Information, die ich zu verkaufen habe.«

Girland zog eine Zigarette aus der Tasche und zündete sie an. Er erinnerte sich an den großen blonden Mann, den Rossland einmal als den besten Agenten des Westens bezeichnet hatte. Girland hatte Robert Carey auch persönlich kennengelernt. Rossland hatte sie zusammengeführt, und Girland und Carey waren sich sofort sympathisch gewesen. Das lag schon fünf Jahre zurück, aber Girland konnte sich noch genau an das scharfgeschnittene Gesicht und die festen blauen Augen erinneren. Es war eine Sensation gewesen, als Carey zur Gegenseite überlief. Man munkelte, daß er dort als Ausbilder tätig war und zukünftige Agenten unterrichtete, die im Westen eingesetzt werden sollten. Ab und zu sickerte eine Nachricht durch, die von einer hervorragenden Spionageschule zu berichten wußte.

»Wollen Sie damit sagen, daß er wieder die Seite gewechselt hat?« fragte Girland und beugte sich vor.

»Ja.«

»Hübsch. Warum kommt er dann nicht einfach durch die Vordertür herein und sagt: ›Hier bin ich‹?«

»Er weiß zuviel. Man würde ihn um keinen Preis in den Westen zurückkehren lassen.« Sie schwieg eine Weile und fuhr dann fort. »Außerdem ist er krank. Er hat nicht mehr lange zu leben.«

»Und?«

»Ich kann Ihnen verraten, wo Sie ihn finden. Gehen Sie zu ihm. Ich möchte zehntausend Dollar dafür haben. Er hat gesagt, Sie geben mir das Geld bestimmt, wenn ich ihm helfe.«

»Was soll das heißen – er weiß zuviel?«

»Er hatte Zutritt zu gewissen Geheimdokumenten. Er hat sie bei sich. Er sagt, sie sind wichtig für die Sicherheit der Vereinigten Staaten.«

Girland gewann die Gewißheit, daß sie eine Lektion wiederholte, die sie vorher sorgfältig auswendig gelernt hatte. Wieder wunderte er sich über ihr Französisch. Sie sprach mit einem Akzent, den er noch nie gehört hatte.

»Meine Leute trennen sich wahrscheinlich nicht von soviel Geld, wenn man ihnen nicht mehr dafür bietet«, sagte Girland, dessen Interesse erwacht war. »Was hat er denn sonst noch mitgebracht?«

»Während der Zeit in Rußland hat er das sowjetische Spionagesystem von Grund auf neu organisiert. Die Unterlagen darüber hat er bei sich.«

»Das klingt schon besser.« Girland dachte eine Weile nach. »Gut, ich werde mit Dorey darüber sprechen. Vielleicht ist er auch gar nicht interessiert. Doppelagenten sind manchmal unzuverlässig.«

»Ich habe nicht viel Zeit«, sagte die Frau. Panik lag in ihrer Stimme. »Ich rufe Dorey morgen abend an. Er muß mir eine klare Antwort geben. Es sind noch andere Leute an meinem Angebot interessiert.«

»Tun Sie das nicht«, sagte Girland hastig. »Wir haben die Konkurrenz bereits am Hals. Falls Sie nicht geplaudert haben, dann hat es jemand anders getan. Vielleicht ist die Leitung in Doreys Büro angezapft. Rufen Sie mich an, das ist sicherer. Ich warte morgen abend um sieben auf Ihren Anruf. Jasmin 00051. Einverstanden?«

»Werden Sie das Geld bei sich haben?«

»Falls Dorey zustimmt, ganz bestimmt.«

»Dann rufe ich Sie ...

»Augenblick noch«, unterbrach Girland, »ist Carey in Paris?«

»Gute Nacht«, sagte die Frau, und Girland hörte, wie sich hinter dem Spiegel eine Tür sachte schloß.

Girland steckte sich eine neue Zigarette an. Er fragte sich, ob er Dorey überhaupt dazu überreden konnte, ihm den Auftrag zu lassen. Wohl kaum. Er war aber auch überzeugt daß es Dorey viel mehr als zehntausend Dollar wert war, sich mit Robert Henry Carey in seinem Büro unterhalten zu können.

Das mußte man alles reiflich überlegen. Es konnte eine hübsche Stange Geld einbringen, wenn er die Angelegenheit vorsichtig anpackte. Und es war auch höchste Zeit, daß er von der US-Regierung mal eine tüchtige Kapitalspritze bekam.

Er überlegte immer noch, als ihn ein leises Geräusch aufschreckte.

Er blickte hoch und sah Thomas vor sich – als Spiegelbild. Der junge Mann richtete eine Pistole auf seinen Nakken, und hinter ihm stand Schwartz, groß, dunkel und drohend wie ein Schatten.

3

Die beiden Männer glitten wie Katzen in den Raum und schlossen die Tür hinter sich.

Es juckte Girland, die Waffe zu ziehen, aber seine Lage war hoffnungslos. Erstens drehte er den beiden den Rükken zu, und dann hatte Thomas' Waffe einen Schalldämpfer. Er blieb also reglos sitzen und fühlte einen kalten Schauer den Rücken hinaufkriechen, als es ihm dämmerte, daß diese beiden Rossland gefoltert und erwürgt hatten.

»Wo ist sie?« fragte Thomas heiser. Als Girland Thomas' Spiegelbild betrachtete, sah er, daß sein Gesicht schweißbedeckt war.

Thomas war so verängstigt, daß er nicht einmal seine Stimme in der Gewalt hatte. Er hatte versagt. Radnitz hatte angeordnet, daß Girland auf keinen Fall mit der Frau zusammentreffen durfte. Weil er nicht aufgepaßt hatte, war es Girland aber gelungen. Zum erstenmal hatte er einen Befehl von Radnitz nicht ausgeführt.

Girland überlegte fieberhaft. Er ahnte, daß er auf der Schwelle des Todes stand. »Sie ist fort«, sagte er, ohne sich zu bewegen. »Schon seit zehn Minuten.«

Thomas drehte Schwartz den Kopf zu. »Ich bringe ihn um. Versuch sie aufzuhalten.«

Girland sagte rasch: »Wissen Sie denn, wie die Frau aussieht? Ich weiß es nicht. Wir haben durch den Trickspiegel da verhandelt. Und warum wollen Sie mich umbringen? Wir können uns doch einigen.«

Er war erleichtert, als er bemerkte, daß Schwartz immer noch am Türpfosten lehnte. Er machte keine Anstalten, sich zu bewegen.

»Such sie!« knurrte Thomas und hob die Waffe, so daß das Korn auf Girlands Hinterkopf zielte.

Das ist also das Ende, durchzuckte es Girland, und plötzlich hatte er Angst vor dem Tod. Instinktiv zog er den Kopf zwischen die Schultern, in einem hoffnungslosen Versuch, der Kugel auszuweichen. Er starrte im Spiegel in die Mündung und sah, wie Schwartz mit der Schnelligkeit einer zustoßenden Schlange vorsprang und Thomas' rechten Arm nach unten schlug.

Ein leises »Plopp« ertönte, als der Schuß losging. Zu Girlands Füßen war plötzlich ein kleines Loch im Teppich.

Wenn er nicht so viel Todesangst ausgestanden hätte, überlegte er später, hätte er in diesem Augenblick blitzschnell seine Waffe ziehen und beide niederknallen können. Aber die Furcht hatte ihn gelähmt, und ehe die

Schrecksekunde vorbei war, hatte Schwartz schon eine Waffe in der Hand und hielt sie damit in Schach. In seinen Augen stand ein kalter Funke. Girland wußte, daß dieser dunkle große Mann viel gefährlicher war als der bärtige Junge.

Thomas spürte, daß Schwartz ihm die Waffe aus der Hand wand, und drehte sich keuchend um. Schwartz behielt Girland im Auge.

Girland bemühte sich, ganz still zu sitzen. Thomas wich vor Schwartz zurück.

»Das wirst du büßen!« rief er schrill. »Ich sag's ihm! Er hat befohlen, wir sollen Girland aus dem Weg räumen. Du . . .«

»Dort steht ein Telefon«, unterbrach ihn Schwartz kalt. »Ruf ihn an. Sag ihm doch, was passiert ist.«

»Das brauch ich nicht! Er hat alles mir überlassen! Ich brauche ihm gar nichts sagen!« protestierte Thomas und versuchte, seine Stimme in die Gewalt zu bekommen. »Du wirst das ausbaden müssen, du Narr! Begreifst du denn nicht, daß wir einen Fehler gemacht haben? Wenn wir ihn jetzt umlegen, wird es niemand erfahren! Erschieß ihn!«

Girland lief der kalte Schweiß über die Rippen.

»*Du* hast einen Fehler gemacht«, sagte Schwartz. »Deinen ersten Fehler. Los, beichte es ihm, oder du bist derjenige, der hier abgeknallt wird.«

Thomas wich mit aschfahlem Gesicht zur Wand zurück.

Girland sah dem Treiben im Spiegel zu. Er wußte, wenn er auch nur die geringste Bewegung machte, würde ihn der große Dunkle erschießen.

»Los!« befahl Schwartz zum zweitenmal. »Sag ihm, daß sein kleiner Liebling den ersten Patzer gemacht hat.«

Nach einer Pause ging Thomas auf das Telefon zu, das auf einem Tischchen dicht neben Girland stand. Als er den Hörer abnehmen wollte, sagte Girland: »Das läuft über die Clubvermittlung. Es geht mich ja nichts an, aber das Mädchen von der Vermittlung hört bestimmt mit.«

Er spürte, daß Schwartz ihn anstarrte. Thomas drehte sich langsam um.

»Müßt ihr beide denn wirklich Räuber und Gendarm spielen?« fuhr Girland fort. »Ich bin bereit, einen Handel abzuschließen. Nicht mit euch beiden, sondern mit eurem Boß. In dieser Geschichte steckt Geld, das brauche ich nötig. Ich kann eurem Boß ja berichten, wie ich hierhergekommen bin, und das wird euch beide entlasten. Arbeiten wir doch alle zusammen.«

Thomas schien sich ein bißchen zu entspannen. Er sah Schwartz an. Girland spürte, daß er dem rettenden Ufer nahe war – doch erreicht hatte er es noch nicht.

»Ihr beiden arbeitet in derselben Branche wie ich«, fuhr er fort. »Schön, dann können wir auch gemeinsame Sache machen. Ich gehe mit zu einer Telefonzelle, wo ihr in Ruhe sprechen könnt. Keine Aufregung – kein Widerstand. Ich stelle nur die Bedingung, daß ihr euren Boß anruft und ihm sagt, daß ich mit ihm reden will. Ich habe morgen wieder eine Verabredung mit der Dame. Aber außer mir kommt dafür keiner in Frage. Teilt das eurem Boß mit.«

Sie starrten ihn immer noch schweigend an.

»Meine Kanone ist im Schulterhalfter«, sagte Girland. »Holt sie euch.« Das brachte wenigstens etwas Bewegung in die beiden. Thomas ging vorsichtig auf Girland zu. Girland saß steif wie eine Schaufensterpuppe da, während Thomas ihm die Waffe aus dem Halfter holte. Dann legte Girland langsam die Hände auf den Kopf und erhob sich vom Bett. Thomas tastete ihn rasch ab und tat dann einen Schritt zurück.

Schwartz nickte. »Gehen wir. Die Waffe hat einen Schalldämpfer, Girland. Eine falsche Bewegung und Sie sind hin.«

»Seid doch nicht so stur«, sagte Girland und ließ die Arme sinken. »Ich sage doch, daß ich einen Handel abschließen will.«

Er ging zur Tür, öffnete sie und trat auf den Korridor hinaus.

Die beiden Männer folgten ihm. Schwartz ging voraus, Thomas dicht hinter Girland. Girland spürte die Mündung an seiner Wirbelsäule.

An der Tür zur Bar empfing ihn wieder der schrille Lärm der Band. Er trat in den halbdunklen, rauchgeschwängerten Keller. Die kleine Bühne lag im Scheinwerferlicht. Ein blutjunges, rothaariges Mädchen stand nackt in einer Badewanne und hielt einen riesigen Schwamm vor sich hin. Während Wasser aus einer Brause auf ihre nackten Schultern rieselte, versuchte sie, einen gewissen Körperteil hinter dem Schwamm zu verstecken.

Die Touristen, die sich an den winzigen Tischen drängten, sahen ihr mit offenen Mündern zu.

Selbst jetzt noch, während der Tod ihm auf die Fersen trat, mußte er anhalten und das Mädchen betrachten. Als er ihre Figur nach einem eingehenden Blick für gut befand, beförderte ihn ein unsanfter Stoß in Richtung Ausgang.

In der Vorhalle sah ihn der Portier grinsend an.

»Hoffentlich haben Sie sich amüsiert, Monsieur«, sagte er.

Girland lächelte sauer zurück.

»Und ob«, sagte er. Dann drängte ihn Schwartz weiter, und er kletterte die Stufen zum Parterre hinauf.

»Warten Sie«, forderte Schwartz ihn oben im Flur auf.

Thomas machte einen Bogen um sie herum und trat auf die Straße hinaus. Nach einer kurzen Wartepause stieß Schwartz Girland weiter. Sie gingen hinaus auf den belebten Boulevard, wo der Citroën neben anderen geparkten Wagen auf der Fahrbahn wartete. Die Fahrer der Autos dahinter drückten wütend auf die Hupe. Girland glitt rasch in den Rücksitz. Schwartz zwängte sich neben ihn. Thomas saß bereits vorn im Beifahrersitz; Borg hinterm Steuer machte ein verblüfftes Gesicht.

»Im Café an der nächsten Ecke ist eine Telefonzelle.«

Schwartz drehte sich rasch herum, und ehe Girland es verhindern konnte, bekam er einen wuchtigen Schlag gegen das Kinn. Er sackte nach vorn und bekam einen zweiten Hieb ins Genick.

»Fein«, murmelte Schwartz. »Jetzt fahren wir zu meiner Wohnung. Der macht keine Schwierigkeiten mehr.«

»Was geht hier überhaupt vor, zum Teufel?« fluchte Borg, während er den Citroën in den Verkehrsstrom einfädelte.

»Halt die Klappe«, knurrte Thomas.

Borg sah Thomas erschrocken an und konzentrierte sich dann ganz auf die Straße.

Thomas starrte durch die Windschutzscheibe. Schon seit langem hatte er den Verdacht, daß Schwartz ihn haßte. Heute hatte Schwartz die Maske fallen lassen. Von jetzt an mußte er sehr vorsichtig sein. Er dachte an Radnitz, und sein Mund wurde trocken. Was würde Radnitz tun, wenn er erfuhr, daß das Treffen zwischen Girland und der Frau nicht verhindert worden war?

Borg bog in eine schmale Sackgasse ein. Schwartz bewohnte drei Kellerräume unter einer Bäckerei. Die Wohnung war für seinen Beruf sehr vorteilhaft. Nach acht Uhr abends war der Laden leer und die Gasse wie ausgestorben.

Thomas und Schwartz zogen den bewußtlosen Girland aus dem Wagen und trugen ihn die schmale Treppe hinunter. Sie setzten ihn auf dem Boden ab, während Schwartz die Tür aufsperrte und Licht machte. Dann schleiften sie ihn in den großen, dürftig möblierten Raum hinein. Thomas verriegelte die Tür wieder.

Borg stand zum erstenmal in Schwartz' Wohnung. Er blickte sich neugierig um.

Was für ein Loch, dachte er und rümpfte die Nase. Die Wände hatten große Schimmelflecke. Eine schmutzige, fadenscheinige Brücke lag auf dem Fußboden. Eine Schlafcouch stand an der linken Wand – die Bezüge fettig-grau.

Vier Stühle mit steifen Lehnen und löchrigen grünen Samtpolstern standen um einen runden Tisch, der über und über mit Brandnarben glühender Zigarettenkippen bedeckt war. Eine nackte Glühbirne baumelte von der Decke und warf ihr hartes Licht auf die ganze Trostlosigkeit.

Schwartz ließ Girland neben dem Tisch liegen, durchquerte den Raum und nahm den Hörer vom Apparat, der auf einem staubigen Regal neben dem Bett stand. Er wählte eine Nummer und wartete einen Moment, während Thomas und Borg ihn beobachteten.

»Mr. Radnitz«, murmelte Schwartz, als die Verbindung zustande kam. Thomas' Magen krampfte sich zusammen, als Schwartz ihm den Hörer in die Hand drückte.

»Los, rede mit ihm!«

Es dauerte eine Weile, bis Radnitz sich meldete. »Ja?«

»Thomas am Apparat, Sir«, antwortete Thomas mit belegter Stimme. »Die Operation ist leider nicht ganz nach Plan verlaufen. Wir haben ihn hierher in die Wohnung von Schwartz geschafft. Die beiden haben miteinander gesprochen.«

Thomas wartete, während ihm der Schweiß aus den Barthaaren tropfte.

»Sie meinen doch sicher, daß ihr die Frau zu Schwartz gebracht habt«, verbesserte Radnitz kühl.

»Nein, sie ist uns entkommen. Girland ist hier.«

Es folgte eine lange Pause. Dann sagte Radnitz in viel schärferem Ton: »Ich verstehe. Gut, ich komme.« Ein Knacken, und die Leitung war tot.

Thomas legte auf. »Er kommt her«, sagte er. Dann, in einem Versuch, seine verlorene Autorität zurückzugewinnen: »Legt ihn aufs Bett!«

Weder Schwartz noch Borg bewegten sich. Schwartz saß auf einem der Stühle mit dem giftgrünen Polster, Borg zündete sich eine Zigarette an.

»Legt ihn auf das Bett, hab ich gesagt!« wiederholte Thomas schrill.

Schwartz grinste spöttisch. »Mach's doch selbst, wenn du ihn unbedingt im Bett haben willst.«

Girland bewegte sich und schlug stöhnend die Augen auf. Er starrte auf einen feuchten Fleck an der Decke. Als er sich aufrichten wollte, stand Schwartz auf und trat ihm kräftig gegen die Rippen.

Der jähe Schmerz rüttelte Girland aus seiner Benommenheit. Er wälzte sich auf den Bauch, packte Schwartz bei den Hosenaufschlägen und zog kräftig an. Schwartz plumpste auf den Rücken. Girland wollte sich auf ihn werfen, aber Borg packte ihn bei den Haaren und schleifte ihn von Schwartz weg, der sich wieder hochrappelte. Schwartz' Gesicht war blaß vor Wut. Er wollte Girland die Pistole über den Kopf schlagen, aber Thomas fiel ihm in den Arm.

»Er will mit ihm reden«, sagte Thomas. »Laß ihn in Ruhe!«

Borg ließ Girlands Haare los. Girland setzte sich auf und funkelte Schwartz an. »Eines Tages werden wir beide uns unter gleichen Bedingungen messen, du Ratte«, sagte Girland. »Dann zahle ich dir das heim.«

Schwartz schob Thomas fort, schnitt Girland eine Grimasse und setzte sich wieder.

Girland hielt sich den Nacken, stand schwankend vom Boden auf und setzte sich auf die Bettcouch.

Borg zog eine Reiseflasche voll Branntwein aus der Tasche, trank gierig und bot die Flasche Girland an.

»Nimm einen Schluck«, sagte er. »Siehst aus, als hättest du's dringend nötig.«

Girland nahm die Flasche und ließ sich den billigen Weinbrand in die Kehle rinnen. Er verzog das Gesicht. Dann gab er Borg die Flasche zurück.

»Da Sie schon in Spendierlaune sind«, sagte Girland, »können Sie mir auch noch eine Zigarette geben.«

Borg warf ihm eine Packung zu. Girland fing sie auf, steckte sich eine Zigarette an und wollte das Päckchen zurückwerfen; aber Borg winkte ab. »Behalten Sie's.«

Thomas hatte das alles beobachtet. Jetzt wurde ihm sogar Borg unheimlich. Warum überging der ihn einfach und behandelte Girland so, wie es ihm gefiel? Doch nur, weil er ihn, Thomas, schon kaltgestellt glaubte.

Das Schweigen hing wie eine Drohung im Raum. Girland rauchte langsam und erholte sich dabei von den fürchterlichen Schlägen. Von Zeit zu Zeit zog Borg seine Schnapsflasche aus der Brusttasche und nahm einen Schluck. Schwartz bewegte keinen Muskel, betrachtete Girland nur mit glitzernden Augen. Thomas hatte es satt, immer an der Wand zu stehen. Er zog sich einen Stuhl heran und setzte sich abseits hin.

Die Minuten schleppten sich dahin. Dann hörten sie eine Tür ins Schloß fallen. Thomas sprang auf und ging zum Eingang. Er öffnete und trat zur Seite, als Radnitz hereinkam, die Zigarre zwischen den fetten Fingern.

Radnitz trug einen schwarzen, rotgefütterten Umhang, der von seinen breiten Schultern herabwallte und seinem Auftritt etwas Bombastisch-Theatralisches gab. Radnitz machte dazu ein Gesicht, als betrete er die Hütte eines Leprakranken.

Thomas sage kleinlaut: »Der dort auf dem Bett ist Girland, Sir.«

Radnitz streifte Girland mit einem flüchtigen Blick und scheuchte dann die anderen mit einer Handbewegung auf. »Wartet draußen«, befahl er kurz.

Als die drei den Raum verlassen hatten, nahm Radnitz seinen Umhang ab und legte ihn vorsichtig über eine Stuhllehne. Er blickte sich mit angewidertem Gesicht um und suchte sich dann einen Stuhl aus.

Als hielte er ein Selbstgespräch, murmelte er: »Ein Schwein würde sich in diesem Stall nicht wohl fühlen.«

Girland betrachtete ihn nur schweigend.

Radnitz heftete die kleinen, eiskalten Augen auf Girland. »Ich bin Radnitz«, sagte er. »Sie werden schon von mir gehört haben.«

Als Girland immer noch schwieg, fuhr Radnitz fort: »Ich weiß auch etwas über Sie, Mr. Girland. Sie sind Berufsagent und arbeiten für die Amerikaner. Sie übernehmen schwierige Aufträge gegen schlechte Bezahlung. Meiner Meinung nach sind Sie ein sehr unbedeutender Mann in einem sehr gefährlichen Beruf. Sie haben gewisse Talente und auch Courage, aber Sie wissen beides nicht auszunützen. Für die vielen Jahre, die Sie schon als Agent arbeiten, haben Sie wenig vorzuweisen. Ich wiederhole, Mr. Girland: Sie sind ein unbedeutender Mann mit gefährlichem Beruf.«

Girland grinste und massierte sich den schmerzenden Nacken.

»Große Bäume wachsen aus kleinen Eicheln«, sagte er. »Ich habe viel Geduld. Außerdem entwickle ich mich gerade zu einem bedeutenden Mann.«

Radnitz ließ die Asche seiner Zigarre achtlos auf den Teppich fallen.

»Sie könnten ein bedeutender Mann werden, Mr. Girland. Aber die Chance, sich in einen toten Mann zu verwandeln, ist ebenso groß.«

Girland zog die Schachtel aus der Tasche, die ihm Borg geschenkt hatte, und zündete sich eine Zigarette an.

»Können wir jetzt über das Geschäftliche reden?« fragte er und stieß eine Rauchwolke durch die Nase. »Wenn Sie mich umbringen – was haben Sie schon davon? Ich lasse mich nicht so leicht ins Bockshorn jagen. Wir beide können handelseinig werden.«

»Das hoffe ich sehr, Mr. Girland«, sagte Radnitz. »Entweder werden wir uns einig, oder Sie verlassen dieses Zimmer als Leiche.«

»Also werden wir uns einig«, sagte Girland.

Radnitz verlagerte sein Körpergewicht und fragte dann unvermittelt: »Sie haben mit Madame Foucher gesprochen?«

»Das habe ich.«

»Ich habe meinen Leuten befohlen, das zu unterbinden.«

»Ich war schon dort, ehe sie den Club abriegelten.«

Radnitz starrte ihn an, und Girland starrte zurück. Dann zuckte Radnitz die Schultern.

»Weiß sie, wo Carey ist?«

»Ja.«

»Hat sie es Ihnen verraten?«

Girland schüttelte den Kopf. bedauerte es aber sofort. Der stechende Schmerz im Kopf trieb ihm den Schweiß ins Gesicht. Er massierte wieder seinen Nacken und antwortete finster: »Sie möchte für die Information bezahlt werden. Morgen abend bin ich wieder mit ihr verabredet.«

»Wieviel?«

Ohne in zögern, antwortete Girland: »Fünfzehntausend Dollar in bar.«

Radnitz sah ihn prüfend an. »Ich sehe, Sie beginnen zu wachsen, Mr. Girland.«

»Das habe ich Ihnen ja prophezeit.«

»Für fünfzehntausend Dollar will Ihnen diese Dame also verraten, wo sich Robert Henry Carey aufhält?«

»Richtig. Sie muß morgen abend eine bestimmte Telefonnummer anrufen. Ich muß sie überzeugen, daß ich das Geld für sie bereit habe. Dann wird sie mir verraten, wo Carey ist.«

»Von wem wollen Sie sich die fünfzehntausend Dollar beschaffen?« fragte Radnitz und klopfte wieder Asche auf den Teppich.

»Von Dorey. Ich brauche Sie wohl nicht über ihn aufzuklären, nicht wahr?«

»Ich weiß über Dorey Bescheid«, sagte Radnitz mit ausdruckslosem Gesicht. »Mir scheint, Mr. Girland, Sie arbeiten für die falschen Leute. Ich muß Carey finden. Fünfzehntausend Dollar, haben Sie gesagt? Was wollen Sie damit anfangen?«

»Ich werde mir schon etwas einfallen lassen«, sagte Girland und dachte, daß fünftausend Dollar kein übles Schmerzensgeld für einen verrenkten Hals wären.

»Wäre es nicht besser, wenn Sie fünfzigtausend Dollar in Ihre Tasche stecken könnten?«

Girland hielt jäh den Atem an. Von einer solchen Summe hatte er schon immer geträumt.

»Das wäre sehr viel besser«, sagte er vorsichtig.

»Ich würde Ihnen so viel bezahlen.«

»Ich spreche morgen abend mit der Dame. Geben Sie mir fünfzehntausend Dollar, dann werde ich Ihnen dafür sagen, wo Garey steckt. Die fünfzehntausend brauche ich für sie. Über meinen Anteil sprechen wir, wenn ich mit ihr verhandelt habe.«

Radnitz zog an seiner Zigarre; die Spitze glühte auf wie ein Warnlicht.

»Wenn alles so einfach wäre, Mr. Girland«, sagte Radnitz und atmete den Rauch beim Sprechen aus, »gäbe es im Leben kaum Komplikationen. Es genügt nicht, Careys Aufenthaltsort zu wissen. Ich möchte dafür sorgen, daß er liquidiert wird. Ich gebe Ihnen die fünfzehntausend Dollar natürlich, aber ehe Sie sich Ihr Honorar verdienen, müssen Sie mich davon überzeugen, daß Sie Carey finden können; daß Sie bereit sind, ihn zu töten, und mir alle Papiere bringen, die er aus Rußland mitgenommen hat.«

Girland rieb sich wieder den Nacken. »Ich schlage vor, daß ich zuerst mit der Frau rede. Dann können wir zum zweiten Teil übergehen.«

Radnitz schlug die fetten Beine übereinander. »Mr. Girland, Sie sind jetzt seit fünf Jahren Agent. Sie waren damit zufrieden, ab und zu einen Hunderter aufzuschnappen. Jetzt sind Sie in der Lage, eine Menge Geld zu verdienen, aber ich vermute, Ihr Verstand ist zu beschränkt, um die Bedeutung dieser Summe richtig zu erfassen. Sie haben vielleicht die Absicht, mich zu hintergehen. Sie haben möglicherweise vor, die fünfzehntausend Dollar in die eigene Tasche zu stecken und dann aus Paris zu verschwinden.

Aber ich versichere Ihnen, es wäre sehr unklug, sich mit diesen Absichten zu tragen. Sie könnten die fünfzehntausend kaum ausgeben.«

Girland sah Radnitz fest an. »Ich treffe mich mit dieser Frau, gebe ihr das Geld und sage Ihnen dann, was sie mir berichtet hat«, sagte er gelassen. »Es steht bei Ihnen, ob Sie mir trauen wollen oder nicht.«

»Ich traue niemand«, erwiderte Radnitz. »Aber wenn ich etwas haben will, richte ich es so ein, daß ich es auch bekomme. Ich will Carey und glaube, Sie können ihn für mich finden. Ich glaube auch, daß Sie der Richtige sind, ihn zu beseitigen, sobald Sie ihn gefunden haben. Dafür zahle ich Ihnen fünfzigtausend Dollar. Wollen Sie diesen Auftrag übernehmen?«

Girland dachte an Robert Henry Carey. Niemand konnte ihn mit Geld dazu verleiten, einen Menschen zu liquidieren – schon gar nicht Carey –, und wenn man ihm eine Million dafür bot. Aber er hätte sich die fünfzigtausend natürlich brennend gern verdient und besaß viel Selbstvertrauen. Dieser fette, vierschrötige Mann sollte an ihm seinen Meister finden. Aber vorerst mußte er mit ihm zusammenarbeiten. Schließlich gewann er damit Zeit und Spielraum.

»Der Handel gilt«, sagte er. »Es gibt nicht viel, was ich für fünfzigtausend nicht täte.«

Radnitz blickte sich im Zimmer um, als müsse er nachdenken. »Wissen Sie das ganz genau, Mr. Girland?«

Girland entging nicht die Drohung in Radnitz' Stimme.

»Ganz genau.«

»Sie müssen aufpassen, daß Ihre früheren beschränkten Methoden Sie nicht zum Verrat verleiten«, sagte Radnitz mit falscher Gönnerhaftigkeit. »Ich weiß sehr viel über Sie, Mr. Girland. Wenn Sie sich für mich entscheiden, sind Sie gebunden.«

»Ich sage doch, der Handel gilt«, antwortete Girland.

Radnitz nickte und stand auf. »Das Geld wird Ihnen

morgen nachmittag in die Wohnung gebracht. Sie werden sich mit dieser Frau in Verbindung setzen und feststellen, wo Carey sich versteckt. Danach kommen Sie ins *Georg V.* und sagen es mir. Wir werden uns dann auf die beste Methode einigen, wie er zu liquidieren ist.«

»Ich werde mich daran halten«, sagte Girland.

Radnitz warf sich den Umhang über die Schultern und ging zur Tür.

»Also dann bis morgen abend, Mr. Girland, im *Georg V.* Ich habe Sie engagiert.« Er starrte Girland nachdenklich an. »Und ich verspreche Ihnen, daß Sie nicht lange leben, falls Sie sich die Sache wieder anders überlegen.«

Er verließ das Zimmer. Im Sog der kolossalen Gestalt schwang die Tür sanft ins Schloß.

John Dorey ging die Vortreppe der amerikanischen Botschaft hinunter, die Schultern leicht hochgezogen, um sich vor dem beißenden Wind zu schützen. Der Posten am Tor grüßte, und Dorey antwortete mit einem Nicken. Er schlenderte zu der Stelle hinüber, wo sein Peugeot 404 geparkt stand, nickte auch dem Gendarm zu, der das Karree der abgestellten Wagen umkreiste, als wären es Schafe im Pferch, und schloß die Wagentür auf.

Er glitt hinters Lenkrad und schaltete das Standlicht ein. Dann blickte er auf seine bescheidene silberne Omega, die er vor ein paar Jahren in Genf gekauft hatte: zwanzig vor zehn.

Es gehörte zu seinen Gewohnheiten, bis in die späten Abendstunden hinein zu arbeiten. Während der Dienststunden hatte er ein belegtes Brötchen und ein Glas Milch zu sich genommen. Auch das gehörte zu seinem Tagesrhythmus: einen kleinen Imbiß zu sich zu nehmen, ehe er sich in seine Wohnung zurückzog. Er lebte allein. Die Scheidung von seiner Frau lag schon so lange zurück, daß er sich kaum mehr an sie erinnerte. Er wohnte gern allein.

Achtunddreißig Jahre arbeitete er nun schon in der amerikanischen Botschaft in Paris. Er hatte eine Reihe von Posten bekleidet, bis er schließlich zum Leiter der französischen Sektion der Central Intelligence Agency aufrückte. Diese Arbeit hatte ihn restlos ausgefüllt, und ein paar Jahre lang waren seiner Abteilung auch eine Reihe von Erfolgen beschieden gewesen. Doch seit geraumer Zeit nagte der böse Verdacht an ihm, daß man ihn frühzeitig in Pension abschieben wollte. Als Washington vor zwei Monaten Thorton Warley nach Paris schickte, um ihn abzulösen, hatte Dorey diese Entscheidung hart getroffen. Dorey sollte zwar mit seinen eigenen Agenten und Kontaktleuten weiterarbeiten, aber Warley leitete die Abteilung und hatte den Auftrag, sie neu zu organisieren.

Obgleich es Dorey nur sich selbst eingestand, war er überzeugt, daß Washington mit seinen Leistungen nicht mehr zufrieden war. Deshalb hatten sie ihm Warley vor die Nase gesetzt, um ihn unter einem Vorwand abschieben zu können, ehe seine letzten drei Dienstjahre um waren. Dorey hatte sich geschworen, daß es bestimmt nicht seine Schuld sein sollte, wenn Warley auf seinem neuen Posten Erfolg hatte.

Es war richtig, was Rossland behauptet hatte – Dorey behielt alle guten Tips für sich. Er lebte nur noch in der Hoffnung, daß ihm ein besonders guter Fischzug glückte – eine so große Leistung, daß Washington einlenkte, Warley von seinem Posten zurückberief und noch dazu seine aktive Zeit um zwei weitere Jahre verlängerte.

In Gedanken mit Warley beschäftigt, fuhr Dorey über die Pont de la Concorde, suchte eine Lücke im Verkehrsstrom, der sich den Quai d'Orsay hinunterwälzte, und erreichte endlich die Avenue Bosquet. In einer der kleinen Seitenstraßen hier besaß er ein Apartment. Mindestens fünf Minuten lang fuhr er mit wachsendem Ärger die Straße ab, vergeblich Ausschau nach einer Parklücke haltend. Erst am entgegengesetzten Ende der Straße konnte er parken und mußte dann ein ganzes Stück zu Fuß gehen.

Dieses Spiel wiederholte sich allabendlich, und trotzdem ärgerte er sich jedesmal schwarz.

Als er den Hausflur betrat, nickte ihm die Concierge durch ihr Fenster lächelnd zu. Er gab ihr regelmäßig ein Trinkgeld. Er grüßte zurück und fuhr in den dritten Stock hinauf.

Er schloß auf, hängte seinen leichten Überzieher in den Garderobenschrank und betrat das große, geschmackvoll eingerichtete Wohnzimmer.

Er schaltete das Licht ein, ging zum Schreibtisch, zog einen Schlüsselbund aus der Tasche und sperrte eine Schublade auf. Er wollte gerade einen prallgefüllten Aktendeckel herausnehmen, als das Telefon läutete.

Er runzelte die Stirn, zögerte und nahm dann den Hörer ab.

»John?« erkundigte sich eine Frauenstimme.

»Ja.«

»Janine. Ich wollte mich nur vergewissern, daß du zu Hause bist. Ich komme in einer halben Stunde zu dir.«

»Schön«, sagte Dorey und legte auf.

Er saß ein paar Minuten da und blickte wie gebannt auf das schneeweiße Löschblatt vor ihm auf dem Schreibtisch. Dann schloß er die Schublade wieder ab. Er stand auf und wanderte zu einem großen Lehnstuhl hinüber, einen nachdenklichen Ausdruck auf dem schmalen, scharf geschnittenen Gesicht. Die Augen hinter den funkelnden Brillengläsern blickten ein bißchen unsicher. Dorey nahm ein Exemplar des *New Yorker* vom Tisch und blätterte es durch. Er blätterte es bereits zum viertenmal durch, ohne auch nur eine Zeile aufgenommen zu haben, als es läutete. Er blickte erst lange durch den Spion, ehe er die Tür öffnete.

Janine Daulnay schritt rasch an ihm vorbei in die Diele. Dorey schloß die Tür, während sie sich ihm mit einem unpersönlichen Lächeln zuwandte und dabei die Handschuhe abstreifte. Sie mochte zwischen dreißig und fünfunddreißig sein, war mittelgroß, schlank, elegant, dunkel und trug einen teuren Nerzmantel. Große, runde Augen mit spöttischem Glanz und einem eigenartigen Reiz, den die meisten Männer unwiderstehlich fanden – nur Dorey nicht. Schon vor vielen Jahren hatte er das Fazit gezogen, daß Frauen nicht nur gefährlich waren, sondern auch eine Plage. Er hatte nur ungern mit ihnen zu tun, obwohl er einsah, daß sie ein notwendiges Übel waren.

»Komm herein und setz dich«, sagte er und schritt ihr ins Wohnzimmer voraus. »Ich hab noch eine Menge zu tun. Was gibt's denn?«

Sie zog den Nerzmantel aus, ließ ihn auf einen Stuhl fallen und folgte ihm ins Zimmer. Sie streifte den Saum ihres Dior-Kleides über den schönen Knien glatt, als sie sich setzte.

»Hast du Harry Rossland einen Auftrag gegeben?« fragte sie.

Diese unerwartete Frage brachte Dorey vorübergehend so sehr aus der Fassung, daß sein Pokergesicht einen Moment transparent wurde.

Janine bemerkte diese Reaktion, wie sie jeden Wechsel im Ausdruck eines Mannes registrierte.

»Warum fragst du?« fragte Dorey vorsichtig.

»Nun hör mal zu, John – entweder arbeite ich mit dir zusammen oder nicht. Ich stelle dir nur eine einfache Frage: Arbeitet Rossland heute abend für dich?«

Dorey betrachtete die tadellos elegante Frau mit dem kühlen Gesicht und erinnerte sich an die vielen Gefälligkeiten, die sie ihm schon erwiesen hatte. Er wünschte jetzt, er hätte sie konsultiert, ehe er mit Rossland gesprochen hatte.

»Er arbeitet heute abend für mich«, sagte er.

»An einer wichtigen Sache?«

»Möglich. Ich weiß noch nicht.«

Sie öffnete ihre Krokodilledertasche, zog ein goldenes Zigarettenetui heraus und zündete sich die Zigarette mit einem goldenen Feuerzeug an.

»Möchtest du es mir nicht sagen, John?«

Dorey erwiderte ausweichend: »Was soll das? Es hat wirklich nichts mit dir zu tun, Janine.«

Sie lächelte, wobei sich Rauch aus ihren kleinen Nüstern kräuselte. »Also gut, wenn du eigensinnig bist, kann ich ja wieder gehen und dich deiner Arbeit überlassen.« Sie strich ihr Kleid glatt, machte jedoch keine Anstalten aufzustehen.

»Du weißt doch, daß ich dir vertraue, Janine. Du weißt etwas, nicht wahr? Was?«

Sie seufzte und ließ die Asche auf den Perserteppich fallen. »Also gut. Es war reiner Zufall. Ich habe Harry Rossland heute abend gesehen. Er wurde von einem jungen Mann mit Bart beschattet. Ein zweiter Mann beschattete ihn von vorn. Harry entdeckte den Bärtigen, aber nicht den zweiten. Ich hielt die Sache für nicht so wichtig und mischte mich nicht ein. Doch dann fiel mir ein, daß ich den jungen Mann mit dem Bart schon mal gesehen hatte.« Sie legte eine Pause ein und fuhr dann fort: »Er arbeitet für Herman Radnitz.«

Dorey lehnte sich vor. »Bist du sicher?«

Sie winkte ungeduldig ab. »Das solltest du ja inzwischen wissen, John – ich bin mir meiner Sache immer sicher.«

»Und?«

»Ich wurde neugierig, weil ich wußte, daß Rossland für dich arbeitet. Ich hatte eine Verabredung, aber ich versäumte sie und fuhr zum *Georg V*. Radnitz saß in der Bar und wartete. Dann kam der junge Mann mit dem Bart, verhandelte mit Radnitz und ging wieder. Nach fünf Minuten kam er wieder und telefonierte. Ich rief Harrys Wohnung an, erhielt aber keine Antwort.«

Dorey nahm seine Brille ab und putzte die Gläser mit dem Taschentuch. Er dachte eine Weile mit verkniffenem Gesicht nach, wobei Janine ihn beobachtete.

»Es ging alles viel zu schnell«, sagte er schließlich. »Ich hätte vorher mit dir reden sollen, aber die Zeit war zu knapp. Ich habe die Sache auch gar nicht so ernst genommen. Dachte, Rossland würde schon damit fertig.«

»Alle Menschen nützen sich einmal ab«, sagte Janine. »Sie werden zu selbstsicher. Ich glaube, dir geht es ebenso, John. Du wolltest einfach nicht wahrhaben, daß Rossland erledigt ist. Ich habe dir das schon einmal gesagt, aber du hast dich so sehr an ihn gewöhnt, daß du ihm immer wieder Aufträge gibst. Aber lassen wir das. Worum geht es überhaupt?«

»Heute morgen rief mich eine Frau an, die sich Madame Foucher nannte. Sie sagte, sie habe eine Information zu verkaufen.« Dorey rutschte unruhig im Stuhl hin und her. »Jeden Tag rufen Verrückte bei uns an und möchten Informationen verkaufen. Diese Madame Foucher könnte auch zu der Sorte gehören. Sie sagte, sie könne mir am Telefon keine Einzelheiten nennen. Ob ich sie vielleicht abends in einem drittrangigen Kellerclub treffen wollte? Sie schloß mit der Bemerkung, ihre Informationen hätten etwas mit der Sicherheit der Vereinigten Staaten zu tun. Dann legte sie auf. Ich beschloß also, Rossland zum Treffpunkt zu schicken.«

Janine drückte die Zigarette im Aschenbecher neben ihr aus. »Was hatte er zu berichten?«

»Ich warte noch. Er trifft sich nicht selbst mit der Frau. Er hat den Auftrag an einen seiner Leute weitergegeben.«

»Weshalb?«

»Du kennst doch Rossland. Der hält sich stets im Hintergrund.«

»Wer trifft sich dann mit dieser Frau?«

»Sagte ich doch schon – einer seiner Leute.«

»Du weißt nicht, wer das ist?«

Dorey nahm seine Brille wieder ab. »Nein.«

»Bis wann wirst du von ihm hören?«

»Sie treffen sich nicht vor elf.«

Sie blickte auf die Uhr. Die Zeiger standen auf Viertel

vor elf. »Ich würde nicht so lange warten«, sagte sie. »Wenn Radnitz beteiligt ist, kann es schlimm ausgehen.«

Dorey hatte den gleichen Gedanken. Er nahm den Hörer ab und wählte Rosslands Nummer. Nach einer langen Pause legte er wieder auf.

»Nicht zu Hause.«

Sie blickten sich an.

»Vielleicht doch«, sagte Janine und stand auf. »Ich glaube, wir sollten zu ihm fahren. Mir gefällt das alles nicht.«

Dorey nickte, ging zu seinem Schreibtisch, sperrte eine Schublade auf und nahm eine Automatik, Kaliber .38, heraus. Er überprüfte sie sachkundig und steckte sie in die Hüfttasche. Dann holte er seinen Mantel aus dem Garderobenschrank.

Zwanzig Minuten später fuhren sie mit dem Lift zu Rosslands Wohnung.

Als Dorey auf die Klingel drücken wollte, stellte er fest, daß die Tür einen Spalt offenstand. Die Pistole in der Manteltasche griffbereit, stieß er die Tür leise auf und trat in die Diele. Janine folgte ihm. Im Wohnzimmer brannte Licht. Wie ein Schatten glitt Dorey zum Türpfosten und spähte in den Raum. Er schluckte krampfartig, als er Rossland erblickte.

»Schließ die Tür«, raunte er. »Er liegt dort im Zimmer – tot.«

Janine schloß mit ausdruckslosem Gesicht die Wohnungstür und stellte sich neben Dorey, der auf Rossland hinuntersah. Nach einem schreckgeweiteten Blick wandte sie sich ab.

»Hast du seine Hand gesehen?« fragte sie stockend.

Er brummte nur. Aber seine Wangenmuskeln zuckten, als er mit ihr das Zimmer durchsuchte.

»Sieht nicht nach Stöbern aus«, murmelte sie. »Sie hatten es offenbar eilig, brachten ihn zum Sprechen, erwürgten ihn und gingen wieder.«

»Wir sollten auch verschwinden, Janine«, drängte Dorey. »Wir dürfen uns hier nicht erwischen lassen.«

Sie verließen das Apartment so vorsichtig, wie sie es betreten hatten.

Unten in Doreys Wagen dozierte Janine: »Hier wird um einen großen Einsatz gespielt, John. Du hättest selbst mit der Dame reden sollen. Rossland war nicht der richtige Mann dafür.«

»Woher konnte ich das wissen?« verteidigte sich Dorey. »Ich sage dir doch – jeden Tag rufen mich ein paar Verrückte an.«

»Wo liegt dieser Kellerclub?«

»Am Boul' Clichy.«

»Fahren wir hin.«

Dorey blickte sie von der Seite an. »Dafür ist es schon zu spät. Es ist halb zwölf.«

»Wir fahren hin«, beharrte Janine. »Und zwar rasch.« Als Dorey auf die Fahrbahn bog, fuhr sie fort: »Das war Radnitz' Handschrift, davon bin ich überzeugt. Wenn es hier nicht um einen hohen Einsatz ginge, hätte er Rossland nicht umbringen lassen. Hast du denn nicht wenigstens einen Anhaltspunkt, wie der Mann aussah, den Rossland zum Treffpunkt schickte?«

»Nein. Rossland hat mir immer die Namen seiner Agenten verheimlicht. Er hatte Angst, ich könnte sie ihm ausspannen.«

»Das wird Warley bestimmt nicht angenehm in den Ohren klingen, John. Du hast den Tip erhalten, aber anstatt ihn an Warley weiterzugeben, setzt du Rossland ein – ausgerechnet Rossland! Er schickt einen Unbekannten, und Radnitz mischt sich ein. Radnitz wird inzwischen Rosslands Beauftragten abgefangen haben und wissen, was die Dame zu verkaufen hat – etwas von Bedeutung für die nationale Sicherheit der USA. Keine Empfehlung für dich, wie?«

Dorey fühlte, daß seine Handflächen feucht wurden. Es gab Zeiten, in denen er irre wurde an Janine. Nicht zum erstenmal bedauerte er, sie nicht zu seiner Mätresse gemacht zu haben. Es hatte eine Zeit gegeben, in der sie dazu bereit gewesen wäre. Als Mätresse hätte sie ihm größeren Einfluß zugestanden.

»Wir machen alle Fehler«, sagte er. »Ich wüßte nicht, weshalb man mir daraus einen Vorwurf machen sollte.«

Sie zündete sich schweigend eine Zigarette an.

Er sah sie unbehaglich von der Seite an. Es hatte keinen Zweck, weiter nach Ausflüchten zu suchen.

Ein paar Minuten vor Mitternacht trafen sie vor dem Kellerclub ein. Inzwischen hatte sich Dorey von dem Schrecken erholt, den ihm Rosslands Tod bereitet hatte, und sein wacher Verstand arbeitete wieder zuverlässig.

»Du wartest hier«, sagte er, »ich kann das besser allein erledigen.« Sie nickte, und Dorey ging in den Club.

Der Dicke im grünen Frack begrüßte ihn.

»Ich muß mit Ihnen reden«, sagte Dorey barsch und zeigte seinen Botschaftspaß. »Sie können Schwierigkeiten mit der Polizei bekommen.«

Husson, der Mann im grünen Frack, erschrak. Doreys autoritäres Auftreten beeindruckte ihn. Wenn die Polizei kam und seinen Trickspiegel entdeckte, gab es wirklich eine Menge Scherereien.

Er führte Dorey in ein kleines Büro hinter der Bar.

»Nun, Monsieur, was kann ich für Sie tun?«

»Eine Dame, die sich Madame Foucher nennt, ist meines Wissens bei Ihnen gewesen«, sagte Dorey.

Er registrierte, daß Husson erst nach kurzem Zögern nickte.

»Das stimmt, Monsieur.«

»Ist sie noch hier?«

»Sie ist vor einiger Zeit gegangen.«

»Hat sie sich mit jemand getroffen?«

»Ein Amerikaner hat mit ihr verhandelt.«

»Was wissen Sie über Madame Foucher?«

Husson hob die Schultern.

»Sie kam gestern hierher und bat um ein Zimmer, wo sie abends um elf Uhr einen Freund empfangen könne. Sie zahlte gut. Ich sah keinen Grund, warum ich ihr die Bitte abschlagen sollte.«

»Können Sie die Dame beschreiben?«

»Sie war ungewöhnlich groß für eine Farbige – hübsch, jung und gut angezogen.«

»Eine Farbige?« wiederholte Dorey elektrisiert.

»Ja, aus Westafrika – Senegalesin, würde ich sagen.«

Dorey fiel jetzt nachträglich der eigenartige Akzent auf, mit dem sie am Telefon gesprochen hatte. Er hätte sofort bemerken sollen, daß sie eine Senegalesin war, dachte er ärgerlich.

»Der Mann kam auch zur Verabredung?«

»Jawohl, Monsieur. Er ist eben erst mit zwei anderen Männern wieder gegangen. Muß vor knapp zehn Minuten gewesen sein.«

»Kannten Sie die beiden anderen Männer?«

»Nein, Monsieur. Sie kamen in den Club, tranken etwas an der Bar, und als sie mir wieder zu Gesicht kamen, verließen sie gerade mit dem Amerikaner den Club.«

»Können Sie mir die beiden beschreiben?«

Husson dachte einen Moment nach. »Ich habe nicht genau auf sie geachtet, Monsieur. Bei dieser Beleuchtung – Sie verstehen. Ich glaube, der Kleinere hatte einen Bart. Den anderen kann ich leider nicht beschreiben.«

»Und den Amerikaner?«

Husson entwarf ein ziemlich zutreffendes Bild von Girland, aber Dorey sagte es gar nichts.

»Kannten Sie Madame Foucher von früher?«

»Nein.«

»Hatte sie einen Wagen?«

»Das kann ich nicht sagen. Sie kam in den Club, und ich führte sie in das bestellte Zimmer.«

»Sie hat Ihnen auch den Namen des Mannes nicht verraten, mit dem sie sich hier verabredet hatte?«

»Nein, Monsieur.«

Dorey gab es auf. Wenigstens war etwas bei dem Verhör herausgekommen: Rosslands Beauftragter hatte mit der bewußten Dame gesprochen. Sie war wieder gegangen, und dann hatten Radnitz' Leute Rosslands Agenten aus dem Club geführt. Dorey stand auf.

»Vielen Dank. Ich glaube, daß Sie mir alle Auskünfte gegeben haben, die ich brauche.«

Husson sah ihn scharf an. »Wird es Scherereien geben?«

»Nein, für Sie nicht«, sagte Dorey, verließ den Club und stieg zu Janine in den Wagen.

In raschen Zügen berichtete er.

»Glaubst du nicht, daß du jetzt Warley reinen Wein einschenken solltest, John?«

»Ganz und gar nicht«, sagte Dorey entschieden. »Das kann ich allein erledigen. Ich werde diese Senegalesin schon aufspüren. Ich lasse einfach die Listen der Flugpassagiere überprüfen. Wahrscheinlich ist sie erst vor ein paar Tagen in Paris eingetroffen. Ich habe eine gute Beschreibung von der Dame, und jemand vom Flughafenpersonal wird sich bestimmt an sie erinnern.«

»Aber inzwischen quetschen sie Rosslands Agenten aus«, sagte Janine. »Es kann nicht lange dauern, bis sie wissen, wer diese Dame ist und wie ihre Adresse lautet. Ich glaube, du bist zu spät am Zug, John.«

»Das muß ich in Kauf nehmen. Wenn ich zu spät komme, dann Warley ebenfalls. Er arbeitet auch nicht besser als ich.«

Mit einem störrischen Zug um den Mund fuhr er rasch nach Hause.

4

Nur Sekunden, nachdem Radnitz verschwunden war, kam Thomas ins Zimmer und blickte Girland besorgt an.

»Hat er Sie etwas über mich gefragt?« fragte er.

Girland rieb sich immer noch die schmerzende Stelle im Nacken und blickte in Thomas' verzerrtes, weißes Gesicht.

»Ich habe ihm gesagt, daß ich schon eine Stunde im Club war, bevor du ihn abgeriegelt hast. Das hat ihn beruhigt. Dich hoffentlich auch.«

Borg und Schwartz kamen jetzt herein. Borg grinste Girland an.

»Du bist verdammt gerissen«, sagte er. »Ich wollte schon die Grube für dich ausheben.«

»Ich bin nicht auf den Kopf gefallen.« Girland blickte Thomas an. »Wird allmählich Schlafenszeit für mich. Ich möchte meine Kanone wiederhaben.«

Thomas beeilte sich, der Aufforderung nachzukommen. Girland schob seine .45er ins Schulterhalfter.

»Das könnte der Anfang einer sauberen Freundschaft sein«, sagte Girland und schritt zur Tür. Dort hielt er inne und sah Schwartz an. »Die Arbeit kommt immer vor dem Vergnügen, Pokergesicht. Wir begleichen die Zeche, wenn dieser kleine Auftrag abgewickelt ist.«

Er ging aus dem Zimmer, während Borg laut herausplatzte.

Es war kurz nach eins; doch Girland mußte noch etwas erledigen, ehe er zu Bett gehen konnte. Es dauerte eine Weile, bis er ein Taxi auftrieb; von ihm ließ er sich zum Verlagsgebäude des *Figaro* in den Champs Elysées bringen.

Als das Taxi vor dem Portal des Redaktionsgebäudes hielt, entlohnte Girland den Fahrer und ging zum Empfang.

»Ist Mr. Verney im Büro?« fragte er die ältliche Dame, die ihn mit müden Augen betrachtete.

»Ja. Wen darf ich melden?«

Girland buchstabierte seinen Namen.

Die Dame nuschelte ins Telefon und winkte dann ein Mädchen in blauem Arbeitskittel an ihr Pult. Sie trug ihm auf, Mr. Girland in Mr. Verneys Büro zu bringen. Das

Mädchen hat eine hübsche Figur, überlegte Girland, nur schade, daß ihre Nase zu scharf und ihr Mund zu dünn ist. Er folgte ihr zum Fahrstuhl, dann im zweiten Stock durch einen langen Korridor, wo sie ihm mit schwingenden Hüften zu einem winzigen Büro vorausging. Dort saß Jacques Verney hinter seinem Schreibtisch und telefonierte.

Verney arbeitete als Reporter für den Redakteur der Klatschspalte. Er war hager, dunkel, trug einen Bürstenschnitt, einen Spitzbart und mit Vorliebe schreiend bunte Sportjacken, die Girland ganz nervös machten.

Verney deutete auf einen Stuhl, als er Girland erkannte, beendete sein Gespräch und legte auf.

»Hallo, Mark«, begrüßte er ihn. »Wo brennt's denn heute?«

Die beiden kannten sich schon viele Jahre. Verney hatte den dunklen Verdacht, daß Girland etwas mit Spionage zu tun hatte; vor drei Jahren ungefähr war Verney einmal arg in Verlegenheit gewesen, und Girland hatte ihm großzügig mit Geld geholfen. Verney wußte ganz genau, daß Girland das Geld damals nicht entbehren konnte. Trotzdem hatte Girland ihm geholfen. Das vergaß er ihm nie, und deshalb versorgte er ihn bereitwillig mit Informationen, ohne viele Fragen zu stellen.

Girland setzte sich und bot seinem Freund eine Zigarette aus Borgs Schachtel an. »Was weißt du über Herman Radnitz, der im *Georg V.* wohnt?«

Verney blinzelte Girland durch eine Rauchwolke an.

»Radnitz? Na, hör mal, über den weiß man doch Bescheid!«

»Ich nicht«, meinte Girland mit leisem Tadel in der Stimme, »sonst wäre ich nicht hier.«

»Entschuldige, Mark«, murmelte Verney. »Ich dachte, jeder kennt ihn so gut wie wir.«

»Wer ist er, und was ist er?«

»Nehmen wir mal an, du möchtest einen Staudamm in Hongkong bauen oder ein Kraftwerk in Bombay; oder du möchtest einen Fährdienst zwischen England und Dänemark einrichten: Ehe du dich überhaupt richtig mit dem Gedanken vertraut machst, würdest du Radnitz um Rat fragen. Radnitz würde die Finanzierung sichern. Radnitz befaßt sich nur mit Großprojekten.« Verney streifte die Asche ab. »Er hat seine Finger in jedem großen Geschäft: Reedereien, Öl, Hoch- und Tiefbau, Fluggesellschaften. Du fragst, wer er ist? Er ist Mr. Big Business.«

Girland zog die Stirn kraus. Sein Nacken begann wieder zu schmerzen.

»Warum habe ich dann noch nie von ihm gehört, wenn er so eine Größe ist, zum Donnerwetter?«

Verney lächelte. »Er haßt Publicity. Außerdem kennt er alle Zeitungsverleger persönlich. Er greift ihnen unter die Arme oder erweist ihnen Gefallen. Deshalb lassen sie ihn in Ruhe. Er ist der Rasputin der Finanzwelt – wahrscheinlich der mächtigste Industriekapitän der Welt.«

»Hast du eine Ahnung, wie schwer er ist?«

»Keine. Aber ich wette, er könnte sofort zehn Millionen Pfund Sterling auf den Tisch blättern, ohne seine Finanzen zu lädieren.«

»Ist das *Georg V.* seine ständige Adresse?«

»Er hat keine ständige Adresse. Er besitzt ein Schloß an der Loire und ein eigenes Haus in Paris. Außerdem Villen in der ganzen Welt, aber dort hält er sich nur selten auf. Er zieht ein gutes Hotel vor. Vor ein paar Jahren hat er seine Frau verloren. Weshalb soll er sich also mit einer Wohnung belasten? Er reist ständig in der Weltgeschichte herum und ist erst jetzt von Moskau zurückgekommen. Es würde mich nicht wundern, wenn er dort ein Angebot überreicht hätte, den Kreml als Wochenendhaus umzubauen.«

Girland horchte auf.

»Was hat er denn in Moskau gemacht?«

»Ich habe keine Ahnung«, erwiderte Verney schulterzuckend. »Geschäfte.« Er sah Girland nachdenklich an. »Du schneist hier ab und zu herein und stellst alle möglichen Fragen, Mark. Doch heute schießt du den Vogel ab. Ich hätte mir nie träumen lassen, daß du dich für Radnitz interessierst.«

»Ach – das ist nur für mein Prominentenalbum«, sagte Girland und stand auf. »Vielen Dank, Jacques, ich möchte dich nicht länger von der Arbeit abhalten. Vergeh nicht vor Sehnsucht nach mir, du wirst mich bald wiedersehen.«

»Ich stelle ja auch keine Fragen«, murmelte Verney und erhob sich ebenfalls. »Aber da du mein Freund bist, möchte ich dich vor Radnitz warnen. Er ist gefährlich.«

»Vielen Dank«, grinste Girland. »Wenn ich mal Geld habe, lade ich dich zum Mittagessen ein.«

Er winkte noch einmal zum Abschied und verließ das Büro. Kurze Zeit später trat er in den kalten Nachtwind hinaus, der über die Champs Elysées strich. Von einem Taxi ließ er sich nach Hause bringen.

Vor dem Einschlafen gingen ihm noch einmal die geheimnisvolle Madame Foucher, Radnitz und Robert Henry Carey durch den Kopf. Auch Rosslands Bild tauchte noch einmal auf, wie er tot in seinem Wohnzimmer lag. Aber sein letzter Gedanke galt Tessa, ihren langen Beinen, den blonden Haaren und ihrem festen, schönen Körper.

Das Telefon schreckte Dorey aus seinem leichten Schlummer. Er saß am Schreibtisch, den Kopf auf die Arme gelegt. Jetzt richtete er sich rasch auf und stellte fest, daß es zwanzig nach drei war.

Janine lag auf dem Sofa. Auch sie schrak aus einem unruhigen Schlaf.

Dorey hob ab. »Hallo – ja? Hier ist Dorey.«

»O'Halloran am Apparat. Ich rufe vom Flugplatz Orly an«, meldete sich eine rauhe Stimme. Captain Tim O'Halloran war einer der fähigsten Offiziere der American Security Branch. »Haben leider eine Niete gezogen. Wir haben alles sorgfältig überprüft. In der letzten Woche sind mindestens hundert Senegalesen durch die Sperre gekommen.

Vielleicht war die besagte Person dabei, aber das bezweifle ich. Ich habe mir die Passagierlisten angesehen. Die meisten Frauen waren in Begleitung, und die wenigen, die einzeln reisten, waren über fünfzig Jahre alt. Glauben Sie, daß die Betreffende von einem Mann begleitet wurde, Mr. Dorey?«

»Keine Ahnung. Weshalb aber nicht?«

»Okay, ich lasse also auch die Ehepaare überprüfen. Eine Riesenarbeit, aber wir werden es schon schaffen. Sie kann auch mit dem Schiff gekommen sein, mit der *S. S. Ancerville* zum Beispiel, die vor ein paar Tagen in Marseilles eingelaufen ist. Ich habe die Polizei in Marseilles bereits gebeten, Nachforschungen anzustellen. In Dünkirchen hat auch ein Frachtschiff aus Dakar angelegt.«

»Wie lange werden die Ermittlungen dauern?«

»Wenn es gründlich sein soll, mindestens fünf Tage. Schneller geht's nicht.«

»Bis dahin kann sie Frankreich bereits wieder verlassen haben«, meinte Dorey.

»Das glaube ich nicht, Mr. Dorey. Wir haben Flughäfen, Bahnhöfe und Häfen jetzt unter Beobachtung. Vielleicht dauert es seine Zeit, bis wir sie finden, aber sobald sie das Land verlassen will, läuft sie uns in die Arme.«

Bis dahin wird sie wahrscheinlich schon tot sein, dachte Dorey verdrossen. »Okay«, sagte er laut. »Tun Sie alles, was Sie können. Die Sache ist dringend.« Dann legte er auf.

Janine sah Dorey fragend an. Dorey zuckte resigniert die Schultern. »Du hast recht, wir kommen zu spät. Gar keine Aussicht, die Dame in weniger als fünf Tagen ausfindig zu machen.« Er wischte sich die Stirn. »Was könnte eine Frau aus Senegal zu verkaufen haben, wenn Radnitz dafür sogar ein Menschenleben opfert?«

»Warum schickst du denn keinen deiner Leute in Rosslands Wohnung und läßt sie durchsuchen? Vielleicht bewahrt er eine Kartei seiner Leute dort auf«, schlug Janine vor. »Wir hätten gleich selbst nachsehen sollen.«

»Und wenn wir dabei ertappt worden wären, hätte das eine schöne Schweinerei gegeben«, widersprach Dorey. Er dachte einen Moment nach und griff dann wieder zum Hörer. »Jack Kerman könnte das für uns erledigen«, murmelte er und wählte. Es dauerte eine Weile, bis eine schlaftrunkene Stimme sich meldete. Dorey erklärte kurz, was er von seinem Gesprächspartner verlangte. »Höchste Dringlichkeitsstufe, Kerman. Ich brauche dringend eine Liste von Rosslands Leuten. Geh in seine Wohnung und nimm die Bude auseinander.«

Der Mann am anderen Ende der Leitung war jetzt hellwach.

»Kann ich – bin schon unterwegs«, sagte er und legte auf.

Dorey nickte Janine zu. »Vielleicht findet er etwas. Ich werde Radnitz' Hotel von zwei Leute beobachten lassen. Falls sie diesen Jungen mit dem Spitzbart sehen, sollen sie ihn festnehmen; und dann verhandeln wir mit ihm, wie er mit Rossland verhandelt hat.«

Janine erhob sich steif vom Sofa.

»Jetzt kommst du endlich in Fahrt, John. Ich gehe heim, ich brauche meinen Schönheitsschlaf.«

Dorey zögerte, wies dann auf die Tür zum Nebenzimmer. »Du kannst ja hier im Gästezimmer übernachten. Spare dir den Weg.«

Janine schüttelte lächelnd den Kopf.

»Ich schlafe gern in meinem eigenen Bett – wenn auch nicht immer allein. Ich brauche mein eigenes Nachthemd und meine eigene Zahnbürste. Bis morgen.«

»Wenn ich was Neues erfahre, rufe ich dich an«, sagte Dorey. Er griff nach dem Telefon.

»Aber nicht vor zehn«, sagte Janine und schlüpfte in ihren Nerzmantel. Dann ließ sie sich selbst aus der Wohnung und fuhr mit dem Lift hinunter.

Kurz nach elf am folgenden Morgen briet sich Girland

Eier und Speck; er verzog das Gesicht vor Schmerz, wenn er den Kopf bewegte. Da hämmerte es an die Wohnungstür.

Er fluchte leise, drehte die Gasflamme herunter, klopfte gegen die Hüfttasche, um sich zu vergewissern, daß er seine Pistole bei sich trug, ging leise zur Tür und spähte durch den Spion.

Borg stand in Ledermantel und Lederhut dicht an der Treppe und wartete. Girland öffnete ihm.

»Da bist du ja, Kleiner«, sagte Borg grinsend. »Wie geht's deinem Hals?«

»Miserabel«, sagte Girland und trat zur Seite, um Borg eintreten zu lassen. Er sah, daß er eine schwarze Aktentasche mitgebracht hatte.

»Den renke ich schon wieder ein«, sagte Borg, schnupperte und zog die dünnen Augenbrauen hoch. »Ah – das riecht aber gut hier.«

»Willst du was abhaben? Es ist genug da«, murmelte Girland und schloß die Tür.

»Danke, ich habe schon gefrühstückt.« Borg schlug sich mit der Hand gegen den Bauch. »Viel zuviel Speck. Aber laß dich nicht abhalten.«

»Keine Bange«, sagte Girland, ging zum Herd, löffelte sich eine Portion Eier mit Speck auf den Teller und setzte sich damit an den Tisch.

Borg sah sich um. »Ein hübsches Nest hast du dir eingerichtet. Nur diese verdammten Treppen stören mich.«

»Kaffee?« fragte Girland und goß sich eine Tasse ein.

»Dafür bin ich immer zu haben«. Borg legte Hut und Mantel ab und setzte sich Girland gegenüber.

»Erinnerst du dich noch an Kid Hogan?« fragte Borg. »Der beste Leichtgewichtsboxer, den wir seit Jahren hatten. Bestimmt erinnerst du dich noch an ihn. Ich war mal eine Zeitlang sein Trainer. Kam auf die schräge Bahn, als er seinen Weltmeistertitel verlor, und zog mich mit in den Strudel. Ich wollte damit nur sagen, daß ich deinen Hals wirklich wieder einrenken kann, wenn er dir weh tut.«

»Also los, dann kurier ihn«, antwortete Girland und trank seinen Kaffee aus.

Borg holte eine weiße Schachtel aus der Tasche. »Leg dich aufs Bett. Das ist Bärenfett. Es stinkt ein bißchen, aber dafür heilt es um so besser.«

Zehn Minuten später setzte sich Girland auf, bewegte vorsichtig den Kopf und sprang energisch auf die Füße. »Es hat tatsächlich geholfen.«

Borg grinste vergnügt, ging zum Waschbecken und wusch sich die Hände.

»Ich hab dir's ja gesagt – Bärenfett hilft immer.« Borgs Blick fiel auf die Aktentasche auf dem Bett. »Ich hab dir das Geld mitgebracht. Der Chef hat's mir heute morgen gegeben.«

Girland ging auf die schwarze Ledertasche zu, aber Borg verstellte ihm grinsend den Weg.

»Augenblick noch, Kumpel«, sagte er. »Es sind noch ein paar Bedingungen dabei. In der Tasche liegen siebentausend Dollar. Du mußt dich erst vergewissern, daß die Dame den Aufenthaltsort von Carey wirklich kennt, ehe du ihr den Rest übergibst – verstanden?«

Girland hielt das nur für fair. Schließlich konnte die Dame sie auch an der Nase herumführen.

»Geht in Ordnung«, sagte er, öffnete die Aktentasche und zählte das Geld. Als er überzeugt war, daß die Summe stimmte, ließ er die Schlösser wieder zuschnappen.

»Ich bin froh, daß du jetzt zu uns gehörst«, sagte Borg und goß seine Kaffeetasse wieder voll. »Höchste Zeit, daß dieser milchbärtige Wunderknabe Thomas abgelöst wird. Sicher, er ist schlau und hat ein paar Dinger gedreht, die Eindruck gemacht haben. Aber ich kann es nun mal nicht vertragen, von einem Kind herumkommandiert zu werden.«

»Schwartz scheint dafür um so gefährlicher zu sein«, meinte Girland und schenkte sich ebenfalls eine frische Tasse Kaffee ein. »Ist er schon lang dabei?«

»Viel zu lang.« Borg verzog das Gesicht. »Er ist ein Tier, aber er erfüllt seinen Zweck. Wir brauchen einen harten Burschen. Mir wird ganz schlecht, wenn ich daran denke, was der schon für Sachen angestellt hat. Radnitz zahlt gut, aber du hast ja gesehen, wie der Kerl haust – schlimmer als ein Schwein.«

»Wozu braucht Radnitz eigentlich Leute wie dich?« fragte Girland ganz beiläufig. »Was machst du denn bei ihm?«

»Na ja, mal das, mal jenes«, erwiderte Borg ausweichend, trank seinen Kaffee aus und stand auf. »Ich muß gehen. Hab 'ne Verabredung mit 'ner Blonden, die nachts arbeitet und dafür am Tage schläft. Verlier das Geld nicht. Bis später.«

Girland machte die Tür hinter Borg zu, nahm sich die Aktentasche zum zweitenmal vor und breitete die Scheine auf dem Bett aus. Er hatte noch nie so viel Geld auf einmal gesehen. Aber im Vergleich zu fünfzigtausend Dollar war es nur ein armseliges Häuflein.

Er zählte das Geld noch einmal, schob fünftausend Dollar beiseite und legte zweitausend Dollar in die Aktentasche zurück. Er beschloß, Madame Foucher zweitausend Dollar zu überreichen und den Rest auf sein Bankkonto einzuzahlen. Sobald sie ihm verriet, wo Carey steckte, würde er sich den Rest der Summe von Radnitz geben lassen und ihr auszahlen. Auf diese Weise verlor er seinen Anteil nicht.

Girland zündete sich eine Zigarette an und überdachte die Lage. Ein bißchen plagte ihn das schlechte Gewissen. Rossland hatte ihm einen Auftrag erteilt und ihn auch dafür bezahlt. Girland wußte, daß das Geld von Dorey stammte. Wenn Radnitz nicht mit seinem Angebot von fünfzigtausend Dollar auf der Bildfläche erschienen wäre, hätte Girland sich inzwischen längst mit Dorey in Verbindung gesetzt.

Er ging unruhig im Zimmer auf und ab. Doch dann fiel

ihm wieder ein, daß er beinahe abgestürzt wäre, als er über die Dächer in den Club eindrang, dachte an die fürchterlichen Schläge, die ihm Schwartz verpaßt hatte, und an Doreys miserable Bezahlung.

Doch zu seinem Ärger stellte er fest, daß sich sein Gewissen nicht beschwichtigen ließ. Bisher hatte er nie geahnt, wie groß Rosslands Einfluß auf ihn gewesen war. Er wußte, daß er sich mit Dorey in Verbindung setzen sollte, aber er wußte ebenfalls, daß er es nicht tun würde.

Während Girland sein Frühstück verzehrte und Borg ihm dabei Gesellschaft leistete, saß Dorey hinter seinem Schreibtisch in der Botschaft und telefonierte mit Jack Kerman.

Kerman bedauerte. »Ich habe seine Wohnung ganz auseinandergenommen, aber keine Unterlagen gefunden. Ob er überhaupt Listen geführt hat?«

Dorey fuchtelte mit der Hand in der Luft herum. »Schon gut, Jack. Ich danke dir. Schwamm drüber.«

»Noch was, Mr. Dorey: Rossland fängt schon an zu riechen. Sollten wir da nicht was unternehmen?«

»Ja, natürlich. Melde der nächsten Polizeistation, daß ein Toter in seiner Wohnung liegt. Ruf von einer Telefonzelle aus an und verdrück dich so rasch wie möglich.«

»Mach ich, Mr. Dorey«, versicherte Kerman und hängte ein.

Dorey rieb sich die übernächtigten Augen und blickte dann verdrossen auf die Akten, die er bearbeiten sollte. Immer noch nagte die Frage an ihm, was eine Senegalesin wohl zu verkaufen hatte, daß es den Preis von Rosslands Leben rechtfertigte. Eben wollte er einen Aktendeckel aufschlagen, als das Telefon wieder läutete.

Captain O'Halloran war am Apparat. »Vielleicht ist die Pechsträhne jetzt vorbei, Mr. Dorey«, sagte er mit seiner rauhen Befehlsstimme. »Eine Senegalesin, auf die Ihre Beschreibung zutrifft, befand sich an Bord eines Frachters, der vor drei Tagen in Antwerpen festgemacht hat. Ich habe mit dem Kapitän gesprochen, er konnte mir aber nichts über die Person sagen, weil sie während der ganzen Reise in ihrer Kabine blieb. Ich habe ein Fernschreiben nach Dakar losgelassen, und unsere Leute haben die Adresse überprüft, die sie in der Passagierliste angegeben hat. Sie ist fingiert. Die Dame kann mit einem Mietwagen von Antwerpen nach Paris gefahren sein. Ich lasse das noch nachprüfen.«

Dorey war jetzt hellwach. »Fragen Sie bei der belgischen und französischen Grenzpolizei nach. Vielleicht erinnern die sich an die Dame. Haben Sie Dakar auch Dampf gemacht, damit sie Auskünfte einholen? Wenn ihr Paß in Ordnung war . . .«

O'Halloran unterbrach ihn mit einem Anflug von Langmut in der Stimme. »Ist alles schon geschehen. Sie könnte ja mit einem falschen Paß gereist sein. Auch die französische Polizei ist eingeschaltet. Gegenwärtig überprüft sie alle Pariser Hotels. In fünf Stunden können wir das nicht alles schaffen, Mr. Dorey. Fünf Tage habe ich mir ausbedungen. Jedenfalls machen wir Fortschritte, das ist schon etwas. Ich möchte jede Wette eingehen, daß diese Rosa Arbeau die Dame ist, die Sie suchen.«

»Gute Arbeit, Captain«, lobte Dorey. »Bleiben Sie am Ball.« Er hängte ein.

Ein paar Minuten brütete er vor sich hin. Es war zwanzig Minuten vor zwölf, also wählte er Janines Nummer. Es dauerte eine Weile, ehe sie sich meldete. Ihre Stimme klang verärgert. Als sie Doreys Stimme erkannte, sagte sie: »Ich war gerade im Bad, John. Was gibt's denn?«

»Essen wir zusammen um eins?« fragte Dorey. »Wir scheinen voranzukommen. Wäre dir *Lasserre* recht?«

»Einverstanden«, erwiderte Janine und unterbrach die Verbindung.

Zehn Minuten vor sieben betrat Girland, eine Aktentasche

unterm Arm, eine ziemlich laute Kaffeestube in der Nähe der Avenue Mozart. Er schüttelte dem Barkeeper die Hand. »Ich erwarte um sieben Uhr ein Telefongespräch, Jean«, sagte er, »und sitze dort drüben in der Ecke.«

Der grauhaarige Jean blinzelte ihm gutmütig zu. »Wieder mal 'ne Frau, wie?«

Girland grinste.

»Was sonst? Ein Gorilla?« Er bestellte Scotch auf Eis, trug sein Glas zu einem Ecktisch und setzte sich.

Punkt sieben winkte Jean ihm zu. Girland hatte bei dem Lärm im Café das Läuten des Telefons überhört.

Rasch ging er ans andere Ende der Bar und nahm den Hörer auf. »Girland.«

»Ja oder nein?« Girland erkannte die Stimme von Madame Foucher.

»Ja.«

Er hörte, wie sie rasch Atem holte. »Haben Sie das Geld bei sich?«

»Einen Teil davon.«

»Was wollen Sie damit sagen?«

»Sie bekommen den Rest, wenn Sie mir seine Adresse nennen.«

»Wieviel wollen Sie mir jetzt geben?«

»Zweitausend.«

Eine lange Pause folgte, und Girland fragte sich in jäher Besorgnis, ob er sie unterschätzt hatte.

»Also gut«, sagte sie schließlich. »Um halb neun bin ich im Wartesaal erster Klasse im Bahnhof St-Lazare.« Dann knackte es, und die Leitung war tot.

Girland legte auf, winkte dem Barkeeper freundlich zu und ging hinüber in das angrenzende Restaurant. Dort bestellte er Entrecôte mit Bratkartoffeln, grünen Salat und einen halben Liter Rotwein.

Kurz nach acht trat er hinaus auf die Straße, wo sich die Menschen auf den Bürgersteigen drängten. Er mußte sich eine Weile gedulden, ehe er ein Taxi entdeckte. Als er am

Bahnhof ausstieg, war es bereits eine Minute nach halb neun.

Er durchquerte rasch die Halle und blieb einen Moment vor dem Warteraum stehen, um durch die Scheibe zu blicken. Eine Frau saß mit einem kleinen Kind auf einer Bank. Ein älterer Mann mit einem Paket auf dem Schoß döste vor sich hin. An der Wand gegenüber saß eine hübsche junge Farbige in schwarzem Mantel und schwarzem Rock. Die langen, schlanken Beine hatte sie übereinandergeschlagen, die Hände im Schoß gefaltet. Sie schien so starr und unwirklich wie eine Ebenholzstatue.

Girland öffnete die Tür. Ein Zug lief auf dem Bahnsteig hinter dem Wartesaal ein. Die Frau auf der Bank nahm ihr Kind bei der Hand und eilte aus der Tür, die zum Bahnsteig führte.

Girland blieb unschlüssig stehen. Als er sich schon einen Platz aussuchen wollte, nickte ihm die dunkelhäutige Frau leicht zu und gab ihm durch eine Geste zu verstehen, daß er sich neben sie setzen solle. Girland war betroffen, denn er hatte nicht erwartet, eine Afrikanerin als Geschäftspartnerin vorzufinden. Er durchquerte den Saal und ließ sich neben ihr nieder.

»Madame Foucher?« fragte er und spürte sofort ihre Anziehungskraft.

»Ja.« Ihre großen feuchten Augen hefteten sich auf die Aktentasche, die er unter den Arm geklemmt hatte. »Sie haben das Geld?«

»Zweitausend Dollar in bar.«

»Darf ich sie sehen?«

Girland warf dem alten Mann, der immer noch vor sich hin döste, einen kurzen Blick zu, öffnete dann den Reißverschluß der Aktentasche und reichte sie ihr hinüber. Sie betrachtete die gebündelten Scheine. »Sie wissen genau, daß es zweitausend Dollar sind?«

»Ja.«

»Ich muß aber mehr haben.«

»Sie bekommen sie – später.«

Sie zögerte, schloß dann den Reißverschluß und legte die Tasche neben sich, außerhalb von Girlands Reichweite.

»Also, wo steckt er?« fragte Girland.

»In Dschiurbel, ein paar Meilen von Dakar entfernt.«

Girland blickte sie betroffen an.

»Er ist nicht in Paris?«

»Das habe ich nie behauptet. Er hält sich im Busch bei Dschiurbel versteckt, wo ihn niemand so leicht finden wird.«

Girlands Mund wurde schmal. »Gesetzt den Fall, er ist gar nicht dort. Vielleicht ist das nur ein Trick, mit dem Sie sich rasch Geld verdienen wollen?«

»Ich werde Sie zu ihm bringen.«

Girland rieb sich nachdenklich das Kinn.

»Also gut. Und jetzt zu Ihnen. Wer sind Sie, und wie sind Sie in diese Sache verwickelt worden?«

»Ich arbeite in einem Nachtclub in Dakar. Ich . . .«

»Sachte, sachte. Wie heißt der Nachtclub?«

»*Florida*. Das beste Nachtlokal am Ort.«

»Gut. Weiter.«

»Einer meiner Kunden – er besucht den Club ziemlich häufig – fragte mich, ob ich mir gern zehntausend Dollar verdienen möchte.«

»Wie heißt dieser Mann?«

»Das weiß ich nicht. Ich nenne ihn Enrico. Er ist Portugiese.«

»Wie sieht er aus?«

»Kräftig gebaut. Trägt einen Schnurrbart und am kleinen Finger der linken Hand einen großen goldenen Siegelring. Er kleidet sich gut und zahlt gut.«

»Weiter.«

»Er sagte mir, ich solle nach Paris fahren und dort mit Mr. Dorey telefonieren. Wenn Dorey den Namen eines gewissen Mannes zu hören bekäme, würde er mir zehntausend Dollar zahlen.«

»Sie haben also Robert Henry Carey gar nicht persönlich zu Gesicht bekommen?«

»Doch, ich habe ihn gesehen. Als Enrico mir noch versprach, die Reisespesen zu tragen, sah ich nicht ein, was ich bei der Sache zu verlieren hatte. Ich sagte ja. Enrico nahm mich mit in den Busch, wo ich diesen Mann hier sah.« Sie öffnete ihre Handtasche und reichte Girland eine Fotografie.

Girland betrachtete das Bild. Es zeigte Carey und Madame Foucher. Er erkannte Carey sofort, obgleich er viel älter und magerer aussah, als er ihn in Erinnerung hatte. Es bestand jedoch kein Zweifel an seiner Identität. Die Fotografie war aus kurzer Entfernung und schräg von unten aufgenommen worden, so daß man im Hintergrund nur den wolkenlosen Himmel sah.

»Darf ich das Bild behalten?« Sie nickte.

Girland steckte das Foto in seine Brieftasche. Es mußte Radnitz eigentlich überzeugen. Er setzte sein Verhör fort: »Sie haben auch mit Carey gesprochen?«

»Ja. Er sagte mir, was ich Ihnen gestern abend schon erzählt habe.«

»Auch, daß er krank sei?«

»Ja, er ist krank.«

»Was hat er denn?«

Sie zuckte die Schultern. »Ich weiß es nicht, irgend etwas Heimtückisches. Ich habe schon mehr Männer gesehen, die so verfallen aussahen wie er. Wahrscheinlich wird er nicht mehr lange leben.«

»Enrico war bei der Zusammenkunft dabei?«

»Natürlich. Er hat ja das Foto aufgenommen.«

»Und schienen die beiden sich gut zu verstehen?«

»Ich denke schon. Wir blieben nicht lang. Enrico bestand darauf, daß ich per Schiff reisen solle. Er ließ mir eine Kabine auf einem Frachter reservieren, und drei Tage nach meinem Zusammentreffen mit Carey fuhr ich ab. Ich möchte morgen wieder zurückfliegen. Wenn Sie mit mir kommen, kann ich Sie zu Carey bringen.«

»Morgen kann ich noch nicht«, erwiderte Girland, »ich muß mir erst ein Visum besorgen. Sobald ich es habe, rufe ich Sie an, und dann können wir in der gleichen Maschine fliegen.«

»Ich muß morgen starten«, wiederholte sie hartnäckig.

»Um welche Zeit geht das Flugzeug?«

»Zweiundzwanzig Uhr fünfzig.«

»Ich werde sehen, was sich machen läßt. Wo kann ich Sie erreichen, wenn ich das Visum tatsächlich bis dahin bekomme?«

Sie nannte ihm eine Telefonnummer und stand auf. Girland stellte voll Erstaunen fest, daß sie so groß war wie er.

»Ich erwarte Sie also morgen am Flughafen«, sagte sie. »Und noch etwas: Ich muß erst noch eine zweite Rate über dreitausend Dollar bekommen, ehe ich mit Ihnen fliege. Das Geld müssen Sie mir im Flughafen übergeben.«

»Wird gemacht«, sagte Girland. Hoffentlich konnte er Radnitz dazu überreden, sich noch von ein paar tausend Dollar zu trennen.

Sie schritt zur Tür, die Girland für sie offen hielt. Ohne sich noch einmal umzudrehen, ging sie rasch auf die Métro-Station zu.

Girland blickte ihr nach. Wer weiß, vielleicht sah er sie jetzt zum letztenmal, überlegte er. Wenn das Geld ihm gehört hätte, hätte er die Nacht nicht ruhig schlafen können. Aber es gehörte ja Radnitz, und Girland hatte fünftausend davon bereits auf seinem Konto in Sicherheit gebracht. Er konnte sich ein Risiko auf fremde Kosten leisten. Falls die Geschichte faul war, war er wenigstens für seine Mühe entschädigt.

Er ging zum Taxistand und ließ sich zum *George V.* fahren.

Die Hotelbar war gut besetzt, doch in der Nähe der Tür

war noch ein Tisch für zwei Personen frei. Girland nahm dort Platz und bestellte einen Whisky mit Eis. An einem Ecktisch schräg gegenüber entdeckte er Radnitz, der sich mit zwei älteren Herren unterhielt. Radnitz unterstrich seine Worte mit lebhaften Gesten, ließ aber mit keiner Miene erkennen, daß er Girland gesehen hatte. Nach einer Weile erhoben sich die drei Männer und verließen die Bar, immer noch in ihr Gespräch vertieft. Als Radnitz an Girlands Tisch vorbeikam, blickte er Girland wie einen Fremden an. Draußen schüttelten sich die drei die Hand und trennten sich. Radnitz trat ans Empfangspult und sprach mit dem Portier, dann schlenderte er zum Lift und verschwand aus Girlands Blickfeld.

Zwei Minuten später kam ein Page an Girlands Tisch. »Würden Sie bitte in Apartment 127 kommen, Sir«, sagte er, »Mr. Radnitz erwartet Sie dort.«

Girland nickte stumm, stand auf, zahlte und trat dann in die Halle hinaus. Er verschmähte den Lift und stieg die Treppe zum ersten Stock hinauf. Dort vergewisserte er sich, daß der Korridor leer war, und ging dann rasch bis zur Nummer 127. Er blickte noch einmal nach links und rechts, ehe er anklopfte.

Sofort öffnete sich die Tür. Ein junger Japaner in weißem Kittel und schwarzer Seidenhose führte ihn mit einer Verbeugung in einen großen, elegant eingerichteten Raum, wo Radnitz am Fenster stand und auf den dichten Verkehr hinuntersah, der in Richtung der Champs Elysées floß.

Radnitz drehte sich um. »Ah, Mr. Girland – kommen Sie doch herein. Setzen Sie sich. Wollen Sie etwas trinken?«

»Nein, danke.« Girland suchte sich einen bequemen Sessel.

»Oder vielleicht eine Zigarre?«

»Nein, danke.«

Radnitz wählte sich eine und holte einen goldenen Zigarrenabschneider aus der Tasche.

»Was bringen Sie mir für Neuigkeiten?« fragte er und

setzte sich Girland gegenüber. »Sie haben Madame Foucher gesprochen?«

»Das habe ich«, bestätigte Girland und schilderte mit kurzen Worten, wie das Treffen verlief.

Radnitz hörte zu. Als Girland ihm das Foto von Carey und Madame Foucher übergab, betrachtete er es eine Weile und nickte dann. »Ja, das ist Carey«, sagte er schließlich und legte das Bild auf den Tisch neben sich. »Sie haben Ihre Sache gut gemacht, Mr. Girland. Ich bin sehr zufrieden mit Ihnen.«

Girland sagte nichts dazu.

»Sie werden natürlich morgen mit dieser Dame in der gleichen Maschine fliegen.« Radnitz stieß eine Wolke kostbaren Zigarrenrauchs aus. »Für Ihr Visum werde ich sorgen.« Er machte wieder eine Pause. »Und jetzt kommen wir zu dem Auftrag, mit dem Sie sich die versprochenen fünfzigtausend Dollar verdienen werden, Mr. Girland. Sie dürfen nicht vergessen, daß Carey glaubt, Sie vertreten Doreys Interessen. Sie dürfen ihm keinen Anlaß geben, an seinem Glauben irre zu werden. Wenn Sie mit ihm zusammentreffen, stellen Sie zuerst fest, was er anzubieten hat. Er besitzt wahrscheinlich Unterlagen von großer Wichtigkeit. Dieses Material muß in meinen Besitz gelangen, Dorey darf es nicht erhalten. Ist das klar?«

»Jawohl.«

»Wenn Sie sich überzeugt haben, daß Carey Ihnen nichts mehr mitzuteilen oder zu geben hat«, fuhr Radnitz fort, »dann töten Sie ihn.« Er stand auf, ging zu seinem Schreibtisch, öffnete eine Schublade und nahm eine kleine Schachtel heraus. Darin lag ein goldener Siegelring. »Probieren Sie, ob er paßt.«

Der Ring paßte bequem auf den Ringfinger der rechten Hand. Radnitz nickte zufrieden und ließ ihn sich von Girland wieder aushändigen.

»Dieser Ring, Mr. Girland, hat seine Vorzüge. Wenn Sie näher kommen, werde ich sie Ihnen erklären.«

Girland kam der Aufforderung nach.

»Diese winzige Platte mit der Gravierung läßt sieh um einen Stift drehen«, erklärte Radnitz und drückte seitlich gegen die Fassung. Das flache Oberteil glitt sofort zur Seite. Aus dem winzigen Hohlraum darunter ragte eine Borste hervor. »Wenn Sie sich wieder von Carey verabschieden«, fuhr er fort, »schütteln Sie ihm natürlich die Hand. Sie werden in diesem Augenblick den Ring verkehrt herum tragen – mit der Siegelfläche nach innen. Die kleine Borste hier kommt dann mit Careys Fingern in Berührung. Mehr brauchen Sie nicht zu tun, Mr. Girland. Eine Stunde nach dem Händedruck wird Carey tot sein. Da er bereits krank ist, wird sein Tod kaum Aufmerksamkeit erregen. Falls es aber doch zu einer Obduktion kommen sollte, würde kein Arzt das Gift identifizieren können, das durch diese Borste übertragen wird, weil es außerordentlich selten ist. Sie sehen also, wie lächerlich einfach ich Ihnen die Arbeit mache, Mr. Girland.« Radnitz schob die gravierte Platte wieder zurück und warf den Ring dann Girland zu, der ihn auffing, eine Sekunde lang anstarrte und dann an den Finger steckte. »Wie steht es mit Ihrem Talent, sich zu verkleiden, Mr. Girland?«

»Nicht schlecht – weshalb?«

»Wir dürfen Dorey keinesfalls unterschätzen. Er hat inzwischen zweifellos im *Allo Paris* Nachforschungen angestellt und von dem Personal eine gute Beschreibung von Ihnen und Madame Foucher erhalten. Wenn Dorey dann die Flughäfen unter Beobachtung hält, wird sie ihm kaum durch die Maschen schlüpfen. Das Risiko müssen wir in Kauf nehmen. Wichtig ist, daß *Sie* durchkommen.« Radnitz streifte Asche von der Zigarre. »Ich habe mir die Passagierliste angesehen, fünf amerikanische Geschäftsleute fliegen mit der Maschine. Sie werden der sechste sein. Morgen früh wird Borg Ihnen einen neuen Paß bringen. Sie reisen unter dem Namen John Gilchrist. Der Zweck Ihrer Reise ist rein informatorisch. Sie wollen erkunden, ob Sie nicht eine Fabrik in Dakar eröffnen können, da Ihre Konkurrenz – Schweppes – sich bereits in der Nähe niedergelassen hat. Sie dürfen nicht vergessen, daß auch die Russen Jagd auf Carey machen. Ihre Agenten sitzen bestimmt schon in Dakar. Sie werden von ihnen verdächtigt werden, aber auch die anderen fünf Geschäftsleute. Sie halten sich zuerst zwei Tage lang im *Hotel N'Gor* auf, ehe Sie Kontakt mit Carey aufzunehmen versuchen. Lassen Sie die Papiere, mit denen ich Sie ausstatte, im Hotelzimmer liegen, damit die Neugierde der Russen befriedigt werden kann. Und warten Sie zwei Tage, ehe Sie Kontakt mit Carey suchen. Ist das alles klar?«

»Nehmen wir einmal an, Madame Foucher wird am Flughafen festgenommen. Was dann?«

Radnitz hob die schweren Schultern. »Das ist nicht Ihre Sorge. Sie steigen dann eben allein in die Maschine. Vielleicht dauert es ohne sie etwas länger, bis sie Carey haben, aber Sie besitzen ja zwei wichtige Hinweise – den *Club Florida* und den Portugiesen. Er muß ja wissen, wo Carey sich aufhält. Wenn Madame Foucher ausfällt, müssen Sie sich auf die Hilfe des Portugiesen verlassen.«

»Aber wenn Madame Foucher verhaftet wird und erkennt, daß ich gar nicht für Dorey arbeite, wird sie auspakken«, sagte Girland.

»Auch das braucht Sie nicht zu kümmern, das erledigen wir schon.« Radnitz erhob sich. »Die Chance einer Verhaftung ist sowieso äußerst gering. Sie dürfen jedoch nicht in Ihre Wohnung zurückkehren. Wahrscheinlich weiß Dorey inzwischen, wer Sie sind. Ich habe für Sie unter dem Namen John Gilchrist ein Zimmer im *Hotel California* bestellt. Ich bringe meine amerikanischen Geschäftsfreunde meistens dort unter. Man wird Sie nicht mit einem Meldezettel behelligen. Sie bleiben auf Ihrem Zimmer, bis Borg sich morgen früh um zehn bei Ihnen meldet. Er wird Ihnen alles mitbringen, was Sie für die Reise brauchen.«

»Madame Foucher möchte noch dreitausend Dollar haben«, sagte Girland. »Sie war sehr bestimmt in diesem Punkt.«

Radnitz sah ihn prüfend an. »Sie lernen rasch«, murmelte er.

»Ich fordere nichts für mich«, erwiderte Girland. »Das Geld ist für sie.«

»Also gut. Ich werde dafür sorgen, daß es bereitliegt. Viel Glück, Mr. Girland. Wenn wir uns das nächste Mal wiedersehen, werden Sie mir hoffentlich sagen können, daß Carey tot ist.«

Girland verabschiedete sich, starrte Radnitz einen Moment lang forschend an und ging dann aus dem Zimmer.

Radnitz regte sich nicht von der Stelle, bis sein japanischer Diener wieder ins Zimmer trat und ihm meldete, daß Girland das Hotel verlassen habe. »Bring Schwartz her«, befahl Radnitz. »Ich habe etwas mit ihm zu besprechen.«

Der Japaner verneigte sich und verließ den Raum.

5

Captain O'Halloran war ein großer, vierschrötiger Mann von ungefähr achtunddreißig Jahren. Er hatte ein rotes, volles Gesicht, eine deformierte Boxernase und die Augen und den Mund eines verschlagenen, rücksichtslosen Kripobeamten.

Kurz nach acht Uhr abends kam er in Doreys Büro, nahm seine Dienstmütze ab und wartete auf die Aufforderung, sich zu setzen.

Dorey schob seine Akte beiseite. »Hallo, Captain. Kommen Sie nur herein, und setzen Sie sich. Was gibt es Neues?«

»Vor einer halben Stunde hätten wir sie beinahe erwischt.« O'Halloran sank in den weichen Ledersessel vor Doreys Schreibtisch. »Vor drei Tagen hat sie unter dem Namen Madame Foucher ein Zimmer im *Hotel Astor* gemietet. Heute abend um sechs ist sie wieder ausgezogen. Ich bin mir meiner Sache ziemlich sicher, nach der Beschreibung handelt es sich um die Gesuchte. Sie ist ohne Begleitung, also haben wir wenigstens das bestätigt. Wahrscheinlich ist sie in ein anderes Hotel gezogen. Die Suche wird fortgesetzt. Alle Hotels sind angewiesen, nach ihr Ausschau zu halten.«

»Noch kein Lebenszeichen von dem jungen Mann mit dem Bart?«

»In der Nähe des *George V.* ist er nicht wieder aufgetaucht. Dort liegen ein paar meiner Leute auf der Lauer.«

»Hatte Radnitz heute interessanten Besuch?«

O'Halloran zuckte die Schultern. »Scharenweise. Zum Teil bekannte Gesichter, zum Teil auch nicht.«

Dorey spielte mit seinem Brieföffner. »Ich versuche, einen amerikanischen Staatsangehörigen in Paris in finden«, sagte er schließlich. »Der Mann kann in diese Angelegenheit verwickelt sein, Captain. Ich habe hier eine Personenbeschreibung von ihm.« Dorey nahm ein Blatt Papier aus der Schublade und reichte es O'Halloran. »Haben Sie einen Vorschlag, wie wir den Mann aufspüren können?«

O'Halloran las die Beschreibung durch und sah dann Dorey mit seinen hellblauen Augen fragend an.

»Weshalb glauben Sie, daß dieser Mann uns weiterhelfen kann?«

Dorey rieb sich die Hakennase und wich O'Hallorans Blick aus. Solange er noch nicht mit der Senegalesin gesprochen hatte, war es riskant, dem Captain zu viele Einzelheiten zu verraten.

»Ich kann es Ihnen noch nicht sagen, Captain – wenigstens jetzt noch nicht. Aber es ist sehr wichtig.«

»Wer hat Ihnen diese Personenbeschreibung gegeben?«

»Ein Mann namens Husson aus dem *Allo Paris.*«

O'Halloran horchte auf.

»Ich kenne diesen Laden. Er ist für unsere Leute verboten. Wir hatten früher mal Schwierigkeiten mit Husson. Soll ich mal mit ihm reden?«

»Wir müssen unseren Landsmann finden, Captain.«

»Wohnt er in Paris?«

»Ja.«

»Jeder amerikanische Staatsangehörige in Paris ist im Polizeipräsidium registriert«, sagte O'Halloran. »Dort liegt eine Personalakte mit Lichtbild von jedem hier ansässigen Amerikaner. Soll ich Husson ins Präsidium bringen, damit er sich die Bilder anschaut?«

Dorey spürte, wie ihm das Blut ins Gesicht schoß, so wütend war er über sich selbst, weil er nicht sofort auf diese einfache Lösung gekommen war.

»Ich wäre Ihnen dafür sehr dankbar, Captain. Wann können Sie mit dem Mann zum Präsidium fahren?«

»Warum nicht gleich?« O'Halloran blickte auf seine Uhr. »Nein, geht nicht. Der Club öffnet erst um zehn. Ich werde ein paar Jungs um zehn hinschicken. Keine zwei Stunden später wissen wir dann, wer der Mann ist, den Sie suchen.«

»Und inzwischen werden Sie die Nachforschungen nach dieser Dame fortsetzen?«

»Bis wir sie haben.«

»Wenn Sie festgestellt haben, wer dieser Amerikaner ist«, sagte Dorey, »rufen Sie mich sofort in meiner Wohnung an. Egal, wie spät es ist.«

»In Ordnung«, erwiderte O'Halloran und verließ das Büro.

Dorey saß ein paar Minuten gedankenverloren da und langte dann nach dem Hörer. Er wählte Janines Nummer.

»Das Netz zieht sich zusammen«, sagte er, als sie sich meldete. »O'Halloran hätte sie heute abend schon beinahe gefaßt. Er stellt im Augenblick die Identität von Rosslands Agenten fest. Ich nehme an, daß wir bis Mitternacht wissen, wer er ist.«

»Oder wer er war«, ergänzte Janine. »Hör zu, John, ich bin schrecklich in Eile. Ich muß morgen abend um zweiundzwanzig Uhr fünfzig mit dem Flugzeug nach Dakar, und bis dahin habe ich noch eine Menge zu erledigen.«

Dorey setzte sich kerzengerade.

»Du mußt . . . was?«

»Ich fliege morgen nach Dakar.«

»Ich habe dich nicht dazu ermächtigt. Du kannst nicht einfach verreisen ohne meine Genehmigung. Es ist eine kostspielige Angelegenheit, und ich sehe keinen Anlaß, warum du nach Dakar fliegen solltest.«

»Ich tu's aber und trage meine Spesen selbst«, erwiderte Janine fest. »Dort kann ich mich viel nützlicher machen als in Paris. Ich nehme an, daß Rosslands Beauftragter inzwischen tot ist. Du kannst ja die amerikanische Botschaft in Dakar davon verständigen, daß ich komme. Vielleicht brauche ich Hilfe.«

Dorey überlegte einen Moment. Da Janines Expedition die Abteilung bestimmt keinen Penny kosten würde, hielt er es sogar für eine glänzende Idee, sie am Ort des Geschehens einzusetzen.

»Also gut«, sagte er. »Vielleicht hast du sogar Erfolg. Du wirst ein Visum brauchen.«

»Dafür habe ich bereits gesorgt«, sagte sie kühl. »Wenn ich auf etwas Wichtiges stoße, rufe ich dich an. Wiederhören, John.« Die Leitung war tot.

Kurz nach zehn fuhr Dorey nach Hause. Er setzte sich an seinen Schreibtisch und arbeitete noch einen Schriftsatz durch. Kurz vor Mitternacht schloß er seine Papiere ein und ließ sich dann in einen Lehnstuhl fallen. Er saß ganz still da, blickte ab und zu auf die Uhr und wartete. Als das Telefon endlich kurz vor eins läutete, sprang er hastig auf.

»Wir haben die Personalien von dem Mann, den Sie suchen«, berichtete O'Halloran. »Er heißt Mark Girland, hat ein Zimmer in der Rue de Suisses und gibt sich als freischaffender Journalist aus. Ich rufe Sie erst so spät an, weil ich mit ein paar Leuten zu seiner Wohnung gefahren bin. Zweifellos arbeitet er als Agent. Wir haben seine Ausrüstung gefunden – alles, was man für diesen Beruf braucht. Daheim war er natürlich nicht. Die Concierge erzählte uns, er habe das Haus so gegen halb sieben verlassen, also kann er immer noch heimkommen. Soll ich ihn in die Zentrale bringen, wenn wir ihn schnappen?«

»Ja«, antwortete Dorey, »ich möchte selbst mit ihm reden, er soll von keinem anderen verhört werden.«

»Sobald er auftaucht, rufe ich Sie an«, sagte O'Halloran.

»Vielleicht trägt er sich mit der Absicht, die Dame nach Dakar zu begleiten«, murmelte Dorey. »Halten Sie deshalb auch am Flughafen nach ihm Ausschau, ja?«

»Ist bereits veranlaßt«, antwortete O'Halloran und legte auf.

Kurz nach zehn am folgenden Morgen klopfte es an Girlands Hotelzimmertür.

Girland hatte gerade ein ausgedehntes Frühstück vertilgt und las die Zeitung.

Leise stand er auf und griff nach der .45er auf dem Tisch.

»Wer ist da?« fragte er.

»Ich und noch ein Freund.«

Sobald Girland Borgs Stimme erkannte, versteckte er die Automatik unter der Zeitung und schob den Riegel zurück.

Borg trat ein, hinter ihm ein hagerer, ältlicher Mann mit einem Schopf weißer Haare. Während Girland die Tür wieder schloß, legten die beiden die Mäntel ab.

»Das ist Charlie«, erklärte Borg und deutete mit dem Daumen auf den Weißhaarigen. »Er wird dein Gesicht kosmetisch behandeln«, setzte er grinsend hinzu. »Charlie ist ein Wunder. Wenn er fertig ist, erkennt dich deine eigene Mutter nicht wieder.«

Charlie hatte einen Koffer mitgebracht. Leise vor sich hin pfeifend, packte er Schachteln, kleine Flaschen, Schere, Kamm und einen Frisierumhang aus.

»Also, Sir«, sagte er zu Girland, »wenn Sie sich bitte hierhersetzen wollen?«

Girland setzte sich, Borg nahm sich den einzigen bequemen Stuhl, der zur Verfügung stand, und legte die dicken Beine übereinander.

»Hast du die Reisetasche bekommen, die ich gestern abend im Hotel für dich abgegeben habe?«

»Dort steht sie«, antwortete Girland.

Girland war gestern sehr erstaunt gewesen, als ihm der Page sein Zimmer zeigte. Eine luxuriöse Reisetasche hatte neben dem Tisch gestanden, mit drei Tropenanzügen aus ausgesuchtem Material, mit Hemden, Pyjamas, Taschentüchern, Sportkleidung, einem Morgenmantel, Hausschuhen, einer Auswahl geschmackvoller Krawatten, einem Necessaire, einem Regenmantel aus leichtem Stoff, einer Sonnenbrille und einer Brieftasche aus abgenütztem, aber teurem Leder, mit Goldmonogramm J. G. und einem dikken Bündel senegalesischer Banknoten. Wieder einmal mußte Girland die Umsicht und Gründlichkeit bewundern, mit der Radnitz vorging.

»Das ist eine Tricktasche«, erklärte Borg. »Sie hat einen doppelten Boden, in dem du alles für Notzeiten findest. Ich zeige dir nachher, wie der Verschluß funktioniert.«

Charlie verpaßte Girland inzwischen einen Borstenschnitt. Dann führte er ihn ins Badezimmer und behandelte die Stoppeln mit Wasserstoffsuperoxyd. Borg sah ab und zu von der Zeitung auf und murmelte: »Heiliger Strohsack!« Endlich, nach zweieinhalb Stunden, trat Charlie zurück und nickte zufrieden.

Dann holte er einen gut geschneiderten Anzug aus seinem Koffer, legte ein weißes Hemd mit den aufgestickten Initialen J. G. daneben und stellte ein Paar Halbschuhe auf den Boden. Er forderte Girland auf, sich umzuziehen.

Fünf Minuten später hatte Girland seinen neuen Anzug angelegt und bekam jetzt ein goldenes Zigarettenetui überreicht – ebenfalls mit dem Monogramm J. G. –, ein goldenes Feuerzeug, ein Taschentuch mit Monogramm, ein paar Francs als Wechselgeld und eine Kreditkarte auf den Namen John Gilchrist. Borg übergab ihm diese besondere Aufmerksamkeit mit einem gönnerhaften Lächeln und deutete auf den großen Spiegel am anderen Ende des Zimmers. »Nun, Mr. Gilchrist, betrachten Sie sich aus der Nähe.«

Girland blieb auf halbem Weg stehen und starrte sein Spiegelbild an. Er erblickte einen großen, blonden Mann, dessen Haar nach amerikanischer Art geschoren war. Selbst die Züge seines hageren Gesichts waren mit Hilfe von kleinen Gummipolstern innen in den Wangen verändert worden. Das Bärtchen auf der Oberlippe, Härchen für Härchen aufgetragen, gab ihm das verwegene Aussehen eines Mannes von Welt; seine Hautfarbe war jetzt ein kräftiges Braun und nicht mehr jenes wächserne Gelb, das von vielen durchwachten Nächten zeugte. Charlie hatte auch nicht versäumt, seine Hände nachzudunkeln. Die Verwandlung war so verblüffend, daß Girland erst die Arme heben und auf und ab gehen mußte, ehe er den Mann im Spiegel für sein Abbild hielt.

Charlie räumte rasch seine Schminksachen fort, nickte Girland noch einmal zufrieden zu und verließ den Raum.

»Da staunst du, was?« grinste Borg. »Ich hab's dir ja gesagt – deine eigene Mutter erkennt dich nicht wieder.«

»Ich muß mich selbst erst an mich gewöhnen«, murmelte Girland und wandte sich vom Spiegel ab. »Aber wird das Zeug auch kleben bleiben? Ich meine den Bart. Und die Kopfhaare wachsen natürlich dunkel nach.«

»Es hält, solange es halten soll«, antwortete Borg. »Die Haare kannst du jederzeit nachfärben, der Bart ist wasserfest. Du kannst dir ja einen echten wachsen lassen. Und die künstliche Sonnenbräune wird sich in Afrika recht bald in ein echtes Braun verwandeln.«

Borg erklärte ihm noch, wie sich der doppelte Boden der Reisetasche öffnen ließ. In dem Geheimfach lagen eine

Automatik vom Kaliber .38, ein Schnappmesser, ein kleines Pillenfläschchen – Knock-out-Tabletten, wie Borg erklärte, die sich sofort in Wasser auflösten, vollkommen geschmacklos waren und das Opfer für mindestens sechs Stunden ins Land der Träume schickten –, ein Totschläger und eine Schachtel Munition für die Automatik.

»Das wär's also«, sagte Borg. »Wenn dir noch etwas einfällt, dann sag's. Du erhältst VIP-Behandlung.«

Girland schüttelte den Kopf. »Die Ausrüstung ist so vollständig, wie man sie sich nur wünschen kann.«

Borg übergab Girland noch eine prallgefüllte Aktentasche.

»Da sind ein paar Papiere drin, die du dir noch anschauen mußt«, sagte er. »Unterlagen der *Orangeolo Corporation* in Florida. Lern das Zeug auswendig, denn du bist Bevollmächtigter dieser Firma. Du besuchst Dakar, um zu eruieren, ob man dort eine Niederlassung gründen kann. Deshalb mußt du die Namen der Direktoren, des Verkaufsleiters und alles Wissenswerte über die Firma auswendig können. Radnitz ist ihr Eigentümer, und falls jemand Nachforschungen anstellen sollte, wird die Direktion deine Angaben bestätigen.« Borg blickte auf seine Armbanduhr. »Zeit fürs Mittagessen. Ich bezahle jetzt deine Rechnung. Heute abend warte ich auf dich an der Bushaltestelle zum Flughafen. Du räumst jetzt das Zimmer und benützt die Treppe hinunter in die Halle. Kein Mensch wird dich erkennen. Nimm die Aktentasche mit – sie enthält fünftausend Piepen in großen Scheinen. Zieh dich in einen stillen Winkel zurück, wo du ungestört pauken kannst.« Borg grinste Girland vergnügt an.

Girland nahm die Tasche in die Linke, drückte Borg noch einmal die Hand, schlüpfte aus dem Zimmer und stieg rasch die Treppe hinunter.

Nachdem Girland das Hotel verlassen hatte, suchte er ein Café auf und wählte die Nummer, die Madame Foucher ihm gegeben hatte. Er teilte ihr mit, daß er mit ihr in der gleichen

Maschine fliegen würde. »Ich habe Ihr Geld bei mir«, fuhr er fort. »Ich weiß nicht, was Sie damit anfangen wollen, rate Ihnen aber ab, es mit durch die Zollkontrolle zu nehmen.«

»Ich wohne im *Palace*«, erwiderte sie. »Können Sie das Geld vorbeibringen und es für mich beim Portier hinterlegen?«

»Ich gebe es dort in einer halben Stunde ab«, versprach er. »Aber noch einmal – versuchen Sie nicht, das Geld durch den Zoll zu schmuggeln.«

»Überlassen Sie das nur mir«, erwiderte sie ungeduldig. »Bringen Sie das Geld erst mal ins Hotel.«

Um halb neun Uhr abends stieg Girland bei der Haltestelle für den Flughafenbus aus einem Taxi. Er ging rasch auf den Bus zu. Borg saß auf einer Bank mit Girlands Reisetasche zu Füßen. Girland verzögerte seinen Schritt, als Borg aufstand und davonschlenderte. Ohne anzuhalten, nahm Girland die Tasche vom Boden und stieg ein.

Im Flughafen gab er seine Reisetasche bei der Gepäckkontrolle ab, erhielt seine Platzkarte und stellte sich dann am Schalter der Paßkontrolle an. Vor ihm stand eine elegant gekleidete Frau, und als sie dem Kontrolloffizier ihren französischen Paß reichte, las er den Namen: Janine Daulnay. Er bewunderte ihre enge Taille und ihre langen, schlanken Beine, und dann war er auch schon an der Reihe, seinen gefälschten Paß vorzuzeigen. Hinter dem Kontrolloffizier stand ein großer, bulliger Mann. Girland erkannte am Bürstenschnitt und den Kaubewegungen der Kinnlade sofort den Amerikaner. Wahrscheinlich einer von Doreys Sicherheitsbeamten.

Sowohl der Kontrolloffizier als auch der Bulle hinter ihm starrten Girland neugierig an, der den Blick gleichgültig über sich ergehen ließ. Der Kontrolloffizier prüfte den Paß und reichte ihn dann dem Amerikaner weiter.

»Reisen Sie privat oder geschäftlich nach Dakar, Monsieur?« fragte der Kontrolloffizier, als der Amerikaner den Paß zurückgab.

»Geschäftlich«, antwortete Girland.
»Was sind das für Geschäfte?«
Girland öffnete den Reißverschluß seiner Aktenmappe und holte einen Firmenausweis und einen Brief heraus. Der Kontrolloffizier und der bullige Amerikaner betrachteten den Ausweis und lasen das Schreiben, das von der *Orangeolo Corporation* in Florida stammte und John Gilchrist den Auftrag erteilte, in Dakar ein geeignetes Grundstück für die Errichtung einer Niederlassung zu suchen.
Der Amerikaner schrieb sich die Adresse der Firma auf; dann nickte er, der Kontrolloffizier stempelte Girlands Paß ab und gab ihm ein Zeichen, weiterzugehen.
Girland stand jetzt hinter der Absperrung und wartete, daß die Zollbeamten sein Gepäck kontrollierten. Als er über die Schulter blickte, sah er, daß Madame Foucher sich als letzte in der Reihe angestellt hatte. Sie trug eine große Handtasche und hatte die Aktentasche, die Girland ihr übergeben hatte, unter den Arm geklemmt.
Girland zuckte zusammen. Hoffentlich war sie nicht so hirnverbrannt zu versuchen, mit einer Aktentasche voll Geld durch den Zoll zu kommen. Aber ehe sie sich der Paßkontrolle bis auf fünf Meter genähert hatte, traten drei Männer auf sie zu – ein französischer Polizist in Uniform und zwei Männer in Zivil, offensichtlich amerikanische Sicherheitsbeamte – und holten sie aus der Schlange der Wartenden heraus.
Girland beobachtete die Szene, wobei ihm der Schweiß auf den Handflächen ausbrach. Madame Foucher protestierte, die Leute gafften. Dann führten die Männer sie rasch fort, auf das Büro des Sicherheitsoffiziers zu.
Niemand achtete auf Schwartz, der allein auf einer Bank saß, die Zigarette schief im Mundwinkel, die rechte Hand in der Tasche seines Trenchcoats.
Radnitz hatte ihm gestern abend noch seine Befehle gegeben: »Falls die bewußte Dame am Flughafen verhaf-

tet wird, darf sie unter keinen Umständen reden. Ist das klar? Sorge dafür, daß sie schweigt. Um jeden Preis!«

Madame Foucher und die drei Beamten kamen jetzt auf Schwartz zu. Ein Amerikaner hatte die Nachhut übernommen, der Polizist und der andere Amerikaner flankierten sie. Ihre großen dunklen Augen irrten hin und her, ihre Lippen zitterten vor Angst.

Schwartz krümmte den Zeigefinger am Abzug seiner Pistole. Der Schalldämpfer und der Lärm der Düsenmaschinen draußen auf dem Rollfeld würden dafür sorgen, daß niemand den Schuß hörte.

Er hob die Waffe in der Manteltasche. Es war gar nicht so einfach, aus diesem Winkel zu schießen, denn der Schuß mußte tödlich sein. Aber Schwartz war ein Experte für komplizierte Schüsse. Er drückte ab und spürte, wie sich die Waffe aufbäumte. Man hörte nur ein leises »Plopp«, als die Pulvergase vom Schalldämpfer aufgesogen wurden. Madame Foucher schwankte und fiel dann der Länge nach zu Boden, noch ehe der Uniformierte sie auffangen konnte.

Natürlich und ungezwungen nahm Schwartz die Hand aus der Tasche und schlug eine Zeitung auf. Erst jetzt schien er zu bemerken, daß etwas passiert sein mußte, denn schon sammelte sich eine Menschenmenge um die Polizisten und die Senegalesin.

Girland hatte durch die gläserne Trennwand alles beobachtet. Der Zollbeamte trat auf ihn zu und fragte, ob er etwas zu verzollen habe.

»Nein, nichts«, antwortete Girland mit einem flauen Gefühl im Magen.

»Würden Sie bitte Ihre Tasche öffnen?«

Während der Beamte den Inhalt durchsuchte, sah Girland, wie Schwartz sich auf die Zehen stellte, um über die Köpfe der Gaffer hinweg einen Blick auf die Negerin zu werfen. Girland zweifelte keine Sekunde daran, daß Schwartz Madame Foucher auf Befehl von Radnitz getötet hatte.

»Vielen Dank, Sir«, sagte der Zollbeamte und machte mit einem Stück Kreide ein Kreuz auf Girlands Aktentasche.

»Nach rechts, bitte.«

Girland ging mit seinem Gepäck zum Flugsteig, wo schon ungefähr dreißig Personen versammelt waren.

In der Halle begannen ein paar Polizisten die Menge zu zerstreuen. Schwartz stahl sich unbemerkt fort und ging auf die Stelle zu, wo Borg mit dem schwarzen Citroën wartete. Borg ließ sich Zeit und bog in gemächlichem Tempo in die Schnellstraße ein.

Die Polizisten trugen inzwischen die Leiche ins Büro des Sicherheitsoffiziers und schlossen die Tür vor der neugierigen Menge. Der eine der beiden amerikanischen Sicherheitsbeamten wählte Captain O'Hallorans Nummer, während der andere die Tote untersuchte. Mit einem Fluch richtete er sich auf.

»Erschossen«, sagte er zu dem französischen Polizei-Inspektor. »Der Mörder muß da draußen unter der Menge sein. Nehmen Sie alle Leute, und suchen Sie ihn!« Er wußte, daß es ein sinnloser Befehl war. Inzwischen war der Mörder längst verschwunden.

John Dorey wollte sich gerade niederlegen, als die Türglocke läutete. Durch den Spion erkannte er Captain O'Hallorans massige Gestalt. Dorey sperrte die Tür auf. »Kommen Sie herein, Captain«, sagte er. Er sah O'Halloran schon am Gesicht an, daß er schlechte Nachrichten mitbrachte.

»Die Senegalesin, die Sie verhören wollten, Mr. Dorey, ist tot«, sagte O'Halloran und zündete sich eine Zigarette an. »Sie wurde erschossen, als wir sie festnahmen.«

Doreys Augen hinter den dicken Brillengläsern wurden eine Schattierung dunkler. Langsam ging er zu seinem Schreibtisch und setzte sich.

»Wer hat sie erschossen?« fragte er nach einer Pause.

»Keine Ahnung. Wir griffen zu, als sie gerade die Paßkontrolle passieren wollte. Zwei meiner Leute und Inspektor Delrieu fingen sie ab und baten sie, mit ihnen ins Sicherheitsbüro zu kommen. Sie hatte offensichtlich Angst, folgte aber anstandslos. Es war nur ein kurzer Weg bis zum Büro, aber plötzlich kippte sie vornüber zu Boden. Meine Leute glaubten zuerst, sie sei in Ohnmacht gefallen. Aber als man sie im Büro untersuchte, wurde festgestellt, daß sie erschossen worden war. Die Waffe hatte zweifellos einen Schalldämpfer. Niemand hörte den Schuß, denn vor der Halle lief gerade eine Maschine warm. Der Täter konnte unerkannt entkommen.«

Dorey rieb sich die Schläfen mit den Fingerspitzen.

O'Halloran öffnete die Aktentasche. »Diese Tasche hat man bei ihr gefunden. Sie enthält siebentausend Dollar und einen Paß auf den Namen Rosa Arbeau. Ich lasse zur Zeit die Echtheit des Passes in Dakar nachprüfen.«

Dorey blätterte die Dollarnoten durch.

»Gibt es eine Möglichkeit, die Herkunft der Dollarscheine festzustellen?«

»Nein.«

»Haben Sie noch etwas über Girland erfahren?«

»Nichts Neues. Er war bestimmt nicht unter den Passagieren, die mit der Nachtmaschine nach Dakar geflogen sind. Wir haben jeden unter die Lupe genommen, und meine Leute liegen immer noch am Flughafen auf der Lauer. Wir haben auch alle Hafenbehörden alarmiert.«

Dorey war nicht überrascht über diese Nachricht. Sie bestärkte ihn nur im Glauben, daß Girland das gleiche Schicksal wie Rossland erlitten hatte.

»Wir scheinen kein Glück zu haben, nicht wahr, Captain?« seufzte er. »Na gut – lassen wir das Thema heute abend auf sich beruhen. Ich behalte das da.« Dorey deutete auf die Aktentasche. »Noch kein Lebenszeichen von dem Jungen mit Bart? Er ist jetzt offenbar unsere letzte Hoffnung.«

»Nichts. Meine Leute behalten natürlich das Hotel im Auge. Sobald er dort auftaucht, haben wir ihn.«

Als sich O'Halloran verabschiedet hatte, saß Dorey eine Weile in Gedanken versunken hinter seinem Schreibtisch. Er war Janine jetzt dankbar dafür, daß sie so viel gesunden Menschenverstand bewiesen hatte und nach Dakar geflogen war. Er würde ihr ein verschlüsseltes Telegramm schikken müssen, um ihr mitzuteilen, daß die Senegalesin tot war. Der Schauplatz der Ereignisse schien sich jetzt nach Dakar zu verlagern. Spontan beschloß er, Jack Kerman nach Dakar zu schicken, falls Janine nicht allein zurechtkam. Kerman war ein guter Mann, tüchtig und zuverlässig. Dorey bereute jetzt, daß er ihn nicht gleich beauftragt hatte, Kontakt mit Madame Foucher aufzunehmen.

Er zog das Telefon zu sich heran, und ein paar Sekunden später hatte er Kerman am Apparat.

»Ich brauche Sie, Kerman«, sagte Dorey. »Es ist dringend.«

Kerman brummte: »Mal sehen . . . es geht«, und legte schon wieder auf.

Wenig später saß er in dem gleichen Lehnstuhl, den O'Halloran vor einer halben Stunde geräumt hatte, und hörte sich Doreys Bericht an.

Kerman war ein kleiner, drahtiger Mann von dreiunddreißig Jahren, mit braunem, kurzgeschorenem Haar, wachsamen Augen und liebenswürdigen Manieren. Als Teilhaber einer Autowerkstatt hatte er sein Auskommen und so viel Zeit, daß er für Dorey Aufträge erledigen konnte, sooft dieser ihn brauchte.

Dorey entwarf ihm ein genaues Bild der Ereignisse. »Jetzt ist uns die ganze Angelegenheit etwas aus der Hand geglitten«, schloß er. »Offen gestanden, hätte ich O'Hallorans Bericht an Warley weitergeben sollen. Zweifellos hatte diese Frau sehr wertvolle Informationen zu verkaufen. Radnitz ist offensichtlich entschlossen, sein Wissen mit keinem zu teilen. Sie wissen ja, was ich von Radnitz halte.

Es ist schon immer mein Ehrgeiz gewesen, ihm das Handwerk zu legen. Ich hätte die Sache von Anfang an Warley vortragen müssen. Das weiß ich – aber ich habe es eben nicht getan, weil ich nicht über meinen Schatten springen kann. Sie wissen ja, was Warley für ein Typ ist. Und nachdem ich jetzt überzeugt bin, daß Radnitz in die Sache verwickelt ist, habe ich noch viel weniger Lust, Warley einzuweihen. Wenn ich Radnitz den Teppich unter den Füßen wegziehen kann, habe ich etwas erreicht, was noch keinem gelungen ist – trotz aller Anstrengungen. Sie verstehen doch, oder?«

»Ich verstehe, Mr. Dorey. Sie brauchen mir nur zu sagen, was ich tun soll.«

»Janine Daulnay ist bereits unterwegs nach Dakar. Sie ist nicht auf den Kopf gefallen, und vielleicht gelingt es ihr, dort eine Spur zu finden. Ich möchte, daß Sie sich morgen ins Flugzeug setzen und zu ihr stoßen. Gemeinsam wird es euch vielleicht glücken herauszufinden, was diese Senegalesin zu verkaufen hatte und warum Radnitz so großes Interesse daran hat.«

Kerman kaute an seinem Daumennagel und starrte Dorey nachdenklich an. »Das wird eine Menge Geld kosten«, sagte er. »Wenn die Reise nicht offiziell sein soll – wie wollen Sie das Geld beschaffen?«

Dorey zog die Aktentasche unter dem Schreibtisch hervor. »In dieser Tasche liegen siebentausend Dollar, Kerman. Die Foucher hatte sie bei sich. Ich gehe jede Wette ein, daß sie von Radnitz stammen. Es wäre doch zu schön, wenn es uns gelingen würde, Radnitz mit seinem eigenen Geld zu Fall zu bringen – ausgleichende Gerechtigkeit. Nehmen Sie das Geld, ich werde das Visum für Sie beschaffen. Kommen Sie morgen früh um neun Uhr mit Ihrem Paß und den Fotos in mein Büro. Bis dahin habe ich alles für Sie vorbereitet.«

»Schön«, sagte Kerman, »aber bleiben Sie immer noch dabei, daß Sie Warley nicht einweihen möchten?«

»Kümmern Sie sich nicht um Warley«, entgegnete Dorey scharf. »Sie tun, was ich Ihnen angeschafft habe.«

»Noch ein Wort über Girland. Glauben Sie, daß er ebenfalls versucht, nach Dakar zu kommen?«

»Er ist vermutlich tot. Als ich zum letztenmal von ihm hörte, war er in den Händen von Radnitz' Leuten. Wahrscheinlich haben sie ihn nicht besser behandelt als Rossland.«

Kerman betrachtete seine Hände.

»Radnitz kann ihn auch gekauft haben, Mr. Dorey. Haben Sie schon an diese Möglichkeit gedacht?«

Dorey blickte betroffen auf.

»Was wollen Sie damit sagen ... gekauft?«

»Wir wollen uns nichts vormachen«, meinte Kerman. »Sie zahlen nicht übermäßig gut, Mr. Dorey. Ich möchte mich nicht beschweren – ganz bestimmt nicht –, aber Radnitz verfügt nun mal über unbegrenzte Mittel. Er kann es Girland sehr schmackhaft gemacht haben, die Seite zu wechseln.«

Dorey dachte darüber nach und schüttelte dann den Kopf. »Radnitz hat seine eigene Organisation. Warum soll er sein Geld an einen Mann wie Girland verschwenden? Es wäre doch viel einfacher für ihn, Girland zu beseitigen. Girland ist tot, davon bin ich überzeugt.«

Kerman erhob sich. »Also schön, morgen früh um neun in Ihrem Büro.«

Borg fuhr mit dem Citroën vom Flugplatz zu seiner Wohnung in der Rue Louise-Thuliez. Weder Schwartz noch er hatten unterwegs ein Wort gesprochen. Mit dem Lift fuhren sie in den dritten Stock hinauf. Borg sperrte die Tür auf, und die beiden traten in einen großen, sonnigen Raum mit bequemen Sesseln, einem Rauchtisch, einem großen Spiegel über dem Kamin und gerahmten Aktfotos an der Wand. Borg hatte die Bilder in einer Boutique für Touristen am linken Seine-Ufer aufgetrieben.

Thomas saß in einem Sessel und blätterte nervös in einer Illustrierten. Schon zwei Tage hatte er in Borgs Apartment verbracht. Radnitz hatte ihm eingeschärft, sich nicht auf der Straße blicken zu lassen.

»Nun?« fragte er und starrte Schwartz an.

Schwartz grinste höhnisch und deutete auf das Loch in seinem Regenmantel.

»Ist sie tot?«

»*Ich* mache keine Fehler, Milchbart«, sagte Schwartz und setzte sich.

Borg ging in die Küche und holte zwei Konservenbüchsen Bier aus dem Eisschrank. Er goß zwei Gläser voll, gab das eine Schwartz und behielt das zweite für sich.

Thomas blickte die beiden Männer unsicher an und blätterte dann planlos weiter.

Schwartz lehnte sich im Sessel zurück, zündete sich eine Zigarette an und rauchte mit geschlossenen Augen. Borg füllte sein Glas nach und starrte dann hinunter auf das Verkehrsgewühl.

Zehn Minuten später läutete es an der Tür. Borg öffnete. Radnitz kam ins Wohnzimmer und sah die drei Männer der Reihe nach an.

»Sie mußten sie also erschießen«, sagte Radnitz zu Schwartz.

»Die anderen warteten schon auf sie. Dicht vor der Schranke, wo die Pässe kontrolliert werden, griffen sie zu. Die Kleine war fix und fertig und hätte bestimmt gesungen. Deshalb.«

Radnitz ging mit mürrischem Gesicht auf und ab. »Falls Girland in drei Tagen nichts aufzuweisen hat, fliegen Sie und Borg nach Dakar«, sagte Radnitz und blickte Schwartz an. »Sie arbeiten mit ihm zusammen. Ich traue ihm nicht ganz. Ist das klar?«

Schwartz nickte.

»Aber was wird mit mir, Sir?« fragte Thomas. »Fliege ich nicht mit?«

»Sie gehen nach London«, sagte Radnitz barsch. »Schneiden Sie sich den lächerlichen Bart ab, Doreys Leute liegen auf der Lauer. Momentan kann ich Sie hier nicht gebrauchen. Melden Sie sich in meinem Londoner Büro. Vielleicht haben die dort was für Sie.«

Thomas wurde erst rot, dann blaß. »Jawohl, Sir.«

»Und nehmen Sie sich in acht, wenn Sie Paris verlassen«, Radnitz zog ein Bündel Banknoten aus der Tasche und warf es auf den Tisch. »Teilt euch das. Sie, Schwartz, erhalten die Hälfte davon. Sie haben ordentliche Arbeit geleistet.« Dann verließ Radnitz die Wohnung, ohne Thomas noch einmal anzusehen.

Als Schwartz zum Tisch ging und seinen Anteil einsteckte, grinste er spöttisch: »Er scheint unseren Bubi nicht mehr zu mögen, was, Borg?«

Girland gab der Stewardeß seine Flugkarte und stieg die Gangway zur Touristenklasse hinauf

Dann schritt er durch den schmalen Mittelgang, sah vor sich einen leeren Sitz und nahm ihn in Beschlag. Erst als er schon Platz genommen hatte, entdeckte er, daß er neben Janine Daulnay saß, der elegant gekleideten Dame, deren Namen er vorhin bei der Paßkontrolle zufällig gelesen hatte. Sie legte gerade den Sicherheitsgurt an, und als Girland ihrem Beispiel gefolgt war, warf er ihr einen raschen, bewundernden Blick zu. Dann stellte er die Aktentasche unter den Sitz und lehnte sich behaglich zurück.

Jetzt war es an Janine, Girland näher zu betrachten. Ihre Blicke trafen sich. »Haben Sie beobachten können, was dieser Schwarzen vorhin passiert ist?« fragte sie. »Man hat sie verhaftet, nicht wahr? Sie haben doch den Vorgang verfolgt. Von hier aus konnte ich nicht viel erkennen. Ist sie in Ohnmacht gefallen?«

Girland blickte in Janines große, welterfahrene Augen. Schon lange hatte er keine so attraktive Frau mehr gesehen.

»Auf jeden Fall fiel sie der Länge nach hin«, antwortete er. »Ich habe keine Ahnung, was eigentlich vorgegangen ist. Ich vermute, sie wollte etwas durch den Zoll schmuggeln, und die Polizei bekam einen Tip und faßte zu.«

Die Triebwerke sprangen mit heulendem Getöse an und machten jede weitere Unterhaltung unmöglich. Girland lehnte sich zurück und schloß die Augen. Janine betrachtete ihn von der Seite. Hm – gar nicht übel. Spricht fließend Französisch, obwohl er Amerikaner ist. Ich mag seine Hände: stark und doch behutsam. Und ein gutgeformtes Kinn. Gar kein übler Mann.

Girland machte sich Sorgen. Den einzigen Kontakt zu Carey, der ihm noch geblieben war, stellte dieser Portugiese Enrico dar. Wenn er Enrico nicht fand, konnte er auch Carey abschreiben.

Das Flugzeug rollte an und erhob sich Sekunden später in die Luft. Girland löste den Sicherheitsgurt, zog sein Zigarettenetui aus der Tasche und bot Janine eine Zigarette an. Als sie den Rauch einsog, sagte er: »Mein Name ist John Gilchrist. Ist das Ihre erste Reise nach Dakar?«

»Ich heiße Janine Daulnay. Ja, ich fliege zum erstenmal hin«, erwiderte Janine. »Nur für zwei oder drei Wochen. Möchte mal wieder richtig braun werden.«

»*Madame* Daulnay?« erkundigte sich Girland lächelnd.

Sie lachte.

»Nein. Ich finde das Leben viel amüsanter, wenn man ledig ist. Sind Sie denn verheiratet?«

Girland schüttelte den Kopf.

»Aus dem gleichen Grunde nicht.«

Sie lachten jetzt beide. Dann sagte sie: »Sie sprechen aber ausgezeichnet französisch. Dabei sind Sie doch Amerikaner, nicht wahr?«

»Meine Mutter war Französin. Es soll ja im Augenblick sehr heiß in Dakar sein. Doch der Strand des *Hotel N'Gor* macht eine Ausnahme, sagt man.«

»Das habe ich auch gehört. Sind Sie auf Urlaubsreise?‹

»Nein, so gut geht es mir nicht. Ich bin geschäftlich unterwegs.«

Janine stellte die Rückenlehne etwas tiefer und drückte ihre Zigarette aus. »Wir kommen so gegen drei Uhr an, nicht wahr?«

»Stimmt.«

»Dann entschuldigen Sie mich bitte. Ich brauche meinen Schönheitsschlaf.«

»Das ist eine Idee«, grinste Girland. »Ich auch.«

Janine schloß die Augen, und nach einer Weile schien sie eingeschlafen zu sein. Girland rauchte seine Zigarette zu Ende, während seine Gedanken sich mit Madame Foucher beschäftigten. Die Brutalität, mit der Radnitz vorging, reizte ihn bis aufs Blut. Vielleicht kam einmal die Gelegenheit, die Rechnung auszugleichen und die beiden, Rossland und sie, zu rächen. Dann glitt er in einen bleiernen Schlaf hinüber. Die Stewardeß weckte ihn.

»Schnallen Sie sich bitte an, Sir«, sagte sie. »Wir landen in drei Minuten.«

Girland gähnte und hantierte an seinem Gurt.

Janine beschäftigte sich mit ihrer Puderdose.

»Die Zeit ist buchstäblich wie im Flug vergangen«, sagte sie. »Ich habe die ganze Zeit geschlafen. Sie auch?«

»Es scheint so«, erwiderte Girland.

Sie blickte durchs Fenster hinunter auf die Lichter des Flughafens, während das Flugzeug zur Landung ansetzte.

»Afrika! Aufregend, nicht?«

Als das Flugzeug ausgerollt war und die Türen des Ausstiegs sich öffneten, strich ein heißer, feuchter Luftzug herein.

»Puh«, stöhnte Girland, als er sich erhob. »Ganz schön warm hier.«

Neben Janine schlenderte er übers Vorfeld auf die Abfertigungshalle zu. Die Kontrollstationen passierten sie ohne nennenswerten Aufenthalt. Vor dem Flughafengebäude wartete bereits der Omnibus des *Hotel N'Gor*.

Ein schlanker schwarzer Page in roter Uniform nahm ihr Gepäck in Empfang und verstaute es im Bus. Außer ihnen stiegen noch drei amerikanische Geschäftsleute ein, um sich das kurze Stück auf der Uferstraße bis zum Hotel bringen zu lassen.

Dort dauerte die Abfertigung etwas länger. Girland stellte fest, daß Janine das Zimmer neben ihm hatte.

»So ein Zufall«, sagte er, »wir sind wieder Nachbarn. Hoffentlich sehen wir uns öfter.«

»Ich denke, Sie sind geschäftlich hier?«

Sie betraten den Lift. »Natürlich«, antwortete Girland wegwerfend, »aber so schlimm ist es wieder nicht. Den Strand werde ich auf jeden Fall ausprobieren.«

»Gut, dann sehen wir uns ja.«

Der Fahrstuhl brachte sie in den sechsten Stock hinauf, und sie folgten dem Pagen durch einen langen Korridor, dann eine kurze Treppe in einen kleinen Vorraum hinab. Links und rechts führte eine Tür ab. Der Page öffnete die linke davon und trug Janines Gepäck in eine großes, sonniges Zimmer.

»Nun, dann gute Nacht«, sagte Janine und reichte ihm die Hand.

Girland hielt sie länger als eigentlich nötig. Erst als sie die Augenbrauen hochzog, gab er sie wieder frei.

»Gute Nacht«, sagte er. »Ich freue mich auf unser Wiedersehen morgen früh.« Dann folgte er dem Pagen in sein Zimmer.

6

Um halb zehn am folgenden Morgen bestellte Girland das Frühstück aufs Zimmer. Dann ließ er den Portier ans Telefon rufen und sagte ihm, er wolle für drei Tage einen Wagen mieten. Der Portier versicherte, binnen einer Stunde stünde er vor dem Hotel bereit.

Nach dem Frühstück packte Girland aus, zog einen Tropenanzug an und sperrte den Koffer in den Schrank. Die prallgefüllte Aktentasche ließ er auf einem Stuhl liegen.

Unten in der Halle teilte ihm der Portier mit, der Mietwagen stehe fahrbereit vor dem Hotel. Girland gab dem Mann ein Trinkgeld und stieg dann die lange Vortreppe hinunter, an deren Fuß ein Citroën im Schatten wartete.

Dann fuhr er auf der breiten Ausfallstraße nach Dakar hinein. Auf dem Place de l'Independence stellte er den Wagen ab, um die Stadt zu Fuß zu erkunden. Die Straßen, auf denen sich die Afrikaner in ihren bunten Gewändern drängten, boten viel Sehenswertes, und in der ersten Stunde begnügte er sich damit, planlos durch die Gegend zu schlendern und sich mit der Atmosphäre vertraut zu machen. In einer Buchhandlung kaufte er sich einen Stadtplan, eine Landkarte der Umgebung und einen Reiseführer. Als die Verkäuferin ihm die Sachen einpackte, erkundigte er sich nach der Adresse des Nachtclubs *Florida.*

»Den finden Sie am Ende der Rue Carnot«, erklärte ihm das Mädchen. »Die zweite Querstraße links hinter dem Place de l'Independence.«

Girland kehrte zum Wagen zurück und fuhr die Rue Carnot hinunter, bis er den Nachtclub entdeckte. Er parkte an der nächsten Straßenecke und ging zu Fuß zum Club zurück. Von außen sah er nicht vielversprechend aus. Ein rostiges Scherengitter spreizte sich vor dem Eingang, und ein schmutziges, handgemaltes Schild bedeutete ihm, daß der Club um Viertel nach neun abends öffne.

Jetzt war es kurz nach zwölf Uhr mittags, und die Geschäfte schlossen. Für Girland gab es im Augenblick nichts mehr zu tun. Deshalb fuhr er zum Hotel zurück.

Ein paar Minuten, nachdem Girland zu seinem Stadtbummel aufgebrochen war, rüttelte das Telefon Janine aus dem Schlaf. Gähnend tastete sie nach dem Hörer. »Ein Telegramm für Sie, Madame«, meldete sich das Büro. »Sollen wir es Ihnen aufs Zimmer schicken?«

»Ja, bitte. Und bringen Sie auch gleich Kaffee und Orangensaft mit«, erwiderte sie und legte wieder auf. Sie schlüpfte aus dem Bett, zog ihren Morgenmantel über und ging ins Bad.

Ein paar Minuten später brachte der Etagenkellner das Frühstückstablett herein. Seine weißen Zähne schimmerten wie Perlen in dem ebenholzschwarzen Gesicht, als er Janine das Telegramm überreichte.

Erst als er wieder draußen war, riß Janine den Umschlag auf. Sie erkannte auf einen Blick, daß das Telegramm von Dorey stammte und erst entschlüsselt werden mußte. Sie trank den Orangensaft aus, zündete sich eine Zigarette an, schenkte sich eine Tasse Kaffee ein, holte einen Bleistift aus der Handtasche und machte sich an die Arbeit. Sie las: *Frau am Flughafen ermordet. Schicke Kerman. Trifft um 15 Uhr 50 ein, um mit dir zusammenzuarbeiten. Verlasse mich auf dich, Dorey.*

Sie setzte das Telegramm in Brand und ließ die Asche auf den Kachelboden fallen. Dann trug sie ihre Kaffeetasse hinaus auf den Balkon und warf sich in einen Liegestuhl. Ihr Verstand arbeitete fieberhaft.

Kurz nach elf Uhr zog sie ihren Badeanzug an, legte einen Bademantel über die Schultern und ging zum Strand hinunter.

Dort war bereits eine Menge Leute versammelt, die sich im Wasser tummelten oder unter Sonnenschirmen im Sand aalten. Ein Farbiger spannte auch einen Sonnenschirm für Janine auf und legte ihr eine Badematratze zurecht.

Janine holte den letzten Roman von Françoise Sagan aus der Strandtasche. Aber sie war zu zerstreut, um sich konzentrieren zu können. Deshalb legte sie das Buch wieder beiseite und nahm eine Zigarette aus ihrem Etui. Während sie nach ihrem Feuerzeug suchte, fiel ein Schatten quer über sie. Sie blickte rasch hoch. Ein schlanker, großer Mann in knapper Badehose hatte sich lautlos genähert und hielt ihr ein brennendes Gasfeuerzeug hin.

Ein so breitschultriger Riese war ihr bisher kaum begegnet. Sein muskulöser Körper war von der Sonne golden gebräunt. Dagegen war das kurzgeschorene Haar so hellblond, daß es im Gegenlicht wie Silber glänzte. Das kantige Gesicht mit den breiten Wangenknochen, dem kräftigen Kinn und der kurzen, stumpfen Nase verriet slawische Abstammung. Er mochte Ende Zwanzig sein, ein Musterbild von einem Athleten – bis sie in seine kalten grünen Augen blickte. In ihnen spiegelten sich erbarmungslose Härte und etwas so abgrundtief Böses, daß Janine zurückzuckte.

Sein Blick ließ ihre Augen nicht los, als er sich über sie beugte und die Flamme unter ihre Zigarette hielt. Janine überwand ihren Schrecken und zwang sich zu einem Lächeln. »Vielen Dank.«

»Vier und zwei und sechs macht zwölf«, antwortete der Riese in gutturalem Französisch. »Ich bin Malik.«

Sie erstarrte.

»Um drei Uhr steht ein Wagen vor Ihrem Hotel«, fuhr er fort. »Halten Sie sich bereit.« Dann drehte er sich wieder um und ging mit langen, wiegenden Schritten über den heißen Sand hinaus in die Brandung.

Janine beobachtete das Spiel seiner Muskeln, während er über den Strand lief und ins Wasser tauchte. Mit der Kraft und spielenden Leichtigkeit eines Champions schwamm er ins Meer hinaus.

Malik. Sie hatte schon von ihm gehört. So sah er also aus. Jemand hatte einmal gesagt: »Der einzige Unterschied zwischen Malik und einer Schwarzen Mamba besteht darin, daß Malik auf zwei Beinen gehen kann und die Schlange nicht.«

Sie saß immer noch in Gedanken versunken da, als Girland neben ihr auftauchte.

»Hallo«, begrüßte er sie, während seine Augen sehr freizügig über ihren Körper wanderten. »Waren Sie schon im Wasser?«

Sie drehte sich zu ihm um. »Nein.« Sie fragte sich, ob es ratsam war, mit dem gutaussehenden Amerikaner anzubändeln, seitdem Malik auf der Bildfläche erschienen war.

»Dann gehen wir schwimmen und anschließend zum Essen, okay?« Girland streckte ihr die Hand hin.

Sie ergriff sie und ließ sich von ihm hochziehen. Dann liefen sie hinaus ins Meer. Janine stellte fest, daß auch er ein vorzüglicher Schwimmer war.

Nach zehn Minuten schlenderten sie zu dem strohgedeckten Freiluftrestaurant, nur einen Steinwurf vom Strand entfernt.

»Das hat gutgetan«, sagte Girland, als sie sich einen Tisch für zwei Personen aussuchten. »Etwas Alkoholisches?«

Janine bestellte einen Martini mit Wodka und Girland einen doppelten Gin mit Mineralwasser. Dann studierte er die Speisekarte.

»Wie wäre es mit Garnelen, kaltem Huhn und Salatplatte und einer Flasche eiskaltem Chablis?« fragte er.

»Ausgezeichnet.« Nachdem er beim Ober bestellt hatte, fragte sie: »Haben Sie den Vormittag gut genützt?«

»Ich habe mir Dakar angesehen. Ich soll nämlich einen geeigneten Platz für eine Niederlassung meiner Firma finden. Was treiben Sie denn heute nachmittag? Ich habe einen Wagen gemietet, wollen Sie mitkommen? Ich habe vor, mir ein bißchen die Umgebung zu betrachten.«

Der Ober brachte die Getränke.

»Heute nachmittag kann ich nicht. Ich muß einen Besuch machen.«

Er blickte sie an. »Sie haben Freunde hier?«

»Nur eine Freundin.«

Sie tranken, seufzten und lächelten sich an.

»Hier gefällt es mir besser als in Paris«, sagte Girland.

»Wohnen Sie denn in Paris?«

»Nein, in Florida.« Er stockte, und ein verwunderter Ausdruck trat in seine Augen. »Oho«, sagte er leise, »da kommt aber ein Prachtschinken von Mann.«

Janine folgte seinem Blick. Malik schlenderte an die Bar und bestellte eine Cola. Sie studierte seinen langen, muskulösen Rücken. »Sie haben recht. Wie geschaffen, den Samson zu spielen.«

»Ein Russe«, sagte Girland mit nachdenklichem Gesicht. »Was treibt der wohl hier?«

Er bemerkte nicht, daß Janine leise erschrak und ihm einen kurzen scharfen Blick zuwarf.

»Vielleicht denkt er das gleiche von Ihnen«, sagte Janine.

In diesem Augenblick brachte der Ober das Essen. Malik trank sein Glas aus, verließ die Bar und ging mit langen, wiegenden Schritten auf das Hotel zu. Girland blickte ihm nach. Radnitz' Warnung vor den Russen fiel ihm wieder ein. Sie machten ebenfalls Jagd auf Carey. War dieser blonde Hüne einer ihrer Agenten?

»Sie sind ja plötzlich so still geworden«, sagte Janine, während sie eine riesige Garnele zerteilte. »Was beschäftigt Sie denn so?«

»Ersparen Sie mir die Antwort, oder ich setze Sie in Verlegenheit.«

»Betrifft es mich?«

»Natürlich.«

Sie lachte. »Ich glaube, das kann ich auch erraten. Ich habe schon zu lange mit Männern zu tun, um ihre Hintergedanken nicht zu kennen.«

»Daran ist nur Ihr Aussehen schuld.«

Sie wechselte bewußt das Thema und bat ihn, ihr von Florida zu erzählen. Es war schon ein paar Jahre her, seit Girland zuletzt in Miami gewesen war, er konnte ihr aber trotzdem ein recht interessantes Bild von der Stadt entwerfen. Sie plauderten immer noch über Floridas Vorzüge, als er sich die Rechnung bringen ließ.

»Jetzt muß ich aber gehen«, sagte sie, als er bezahlte. »Sonst komme ich noch zu spät.«

»Ich begleite Sie ins Hotel. Und ich kann Sie wirklich nicht ein Stück im Wagen mitnehmen?«

»Nein, danke. Ich werde abgeholt.«

Zusammen fuhren sie mit dem Lift hinauf und trennten sich dann im Vorraum ihrer beiden Zimmer.

Girland duschte sich, kleidete sich wieder an und trat ans Fenster, das aufs Hotelportal hinausging – gerade rechtzeitig, um Janine in einen schwarzen Cadillac steigen zu sehen. Sie trug ein smaragdgrünes, ärmelloses Kleid. Ein Farbiger mit rotem Fes chauffierte den Wagen. Girland blickte dem Cadillac nach, der rasch auf der breiten Straße davonfuhr.

Janine hatte keine Ahnung, wohin man sie brachte. Sie starrte auf den schwarzen Nacken des Fahrers und ging mit sich zu Rate, ob sie ihn nach dem Fahrtziel fragen sollte. Sie ließ es aber lieber bleiben.

Der Fahrer bremste und bog nach links ab. Janine entzifferte die Buchstaben auf einem Wegweiser: *Rufisque*. Das sagte ihr nichts. Die Hitze der Nachmittagssonne war viel stärker als erwartet, doch sie empfand sie nicht als unangenehm.

Ein paar Meilen weiter verließ der Wagen die Hauptstraße und schaukelte langsam über einen Fahrweg, während der Staub links und rechts aufwirbelte. Bäume am Rand spendeten willkommenen Schatten, und schließlich glitt der Wagen durch eine versteckte Einfahrt und hielt vor einem weitläufigen Bungalow, dessen Fenster sich hinter grünen Rolläden versteckten.

Der Chauffeur öffnete ihr den Wagenschlag. Janine kletterte hinaus in den harten Sonnenschein und folgte dem Farbigen über die Terrasse zur Haustür, wo er sie mit einer Geste einzutreten bat.

Dann stand sie in einer kühlen, spärlich beleuchteten Diele, und der Farbige zog sich zurück.

Malik trat aus einer Tür, die auf die Diele hinausführte. Er trug weiße Shorts, weißes Sporthemd und Sandalen. Mit einer Handbewegung forderte er sie auf, weiterzukommen, trat zur Seite, und Janine fand sich jetzt in einem großen, spärlich möblierten Raum wieder, wo eine große Karte von Senegal an der Wand den Blick auf sich zog. Malik deutete auf einen Stuhl und setzte sich ihr gegenüber.

»Kommen wir zum Zweck Ihrer Reise«, sagte er. »Wir haben Sie aufgefordert hierherzukommen, weil wir genau wissen wollen, was in Paris vorgegangen ist und wieviel Dorey weiß oder vermutet. Die Lage hier in Dakar ist ziemlich kompliziert.«

Janine berichtete ihm in allen Einzelheiten, was sich seit dem ersten Anruf von Madame Foucher bei Dorey in Paris zugetragen hatte.

Malik hörte gespannt zu. Als sie schwieg, fragte er: »Dieser Dummkopf hat also keine Ahnung, was sie ihm zum Verkauf anbieten wollte?«

»Keinen blassen Schimmer.«

Die bösen grünen Augen sahen sie forschend an. »Und Sie wissen es auch nicht?«

»Nein.«

»Außer uns weiß es also nur noch Radnitz und dieser Girland.«

Janine sagte nichts.

»Dorey hält Girland für tot, nicht wahr?«

»Ja«.

»Das stimmt nicht. Er ist hier.«

Janine blickte Malik betroffen an.

»Wie kommen Sie zu dieser Annahme? Dorey hat mir versichert, er könne Paris unmöglich verlassen, wenn er tatsächlich noch am Leben sein sollte.«

»Dorey ist ein Dummkopf. Girland ist hier, Sie haben heute mit ihm zu Mittag gegessen.«

Janine wurde bleich. »Der Mann von vorhin ist amerikanischer Geschäftsmann. Ich besitze eine genaue Personenbeschreibung Girlands, er ähnelt dem Amerikaner nicht im geringsten. Sie irren sich.«

Maliks dünne Lippen wurden schmal.

»Ich irre mich nie. Ich habe sein Zimmer durchsucht, während Sie mit ihm aßen. Er hat einen Koffer mit doppeltem Boden. Warum sollte ein Geschäftsmann eine Pistole, ein Messer, einen Totschläger und Knock-out-Tabletten auf die Reise mitnehmen? Offiziell vertritt er eine Firma in Florida, und die gehört Radnitz. Kein Zweifel, es ist Girland, aber in raffinierter Aufmachung. Offenbar arbeitet er gar nicht mehr für Dorey. Radnitz hat ihn für sich gekauft.«

»Glauben Sie, daß er meine Rolle kennt?« fragte Janine, wobei sie die Fäuste ballte, daß die Knöchel weiß wurden.

»Weshalb sollte er? Girland ist ein Schürzenjäger«, erwiderte Malik. Er stockte einen Moment und fuhr dann fort: »Als ich erfuhr, daß ein Vertreter der *Orangeolo Company* im *N'Gor* absteigen würde, kam mir sofort der Verdacht, es müsse einer von Radnitz' Agenten sein. Deswegen habe ich dafür gesorgt, daß er das Zimmer neben Ihnen bekam.« Er starrte sie an. »Das ist mit ein Grund, weshalb ich Sie herbestellt habe. Sie sollen die Beziehungen zu Girland pflegen. Verstehen Sie, was ich meine?«

Janine nickte.

»Sie werden gründliche Arbeit bei ihm leisten«, fuhr Malik fort. »Spätestens morgen abend sollten Sie mit ihm schlafen.«

»Ich erledige den Auftrag, ohne mit ihm zu schlafen!« brauste Janine auf. »Ich lasse mir von niemandem so einen Befehl geben.«

»Sie haben keine Wahl«, erwiderte Malik. »Sie werden morgen nacht bei Girland schlafen. Oder soll Girland erfahren, daß Sie eine Doppelagentin sind, die Informationen aus der amerikanischen Botschaft an die russische Botschaft weitergibt?«

Janine erstarrte. »Aber Sie sagen doch, Girland arbeitet jetzt für Radnitz. Er hat keinen Grund, mich zu verraten.«

»Das glauben Sie, weil Sie keine Ahnung haben, was die Farbige anzubieten hatte. Ich will es Ihnen sagen. Erinnern Sie sich noch an Robert Henry Carey?«

»Carey? Natürlich. Was hat denn der mit der Sache zu tun?«

»Alles. Carey ist in Senegal, und Girland ist hier, um mit ihm zu reden. Dorey ahnt nicht, daß diese Farbige ihm verraten konnte, wo Carey sich versteckt hält. Aber sie hat es Girland gesagt, und der gab die Information an Radnitz weiter. Ehe Carey Rußland verließ, sammelte er eine Menge brandgefährlicher Informationen. Ihr russisches Dossier ist ebenfalls darunter. Er besitzt genügend Material über Radnitz auf Mikrofilm, um Radnitz lebenslänglich ins Zuchthaus zu schicken. Und wenn Girland auch nicht mehr für Dorey arbeitet, so bleibt er doch Amerikaner, und ein Amerikaner wird einem russischen Agenten immer das Handwerk legen, wenn er die Möglichkeit dazu bekommt.«

»Wenn Sie bereits wissen, daß Carey hier ist«, sagte Janine und beugte sich vor, »warum haben Sie ihn dann noch nicht aufgestöbert? Wollen Sie mich nicht schützen? Leiste ich Ihrem Volk vielleicht keine wertvollen Dienste?«

»Ich weiß, daß er hier ist, aber ich kenne sein Versteck nicht. Senegal ist groß. Girland wird uns zu seinem Schlupfwinkel führen, wenn Sie ihn richtig behandeln.«

»Warum entführen Sie Girland nicht einfach und bringen ihn zum Reden?«

»Sie sind begriffsstutzig. Girland kann ja gar nicht genau wissen, wo Carey sich versteckt. Carey muß eine Kontaktperson haben, die die Reise der Senegalesin nach Paris organisierte. Girland wird uns zu dieser Kontaktperson führen, die uns und Girland wiederum zu Carey führen wird.« Malik stand auf und ging zur Wandkarte. »Das ist der Busch. Wenn Sie den afrikanischen Busch nicht kennen, haben Sie keine Vorstellung von ihm.« Er deutete auf einen großen weißen Fleck auf der Karte. »Flach wie ein

Brett. Sie marschieren zwei Meilen und bilden sich ein, auf der Stelle zu treten. Jeder Baum, jeder Strauch, jedes Grasbüschel ist von monotoner Gleichförmigkeit. Nirgends kann man sich so rasch verirren wie im afrikanischen Busch, und wenn man sich erst einmal verirrt hat, findet man nie wieder heraus.« Er tippte mit dem Finger auf die Karte. »Irgendwo in diesem riesigen Gelände steckt Carey. Dort gibt es zahllose Dörfer, manche von beachtlicher Größe, andere wieder bestehen nur aus einer Handvoll Erdhütten. Carey hat als junger Mann in Senegal gearbeitet. Er weiß, wie man mit den Eingeborenen umgehen muß: Er spricht ihre Sprache. Ich bin davon überzeugt, daß er sich in einem kleinen Dorf versteckt hält. Dort kann er bleiben, so lange er will.«

»Woher wissen Sie so genau, daß er sich im Busch aufhält?«

»Seit seiner Flucht aus Moskau sind wir ihm dicht auf den Fersen. Wir drängten ihn von Europa ab, und deshalb wandte er sich nach Ägypten. In Kairo hätten wir ihn beinahe geschnappt. Er floh nach Westafrika. Er hatte immer nur einen kleinen Vorsprung, weil er mit Chartermaschinen flog. Er reiste mit einem Lufttaxi nach Dakar, aber unterwegs passierte irgendeine Panne. Zehn Meilen vor Dschiurbel baute die Maschine eine Bruchlandung. Wir wußten, daß Carey nach Dakar wollte, und waren ihm bereits bis Dschiurbel gefolgt. Wir fuhren zur Unglücksstelle. Der Pilot war tot, von Carey fehlte jede Spur. Ihm blieb nur noch der Busch als Ausweg, und dort ist er noch immer. Ich habe meine Leute in Linguere, Bakel, Matam und Kadlack postiert. Carey ist praktisch eingekreist. Ich habe dreißig Araber als Söldner verpflichtet, sie kennen den Busch und durchkämmen ihn Meter für Meter; aber wenn ihnen der Zufall nicht hilft, finden sie Carey trotzdem nicht. Außerdem dauert so ein systematisches Durchkämmen Monate. Wir müssen Carey aber rasch finden, und Girland ist unsere beste Chance. Vielleicht verstehen Sie jetzt, warum

Sie ein Verhältnis mit Girland anfangen müssen. Sie müssen ihn zum Sprechen bringen – wir brauchen den Namen von Careys Kontaktperson.«

Malik zündete sich eine Zigarette an und setzte sich.

»Ich will tun, was ich kann«, sagte Janine.

»Wer ist Kerman?«

Janine blickte Malik betroffen an.

»Sie wissen von ihm?«

»Das gehört zu meinem Beruf. Ich hatte schon eine Abschrift von Doreys Telegramm, ehe Sie das Original erhielten. Der Schlüssel ist so einfältig und dumm wie Dorey. Wer ist Kerman?«

»Einer von Doreys Spezialagenten.«

»Wir können ihn im *N'Gor* nicht brauchen. Er kann Ihre Pläne mit Girland durchkreuzen. Sobald er eintrifft, sagen Sie ihm, er soll in Dakar bleiben. Je weniger Sie ihn sehen, um so besser.«

»Das wird nicht so einfach sein.« Janine schüttelte den Kopf. »Kerman ist sehr eigenwillig. Von mir läßt er sich bestimmt keine Vorschriften machen.«

Malik dachte einen Moment nach. »Überreden Sie ihn, in der Stadt zu wohnen. Wenn er Schwierigkeiten macht, werde ich mir etwas für ihn einfallen lassen. Sie konzentrieren sich jetzt ausschließlich auf Girland.«

»Er hat Sie gesehen und fragte sich, was ein Russe in Dakar verloren hat.«

»Ich werde das *N'Gor* meiden und bleibe hier. Wenn Sie mich brauchen, rufen Sie an.« Er diktierte ihr eine Telefonnummer. »Sagen Sie nur, Sie wollen mich besuchen, und dann schicke ich Ihnen den Wagen.« Malik erhob sich. »Vergessen Sie nicht, daß die Angelegenheit für Sie genauso wichtig ist wie für mich. Ich möchte rasch zum Ziel kommen.«

Draußen im Schatten wartete der Cadillac bereits. Der Chauffeur hielt den Wagenschlag für Janine offen. Ohne Malik noch einmal anzusehen, stieg sie ein.

Girland kam kurz nach sechs wieder ins *N'Gor* zurück. Er hatte den Nachmittag in Dschiurbel verbracht. Sengende Hitze herrschte in den Straßen der weit auseinandergezogenen, aber recht hübschen kleinen Stadt. Madame Foucher hatte behauptet, Carey hielte sich im Busch bei Dschiurbel versteckt. Erst als Girland versuchte, von der Hauptstraße abzubiegen und in den Busch vorzudringen, hatte er begriffen, wie rasch und gründlich man sich dort verirren konnte. Auch war der Citroën kein geeignetes Fahrzeug auf den schmalen, sandigen Wegen, die in den Busch hineinführten. Ein paarmal war der Wagen bis zur Achse im Sand versunken, und Girland hatte bis zur Erschöpfung gearbeitet, um ihn wieder flottzumachen. Nach zwei Kilometern war er umgekehrt und schätzte sich glücklich, daß er die Hauptstraße wiederfand.

In seinem Hotelzimmer nahm Girland eine kalte Dusche, zog einen leichten Sommeranzug an und fuhr mit dem Lift in die Bar hinunter. Immerhin hatte er den Nachmittag nicht ganz vergeudet. Er kannte jetzt Dschiurbel aus eigener Anschauung, hatte gelernt, was afrikanischer Busch bedeutete, und wußte, mit welchen Schwierigkeiten er zu rechnen hatte, wenn er Carey finden wollte. Er beschloß, noch am gleichen Abend in den *Florida-Club* zu gehen.

Als er sich umsah, entdeckte er Janine an einem Tisch am anderen Ende des Raumes, unnahbar und schön in ihrem schmucklosen weißen Kleid. Sie winkte ihm zu, und er setzte sich an ihren Tisch.

»War es eine angenehme Fahrt ins Blaue?« erkundigte sie sich.

»Ein bißchen zu heiß für meinen Geschmack.« Girland winkte dem Ober und bestellte einen doppelten Gin mit Soda. Er sah, daß Janine Campari mit Eis trank. »Und Sie? Haben Sie einen netten Nachmittag verbracht?«

»Sehr nett, vielen Dank.« Sie betrachtete ihn nachdenklich. Kaum zu glauben, daß dieser breitschultrige, blonde Amerikaner der geheimnisvolle Girland sein sollte.

Sie nippten an ihren Getränken und machten Konversation.

»Essen Sie mit mir zusammen?« fragte Girland. »Ich habe eine geschäftliche Verabredung um halb neun; aber wenn Sie nichts dagegen haben, etwas früher zu Abend zu essen, würde ich mich freuen, wenn Sie mir Gesellschaft leisten.«

»Mit Vergnügen«, antwortete Janine. »Ich esse nämlich gar nicht gern allein.« Sie lehnte sich zurück, zeigte die volle Rundung ihrer schönen Brüste. »Ich bereue jetzt schon ein bißchen, daß ich allein hierhergekommen bin. Es könnte langweilig werden.«

Girland grinste. »Bestimmt nicht, solange ich in der Nähe bin.«

»Fahren Sie heute abend nach Dakar?«

»Ja. Wollen Sie mitkommen?«

Sie schüttelte den Kopf. »Ich möchte nicht allein durch Dakar bummeln. Nein, ich bleibe lieber hier. Ich habe mir ein gutes Buch mitgenommen.«

Girland hätte Janine am liebsten aufgefordert, mit ihm ins *Florida* zu gehen. Aber falls er Glück hatte und Enrico traf, war Janine ihm nur im Weg.

»Kommen Sie sehr spät zurück?« fragte sie beiläufig. »Vielleicht können wir vor dem Schlafengehen noch etwas trinken.«

»Ich kann es nicht genau sagen«, meinte Girland. »Sie wissen ja, wie geplagt Geschäftsleute sind. Aber ich schaue mich auf jeden Fall nach Ihnen hier in der Bar um, wenn die Zeit noch einigermaßen vertretbar ist.« Er sah auf die Uhr. »Wollen wir jetzt hineingehen und das Essen bestellen?«

»Entschuldigen Sie mich nur drei Minuten«, sagte sie und erhob sich.

Der Schlag hätte Girland getroffen, hätte er gewußt, wie Janine die drei Minuten nützte. Sie schloß sich in einer Telefonzelle in der Halle ein und wählte Maliks Nummer. Er antwortete sofort.

»Mein amerikanischer Geschäftsfreund verläßt das Hotel um 20 Uhr 30 und fährt nach Dakar«, sagte Janine. »Voraussichtlich kommt er erst spät zurück.« Sie hängte ein.

Anschließend ging sie in die Damentoilette und vervollständigte ihr Make-up. Girland stand auf, als sie wieder in die Bar zurückkam.

Im Restaurant bestellten sie geräucherten Lachs und Wodka, Kalbfleisch in Rahmsoße und frische Früchte als Nachtisch. Jetzt war Girland an der Reihe, Fragen zu stellen.

»Sie leben allein in Paris?« erkundigte er sich, während er seine Zitronenscheibe über dem geräucherten Lachs auspreßte.

»Ja. Mein Vater hat mir ziemlich viel Geld und ein Apartment hinterlassen.« Sie lächelte ihn an. »Ich bin ziemlich verwöhnt. Ich tue nichts weiter, als mich zu amüsieren, Kleider zu kaufen und zu reisen.«

»Wird das auf die Dauer nicht langweilig?.

»Nur manchmal. Paris hat so viel zu bieten.«

Kurz vor halb neun, nachdem sie Kaffee und Kognak auf der Terrasse getrunken hatten, erhob sich Girland vom Tisch.

»Ich gehe gar nicht gern, doch die Pflicht ruft. Aber ich komme anschließend hierher und halte nach Ihnen Ausschau.«

»Ich bin bis elf Uhr hier«, antwortete Janine. »Viel Glück.«

Girland gab seinen Zimmerschlüssel beim Portier ab und trat dann hinaus in die heiße Nacht

Er ließ sich Zeit, traf kurz nach halb zehn Uhr in Dakar vor dem *Florida* ein. Er war heiter und entspannt und so sehr mit angenehmen Gedanken beschäftigt, daß er die schwarze Dauphine gar nicht bemerkt hatte, die ihm vom Hotel bis hierher gefolgt war. Die Dauphine, an dessen Steuer ein junger Schwarzer saß, fuhr langsam an Girland vorbei, als dieser den Citroën schloß. Der Schwarze bemerkte, daß Girland die Straße überquerte und im Club verschwand. Er parkte ein Stück weiter und ging dann langsam auf den Clubeingang zu. In seinem schäbigen europäischen Sommeranzug erregte er keine Aufmerksamkeit. Er zögerte einen Moment, trat dann ein, steuerte sofort auf die Bar los, setzte sich auf einen Hocker und bestellte Mineralwasser.

Girland saß bereits in einer Nische. Der Clubraum war ziemlich groß und verfügte über eine Klima-Anlage. An der einen Schmalseite war eine Bühne aufgebaut, und ein afrikanisches Quintett spielte ausgezeichneten Swing. Das Tanzparkett nahm den größten Teil des Clubs in Beschlag. In einem breiten Alkoven an der Wand gegenüber saßen eine Anzahl dunkelhäutiger Mädchen beisammen und schnatterten.

Ein Kellner brachte Girland den bestellten Whisky mit Eis. Girland zündete sich eine Zigarette an und richtete sich auf eine lange, stupide Wartezeit ein.

Gäste strömten herein, meistens gutgekleidete Afrikaner. Manche tanzten, doch die meisten Gäste zogen es vor, an ihren Tischen sitzen zu bleiben, an alkoholfreien Getränken zu nippen und der Musik zuzuhören. Jedesmal, wenn die Schwingtür aufgestoßen wurde, hob Girland den Kopf; doch keiner der Neuankömmlinge hatte auch nur eine entfernte Ähnlichkeit mit einem Portugiesen.

Plötzlich löste sich eine schlanke, gutaussehende Farbige aus der Nische gegenüber. Mit einem nervösen Kichern blieb sie vor seinem Tisch stehen. »Würden Sie vielleicht mit mir tanzen?« fragte sie und rollte dabei die großen schwarzen Augen.

Sie trug ein weißes Kleid, über das sie ein hellgrünes Nylongespinst drapiert hatte. Auf ihrem Kopf saß ein Turban, ebenfalls aus grünem Nylon. An den dünnen knochigen Handgelenken klingelten schwere goldene Armreifen, und zwei lange goldene Ohrgehänge bildeten einen blitzenden Rahmen für ihr dunkles Gesicht.

»Warum nicht?« antwortete Girland und stand auf.

Die Mädchen im Alkoven fingen jetzt zu kichern an und stießen sich gegenseitig an, als habe Girland einen köstlichen Witz erzählt. Während Girland das dunkelhäutige Mädchen auf die Tanzfläche führte, sagte sie: »Sie haben mit mir gewettet, ich würde mich nicht trauen, Sie aufzufordern. Sie sind doch Amerikaner, nicht wahr?« Sie sprach ein eigenartig singendes Französisch und sah ihm voll ins Gesicht, wobei sie die prächtigen Zähne in einem glücklichen Lächeln entblößte.

»Richtig geraten«, erwiderte Girland. Sie vertraute sich so rasch und leicht seiner Führung an und tanzte so meisterhaft, daß er sich fast wie ein Stümper vorkam.

»Ich heiße Awa«, zwitscherte sie. »Meine Schwester sitzt dort drüben. Sie heißt Adama. Wir sind nämlich Zwillinge. In unserem Land ist es Sitte, Zwillingsschwestern immer Awa und Adama zu nennen. Wie heißen Sie denn?«

»John.«

Sie wiegten sich jetzt schweigend nach dem Takt der Musik. Als die Band zu spielen aufhörte, blieben sie stehen und lächelten sich an.

»Leisten Sie mir Gesellschaft, Awa«, sagte Girland. »Möchten Sie etwas trinken?«

Das Mädchen kicherte wieder und warf einen triumphierenden Blick hinüber zu ihren Kolleginnen.

»Ja, gern.«

Girland führte sie wieder zu seinem Tisch, gab dem Kellner ein Zeichen und bestellte eine Schweppes-Orange und einen zweiten Whisky.

Erst ein paar Tanzrunden später, beim dritten Glas, sagte Girland ganz beiläufig: »Ich glaube, hier kam immer noch ein anderes Mädchen her – schlank und gut aussehend. Aber heute abend kann ich sie nirgends entdecken.«

»Bis auf Rosa sind wir vollzählig«, sagte Awa. »Sie sind doch heute zum erstenmal hier, nicht wahr?«

»Ja, aber ich habe Rosa woanders kennengelernt. Sie

sagt, sie arbeitet in diesem Club. Wissen Sie, wo sie wohnt?«

»Bei ihrem Vater in Medina.«

»Ist das weit weg?.

»Nein, gleich hinter der Stadtgrenze.«

»Wie heißt denn ihr Vater?«

»Momar Arbeau. Er hat einen Obststand.«

»Hat Rosa nicht einen festen Freund? Ich glaube, er heißt Enrico.«

Awa nickte eifrig.

»Ja. Enrico ist sehr reich. Sonst kam er jeden Abend her, aber seit Rosa fort ist, hat er sich nicht mehr sehen lassen.«

»Wo wohnt er denn?«

Sie schüttelte den Kopf. Girland bemerkte einen besorgten mißtrauischen Ausdruck in ihren Augen. Die vielen Fragen machten sie befangen.

»Ich schulde Rosa noch Geld«, erklärte er. »Wenn ich sie nicht finden kann, möchte ich Enrico das Geld für sie geben.«

Der besorgte Ausdruck verflog wieder, und Awa lächelte mit blitzenden Zähnen.

»Ich weiß nicht, wo er wohnt. Rosa hat es mir nie erzählt«

»Wissen Sie nicht seinen Nachnamen?«

»Nein. Rosa nannte ihn immer nur Enrico. Ich glaube auch nicht, daß sie weiß, wo er wohnt. Sie hätte es mir sonst bestimmt erzählt.«

Girland merkte, wie seine gute Laune sank und der Enttäuschung Platz machte. Er hatte sich fest darauf verlassen, daß er im *Florida* Kontakt mit dem Portugiesen bekommen würde. Nun schien nur noch Rosas Vater ihm weiterhelfen zu können. Doch wenn Awas Angaben stimmten – konnte man dann von ihm eine Auskunft erwarten, wenn selbst seine Tochter die Adresse ihres Liebhabers nicht wußte?

»Hören Sie zu, Awa«, meinte Girland, »wenn Sie Enricos Adresse für mich ausfindig machen, ist mir das einen Batzen Geld wert.« Girland tastete nach einem Bündel Banknoten, das er lose in der Tasche trug, und schob eine Tausend-Franc-Note über den Tisch. »Ich geb Ihnen noch drei von diesen Scheinen, sobald Sie mir seine Adresse sagen können.«

Awas schlanke schwarze Finger schlossen sich so schnell über dem Geldschein, daß der hagere junge Schwarze, der sie im Spiegel hinter der Bar beobachtete, nichts von dieser Transaktion bemerkte.

»Ich heiße John Gilchrist«, fuhr Girland fort. »Rufen Sie mich im *Hotel N'Gor* an, wenn Sie ihn gefunden haben?«

Sie nickte aufgeregt.

»Ich finde ihn. Ich werde alle meine Freunde fragen. Einer weiß bestimmt, wo er wohnt.«

»Noch etwas, Awa«, warnte Girland. »Erwähnen Sie meinen Namen nicht. Und es bleibt auch unter uns, daß ich Enrico besuchen möchte. Versprechen Sie mir das?«

Wieder glitt ein Schatten über ihr Gesicht, aber der knisternde Geldschein zwischen ihren Fingern stärkte ihr Selbstvertrauen.

»Ich verspreche es.«

»Also gut.« Girland trank seinen Whisky aus. »Ich muß jetzt leider wieder gehen. Und denken Sie daran, daß ich Enricos Adresse so rasch wie möglich brauche.«

Girland verließ den Club. Die Luft war immer noch stickig und heiß. Schon fünf Minuten nach elf. Langsam ging er auf seinen Citroën zu.

Im Club setzte sich der hagere Schwarze an Awas Tisch. Awa kannte ihn. Er hieß Samba Dieng – ein Tunichtgut, der von den Einnahmen zweier alter Dirnen lebte, die im Araberviertel ihrem Gewerbe nachgingen; sie wußte auch, daß er ein paarmal wegen Diebstahls gesessen hatte. So sah sie ihn mit unverhohlener Verachtung an.

»Wer war der weiße Mann?« fragte er streng.

»Weiß nicht. Ich hab ihn zum Tanzen aufgefordert, und wir haben getanzt. Was geht's dich an, *black boy?*«

»Worüber habt ihr gesprochen?«

»Worüber spricht ein weißer Mann schon?«

»Hat er nach Rosa gefragt?«

Awa sprang vom Tisch auf.

»Er hat nach gar keinem gefragt.« Und verächtlich die Hüften schwenkend, überquerte sie die Tanzfläche und gesellte sich wieder zu ihren kichernden Freundinnen.

Sobald Girland das Hotel verlassen hatte, war Janine hinauf in ihr Zimmer gegangen, hatte ihr weißes Kleid gegen Bluse und Rock vertauscht und telefonisch ein Taxi bestellt.

Die Fahrt zum Flughafen dauerte nur fünf Minuten. Sie befahl dem Chauffeur, auf sie zu warten.

Kurz nach neun, pünktlich auf die Minute, landete die Maschine aus Paris. Ein paar Minuten später schoben sich die Passagiere, die mit der Maschine eingetroffen waren, durch die Barrieren. Jack Kerman war einer der ersten. Er trug einen zerknitterten Sommeranzug, hielt eine schäbige Reisetasche in der Linken und winkte ihr mit der Rechten zu.

»Hallo«, begrüßte er Janine. »Puh, ist das aber heiß hier! Trinken wir erst mal was, ehe wir reden.«

Sie gingen zur Bar hinüber

Janine war nervös. Sie wußte, daß Kerman der gerissenste und tüchtigste Agent war, den Dorey besaß. Er war nicht mit Rossland zu vergleichen. Sie mußte sich sehr in acht nehmen, wenn sie mit Kerman verhandelte.

Sie erkundigte sich nach Dorey.

»Er hat Katzenjammer«, antwortete Kerman und kletterte auf einen Barhocker. »Was möchten Sie trinken?«

»Ich nehme Gin mit Soda.«

Kerman bestellte für sich eine Flasche Bier. Die Bar war

um diese Zeit leer, und der Barkeeper zog sich wieder ans andere Ende der Theke zurück, um seine Zeitung weiterzulesen.

»Warum hat er Katzenjammer?« fragte Janine, ihr Glas zwischen den Fingerspitzen haltend.

»Weil ihm ein heißes Eisen auf den Fuß gefallen ist. Sie haben sein Telegramm bekommen?«

Sie nickte.

»Nicht gerade ein Zeichen von hochgradiger Intelligenz, wenn er sich diese Frau vor seiner Nase abknallen läßt«, brummelte Kerman. Er nahm einen Schluck Bier. »Zweifellos hatte sie außerordentlich wichtige Informationen. Tja, nun ist sie tot und kann uns auch nicht mehr helfen.« Er blickte Janine prüfend an. »Weshalb sind Sie eigentlich hier?«

»Ich dachte mir, wenn die Frau uns durchschlüpft, kann ich sie wenigstens hier abfassen«, antwortete Janine.

»Das klingt ja so, als ob Sie gar kein Zutrauen zu O'Hallorans Fähigkeiten hätten? Haben Sie geglaubt, die Dame könne Paris unentdeckt verlassen?«

»Wer weiß? Auf jeden Fall hätte ich sie hier abgefangen.«

»Da Sie also schon mal hier sind – haben Sie irgendwelche Anhaltspunkte entdeckt, die uns weiterhelfen?« Kerman schüttelte eine Zigarette aus seiner zerknüllten Pakkung.

»Bis jetzt noch nicht.«

Er stützte die Ellenbogen auf die Theke und blickte sie an.

»Haben Sie eine Ahnung, wonach wir suchen müssen?«

Sie rutschte unbehaglich auf ihrem Hocker umher und verwünschte Dorey, daß er ihr diesen kleinen, wißbegierigen Mann nachgeschickt hatte.

»Ich hoffte, daß diese Frau uns auf eine Spur . . .«

»Warum sagen Sie denn nicht die Wahrheit?« unterbrach Kerman sie grinsend. »Warum geben Sie nicht einfach zu, daß Sie von Dorey die Nase voll hatten und ein paar Wochen ausspannen wollten?«

Sie lachte gezwungen.

»Dieses Zugeständnis können Sie doch von mir nicht erwarten, Jack. Trotzdem – es gefällt mir hier sehr gut.«

»Girland saß nicht mit Ihnen in der Maschine?«

Die Frage kam so unerwartet, daß Janine etwas von ihrem Gin verschüttete. Sie fürchtete sich, Kerman ins Gesicht zu sehen, weil sie seinen forschenden Blick spürte.

»Girland? Der ist doch tot«, brachte sie schließlich heraus.

»Ja, Dorey bildet sich das ein. Girland wurde zuletzt gesehen, als er in Begleitung von Radnitz' Leuten das *Allo Paris* verließ. Wollen Sie hören, was ich denke? Ich glaube, Radnitz hat Girland ein Angebot gemacht. Girland hat nie viel Geld besessen, Radnitz konnte ihn mit Leichtigkeit für sich gewinnen, besonders, wenn er ihm als Alternative nur Rosslands Schicksal ließ. Ich lege meine Hand dafür ins Feuer, daß Girland entweder schon hier ist – oder wenigstens nach hier unterwegs.«

Janine befeuchtete sich die trockenen Lippen.

»Ja, das leuchtet mir ein«, sagte sie und starrte in ihr Glas. »Ich habe ja eine Beschreibung von ihm. Ich werde nach ihm Ausschau halten.«

Kerman schnitt eine Grimasse. »Was ist denn mit Ihnen los heute abend? Wahrscheinlich würden Sie ihn nicht erkennen. Girland würde doch nie ohne Verkleidung hier auftauchen.«

Janine nippte an ihrem Glas. Ihr Herz schlug ganz laut. Kerman kam der Wahrheit verdammt nahe. »Was schlagen Sie also vor?« Sie zwang sich, seinem bohrenden Blick zu begegnen.

»Wohnen amerikanische Geschäftsleute in Ihrem Hotel? Einzelgänger?«

»Eine ganze Reihe.«

»Hat einer von ihnen versucht, sich bei Ihnen anzubiedern?«

Janine schluckte und räusperte sich dann: »Bis jetzt eigentlich noch nicht.«

»Seien Sie auf der Hut. Girland hat eine Schwäche für schöne Frauen.«

»Ich verstehe.«

Er trank sein Bier aus, seufzte und wischte sich den Mund. »Noch etwas: Haben Sie einen Russen im Hotel entdeckt?«

Janines Herz krampfte sich zusammen

»Russen? Bisher noch nicht. Was wollen Sie damit andeuten?«

»Ich habe nachgedacht. Die Frau muß im Besitz einer äußerst wichtigen Information gewesen sein. Niemand kann mir weismachen, Radnitz habe sie und Rossland aus reinem Sadismus ermordet. Er war dazu gezwungen, weil es hier um höchste Einsätze geht. Und er ist erst kürzlich aus Moskau zurückgekommen. Ich bin überzeugt, daß die Russen den Einsatz kennen und wir deshalb mit ihnen rechnen müssen. Daher meine Frage.«

»Verstehe.« Sie spürte, wie unzulänglich ihre Bemerkung war, aber Kermans Scharfsinn wurde ihr jetzt unheimlich. »Ich werde aufpassen.«

Er starrte sie noch einmal an, nickte schweigend und trank sein Glas leer.

»Ja, tun Sie das. Brechen wir auf, ich möchte ein bißchen Schlaf nachholen.«

»Sie werden nicht im *N'Gor* wohnen, oder?«

»Weshalb denn nicht?«

»Ich dachte, Sie möchten lieber ins Zentrum der Ereignisse – nach Dakar. Schließlich ist das *N'Gor* ein paar Kilometer von der Stadt entfernt. Wenn etwas geschieht, dann nur hier in Dakar.«

»Wie kommen Sie zu dieser Annahme?« Er schwenkte auf seinem Hocker herum.

»Ja, sind Sie denn andrer Meinung?« parierte sie seine Frage. »Außer Strand und Meer gibt es dort nichts.«

»Vergessen Sie die amerikanischen Geschäftsleute nicht.« Er grübelte einen Moment lang vor sich hin und zuckte dann die Schultern. »Okay, vielleicht haben Sie recht. Ich werde mein Hauptquartier also in Dakar aufschlagen. Sie behalten den Flughafen im Auge. Kann ich ein Taxi bekommen?«

»Selbstverständlich.« Sie war entschlossen, ihn nicht nach Dakar zu begleiten. Sie hatte eine Weile genug von ihm. »Draußen ist ein Taxistand.«

Sie begleitete ihn hinaus. Er zögerte kurz, ehe er ins Taxi stieg, und sagte: »Ich melde mich morgen bei Ihnen und gebe Ihnen meine Adresse durch. Einstweilen alles Gute.« Noch einmal warf er Ihr diesen Blick zu, der sie so nervös machte, und stieg dann ins Taxi.

Sie blickte dem Wagen nach, blieb noch eine Weile unentschlossen stehen, kehrte dann ins Flughafengebäude zurück und riegelte sich in einer Telefonkabine ein.

Dann rief sie Malik an.

In der Hotelhalle ließ sich Girland seinen Zimmerschlüssel aushändigen und ging dann die Stufen zur Bar hinunter. Ein paar amerikanische Geschäftsleute saßen zusammen und unterhielten sich, aber Janine konnte er nirgends entdecken. Vermutlich war sie schon hinaufgegangen. Er trank einen Campari, um den schlimmsten Durst zu löschen, und ließ sich dann mit dem Lift hinauffahren. Er ging unter die Dusche, zog einen Morgenmantel über und trat auf den Balkon hinaus.

Der Vollmond spiegelte sich in der glatten See und warf sein mildes Licht auf die Blumenbeete unten vor der Terrasse. Die Hände auf das Geländer gestützt, blickte Girland aufs Meer hinaus. Am liebsten wäre er jetzt schwimmen gegangen. Er überlegte sich noch, ob es die Mühe lohnte, den Weg bis zum Strand zu Fuß zurückzulegen, als er auf dem angrenzenden Balkon sich etwas bewegen hörte.

Die Balkone waren durch Trennwände abgeteilt, aber wenn man sich vorbeugte, konnte man nach nebenan blikken. Er horchte, dann hörte er einen Seufzer.

»Können Sie nicht schlafen?« fragte Girland.

»Oh, Sie sind also wieder da«, antwortete Janine. »Nein – zum Schlafen ist es viel zu heiß.«

»Ich kann einfach nicht begreifen, wie man in einem Hotel dieser Preisklasse die Klima-Anlagen vergessen konnte.«

»In ein paar Räumen haben sie eine. War der Abend nett?«

»Wie erwartet – ziemlich langweilig. Zu viele Drinks und leeres Stroh.«

Sie schwiegen eine Weile, dann sagte sie: »Ist es nicht ein bißchen albern, wenn man sich unterhält, ohne sich zu sehen?«

Girland hob die Augenbrauen, packte den oberen Rand der Trennwand und schwang sich auf den anderen Balkon hinüber.

»Dem ist ja leicht abzuhelfen«, sagte er lächelnd.

»Sie hätten sich das Genick brechen können«, meinte Janine.

Er ließ sich auf den zweiten Liegestuhl nieder, bediente sich aus einer Packung Zigaretten, die auf dem Tisch lagen, und sagte »Hat Julia zu Romeo nicht dasselbe gesagt?«

Sie lachte. Dann wandte sie den Kopf ab und sah zum Mond auf. Wieder entstand eine lange Pause, während er ihr Profil betrachtete. Sie seufzte: »Ich beneide die Männer. Sie sind viel freier als wir, können tun, was ihnen gefällt, können hingehen, wohin sie wollen. Eine alleinstehende Frau wird immer schief angesehen.«

»Ist das Ihre ehrliche Überzeugung? Heutzutage stimmt das doch nicht mehr. Fünfzig Prozent aller Reisenden ohne Begleitung sind Frauen.«

»Alte Frauen.«

Er betrachtete sie prüfend. »Was hat Ihnen die Laune verdorben?«

»Nichts. Vielleicht kommt es davon, daß ich viel Zeit zum Nachdenken habe. Ich habe kein Talent zur Einsamkeit.«

Sie stand auf und trat ans Geländet Girland betrachtete sie. Unter dem dünnen Stoff des Mantels konnte er die Umrisse ihrer schlanken langen Beine erkennen. Leise stand er auf, trat von hinten an sie heran und legte die Arme um sie, wobei er mit den Händen ihre Brüste umfaßte.

Sie lehnte sich zurück, und er küßte sie auf den Hals. Sie erschauerte. Dann drehte sie sich in seinen Armen um und hob ihm die Lippen entgegen.

7

Irgend etwas ist hier nicht ganz astrein, überlegte Kerman, während ihn das Taxi auf der leeren Straße schnell nach Dakar brachte.

Warum war Janine nur so nervös gewesen? So hatte er sie noch nie erlebt. Sie hätte fast das Glas fallen lassen, als er Girland erwähnte. Und warum war sie blaß geworden, als er von den Russen sprach?

Irgend etwas war faul. Warum war Janine überhaupt hierhergekommen? Dorey hatte sie nicht geschickt, weshalb kam sie auf ihre Kosten? Sie kannte doch O'Hallorans Gründlichkeit. Sie wußte sehr wohl, daß die Senegalesin keine Chance gehabt hatte, Paris unentdeckt zu verlassen. Und doch behauptete Janine, sie sei nach Dakar gekommen, um die Frau abzufangen. Das reimte sich einfach nicht zusammen.

Kerman schlug die Beine übereinander. War er Janine gegenüber nur voreingenommen, weil er schon seit ihrer ersten Begegnung wußte, daß er ihr privat nie näher kommen würde? Sie war immer unerreichbar für ihn gewesen, ganz anders als die anderen Agentinnen, die für Dorey arbeiteten. Sie war eben eine Klasse für sich, kühl, selbstsicher und voll geheimer Verachtung für seinen liederlichen Lebenswandel. War sie ihm deshalb unsympathisch? Oder war er nach seiner langjährigen Erfahrung in diesem Geschäft, in dem man sich ständig mit dem Wert der Agenten und ihren Schwächen auseinandersetzen mußte, zu dem Schluß gekommen, daß man Janine Daulnay nicht ganz trauen durfte?

Kerman zündete sich eine Zigarette an, erschrocken über diesen Gedanken. Ja, das war es – nicht ihre kühle Distanz. Im Grunde hatte er ihr nie ganz getraut. Aber weshalb nicht? Sie hatten in den vergangenen Jahren ein paar Aufgaben gemeinsam gelöst. Sie war Doreys bestes Pferd im Stall, er hielt sie für seine fähigste Agentin. Was für einen Anlaß hatte er also, ihr zu mißtrauen?

Sie hatte ein paar erstklassige Operationen geliefert. Sie hatte Nayland entlarvt, der den Russen jahrelang streng geheimes Material zugespielt hatte. Das war eines der besten und scharfsinnigsten Beispiele für Gegenspionage gewesen, die in den Akten der Botschaft verzeichnet standen.

Kerman streifte die Asche von seiner Zigarette.

Andererseits – zwar war die Entlarvung von Nayland eine ausgezeichnete Leistung gewesen, aber Naylands Tod hatte den Wert dieser Leistung stark beeinträchtigt. Hatte Nayland tatsächlich Selbstmord begangen, oder war er zum Schweigen gebracht worden, ehe er aussagen konnte?

Und wie stand es mit dem Fall Bronson? Janine hatte auch Bronson entlarvt. Aber Bronson starb ebenfalls, als er zu fliehen versuchte – auf der Straße überfahren.

Nayland und Bronson hatten eine Menge Schaden angerichtet, doch sie standen bereits unter Verdacht, als Janine sie entlarvte. Früher oder später wären sie O'Hallorans Zugriff nicht entgangen.

Janine – das mußte man der Fairneß halber sagen – konnte allerdings nicht ahnen, daß die beiden noch vor ihrer Vernehmung sterben würden. Aber den Russen kam ihr Tod sehr gelegen.

Ihr Tod kam den Russen sehr gelegen. Kermans Augen wurden zu schmalen Schlitzen. Warum war Janine blaß geworden, als er sie fragte, ob sie einen Russen im *Hotel N'Gor* gesehen hätte? Jeder hatte damals bedauert, daß Janines Leistung so wenig Früchte getragen hatte. Weil sie Nayland und Bronson entlarvt hatte, war sie zu Doreys Spitzenagentin aufgerückt. Also hatte der Tod der beiden Agenten auch Janine genützt, nicht nur den Russen.

Kerman setzte sich energisch auf. Wenn er seine Gedanken weiter mit sich durchgehen ließ, stempelte er Janine noch zur Doppelagentin. Er setzte sich Flausen in den Kopf – oder waren es gar keine Flausen? Warum wollte sie ihn unbedingt vom *N'Gor* fernhalten? Ging dort etwas vor, das er nicht wissen durfte?

Das Taxi verringerte das Tempo. »Wir sind gleich in Dakar, Sir. Wohin soll ich Sie bringen?«

»In ein anständiges Hotel in zentraler Lage.« Also gut, solange er keine neue Spur im Fall Foucher fand, konnte er die Zeit damit ausfüllen, Janine zu beschatten.

Das Taxi hielt vor dem *Continental*. Als Kerman zahlte, kam ein schwarzer Page über den Bürgersteig und nahm sein Gepäck in Empfang, Kerman folgte dem Pagen in die Halle, bat um ein Zimmer mit Bad und füllte den Meldezettel aus. Während der Portier sich seinen Paß zeigen ließ, fragte Kerman, ob er am nächsten Morgen um acht einen Mietwagen ohne Chauffeur haben könne. Das ließe sich leicht einrichten, erwiderte der Portier und gab Kermans Paß zurück.

Dann fuhr Kerman in sein Zimmer hinauf – ein hübscher Raum mit Klima-Anlage – hängte seine Jacke über einen Stuhl und packte aus.

Janine! Er konnte es einfach nicht glauben, daß sie sich

mit den Russen eingelassen hatte. Morgen früh wollte er ins *N'Gor* fahren und sich dort einmal gründlich umsehen.

Je eher er Janine entlasten konnte, um so besser war es für seinen Seelenfrieden bestellt.

Samba Dieng hielt vor dem weitläufigen Flachbau und stieg aus seinem verbeulten Auto. Zwei kräftige Schwarze traten plötzlich aus dem Schatten der Bäume hervor und nahmen ihn in die Mitte.

»Ich bin's nur«, sagte er furchtsam, »Dieng. Ich muß Mr. Jenson Bericht erstatten.«

Einer der beiden Schwarzen tastete ihn mit seinen riesigen Händen ab. Als er keine versteckte Waffe fand, führte er ihn ins Haus.

Malik saß am Tisch und studierte eine Landkarte. Ein gedrungener, muskulöser Mann mit einem Schädel, so kahl wie eine Billardkugel, stand hinter Malik. Sein brutales Gesicht war vom Wodka feuerrot gefärbt. Dieser Mann war nur unter dem Namen Iwan bekannt, aber einer der besten Pistolenschützen Rußlands. Malik und Iwan bildeten immer ein Team. Wo der eine auftauchte, konnte der andere nicht weit sein.

Malik hob den Kopf und winkte Dieng heran. Dieng folgte nur zögernd der Aufforderung. Ihm war gar nicht wohl in seiner Haut, denn er wußte, daß der Abend nicht ganz nach Wunsch verlaufen war. Aber die Gier nach den tausend Francs, die Malik ihm versprochen hatte, trieb ihn vorwärts.

»Nun?«

»Ich habe ihn beschattet, wie befohlen«, plapperte Dieng. »Er fuhr zum *Florida* in der Rue Carnot. Dort verbrachte er den Abend mit Trinken und Tanzen und kehrte dann wieder ins Hotel zurück.«

Malik betrachtete den jungen Mann schweigend. Seine bösen grünen Augen glitzerten.

»Ist das alles?« fragte er in seinem gutturalen Französisch.

Dieng hob die schmalen Schultern.

»Alle Amerikaner trinken und tanzen, wenn sie nach Dakar kommen, Sir«, murmelte er. »Dieser ist keine Ausnahme.«

»Mit wem hat er getanzt?«

Dieng trat von einem Fuß auf den anderen. »Mit einer Farbigen. Sie heißt Awa.«

»Kommt sie regelmäßig in den Club?«

»Ja. Sie ist eine von den Tischdamen – eine Prostituierte.«

»Sie wäre also mit Rosa befreundet gewesen?«

Dieng nickte.

»Ja. Rosa war ihre Kollegin.«

»Hat dieser Mann auch mit anderen Mädchen getanzt?«

»Nein, nur mit Awa.«

»Wie lange blieb er im Club?«

»Ungefähr zwei Stunden.«

»Du hast die beiden ununterbrochen beobachtet?«

»Den ganzen Abend in einem Spiegel über der Bar. Der Mann hat nichts gemerkt.«

»Und die beiden sprachen miteinander?«

»Ja.«

»Worüber?«

»Über nichts weiter«, erwiderte Dieng hochmütig. »Ich habe Awa hinterher gefragt. Sie haben nicht einmal über Rosa gesprochen.«

»Hat er ihr Geld gegeben?«

»Nein.«

»Awa hat also zwei Stunden lang umsonst mit dem Mann getanzt?«

Dieng kratzte sich hinterm Ohr. »Ich habe nicht gesehen, daß er ihr was gegeben hat«, beharrte er.

»Also hast du mir gar nichts zu berichten, wie?«

»Ich habe mich wirklich angestrengt«, erwiderte Dieng vorwurfsvoll. »Aber es ist eben nichts vorgefallen.«

Malik zuckte verdrossen die Schultern. Er zog einen Tausender aus der Hüfttasche und gab ihn dem Schwarzen.

»Kanntest du Rosa gut?« fragte Malik. Er wollte Dieng nicht gern ziehen lassen, ohne wenigstens eine brauchbare Information aus ihm herausgequetscht zu haben.

»Ich habe oft mit ihr gesprochen«, antwortete Dieng. »Sie war Klasse, aber nie freundlich zu mir. Ihr Freund war sehr reich und mächtig.«

»Ihr Freund?« Malik beugte sich vor. »Wer ist das?«

»Weiß ich nicht. Ich weiß nur, daß er eine Menge Geld hat.«

»Hast du den Mann schon mal gesehen?«

»Ja. Als Rosa noch im Club war, kam er jeden Abend.«

»Wie sieht er aus?«

»Er ist Portugiese – dick, mit Schnurrbart.«

Malik setzte sich kerzengerade. »Ein Portugiese? Bist du ganz sicher?«

»Ja.«

Malik stand vom Tisch auf. »Du kannst gehen«, sagte er und trat zu einem Panzerschrank an der gegenüberliegenden Wand.

Dieng warf Iwan einen ratlosen Blick zu. Der scheuchte ihn mit einer stummen Handbewegung hinaus. Als Dieng das Zimmer verlassen hatte, fragte Iwan: »Was hast du denn?«

Malik entnahm dem Panzerschrank ein dickes Aktenbündel und trug es zum Tisch. »Ich glaube, ich habe da was in Careys Dossier gelesen«, murmelte er und wühlte in den Papieren.

Iwan füllte sich Wodka nach. Er wartete ruhig und unbeteiligt, während sich Malik auf seine Lektüre konzentrierte. Nach zwanzig Minuten schlug Malik plötzlich mit der Hand auf den Tisch.

»Hier ist es!« rief er. »Vor zwanzig Jahren arbeitete Carey als Ingenieur in einer Fabrik in Dakar, die Eis herstellte. Diese Fabrik gehörte Enrico Fantaz, einem Portugiesen. Die beiden wohnten im gleichen Haus.« Er sah Iwan an. »Dieser Fantaz kann der Mann gewesen sein, der Rosas Reise nach Paris finanziert hat. Dann muß er auch wissen, wo Carey sich versteckt hält.«

»Das liegt schon lange zurück. Wohnt denn der Mann immer noch in Dakar?« fragte Iwan.

Malik suchte das Telefonbuch. »Er steht nicht drin«, murmelte er, während er die Spalten überflog. »Aber die Fabrik ist angegeben. Morgen fahren wir nach Dakar und fragen nach ihm.« Malik starrte Iwan an. Sein Gesicht war gerötet, sein Mund eine grausame, dünne Linie. »Das könnte der Anfang von Careys Ende sein.«

Janine löste sich langsam aus einem tiefen, erholsamen Schlummer. Sie öffnete die Augen und blinzelte in das grelle Sonnenlicht, das warme Kringel auf den Fliesenboden malte. Sie hob den Arm und sah auf ihre winzige Armbanduhr: zwei Minuten nach sieben.

Sie wand den Kopf und studierte Girlands schlafendes Gesicht; überlegte, wie er wirklich aussehen mochte, versuchte, seine wahren Züge hinter der meisterhaften Maske zu lesen. Als spüre Girland im Schlaf, daß ihn jemand beobachtete, streckte er den Arm aus und zog sie zu sich heran.

Janine schmiegte sich entspannt an ihn und legte ihm sanft die Hand auf die nackte Brust.

Sie hatte schon viele Liebhaber gehabt. Männer waren für sie unentbehrlich, aber oft war sie enttäuscht worden. Der Egoismus der Männer hatte sie zynisch gemacht. Sie nahmen sich rücksichtslos, was sie verlangten, ohne an sie zu denken. Girland war eine wunderbare Ausnahme. Kein anderer Mann hatte sie bisher so geliebt wie er. Es war ein überwältigendes, herrliches Erlebnis gewesen, und sie sehnte sich nach einer Wiederholung. Sie konnte den Gedanken nicht ertragen, so etwas Kostbares, Einzigartiges zu verlieren; nicht zum erstenmal, seit sie zuerst für Dorey und später für die Russen Spionageaufträge übernommen hatte, bereute sie bitter, sich auf dieses gefährliche Spiel eingelassen zu haben.

Nicht, daß sie das Geld gebraucht hätte. Was sie Girland erzählt hatte, entsprach der Wahrheit. Ihr Vater, der sich als Börsenspekulant ein Vermögen erworben hatte, hatte gut für sie gesorgt. Aber nach einer Weile hatte sie das Nichtstun satt bekommen.

Bei einem Dinner hatte sie John Dorey kennengelernt und ihn sympathisch gefunden. Im Verlauf ihres Gesprächs stellte Dorey fest, daß Janine zu wichtigen Persönlichkeiten Kontakt hatte. Sie war reich und beliebt. Ständig war sie zu den Veranstaltungen der verschiedenen ausländischen Botschaften in Paris eingeladen. Der Umstand, daß sie eine Amerikanerin als Mutter hatte, daß sie reich, schön und lebenslustig war, verschaffte ihr überall Zutritt.

Ein paar Tage später hatte Dorey sie eingeladen.

»Ich möchte mit Ihnen sprechen«, hatte er gesagt. »Vielleicht kann ich Ihnen ein Angebot unterbreiten, wenn Ihr Leben wirklich so unausgefüllt ist, wie Sie behaupten.«

Und wie begeistert hatte sie zugegriffen, als er sie bat, für ihn zu arbeiten. Sie bekam keine schweren Aufgaben, sollte nur die Runde machen, auf den Klatsch, die Gerüchte und die Leute hören, die man ›gut unterrichtet‹ nannte, und darüber einen wöchentlichen Bericht einsenden. Im ersten Jahr war das ganz amüsant gewesen, aber dann überfiel sie die alte Langeweile. Sie wollte Aufregungen, selbst Gefahren, aber Dorey wollte ihr keinen wichtigen Auftrag geben. So sei sie viel nützlicher für ihn, hatte er erklärt.

Dann hatte sie eines Tages einen Anruf von einem Mann erhalten, der sich unter dem Namen Dupont vorstellte. Sie hatte sich für den Abend mit ihm auf einem *bâteau mouche* verabredet, und sie hatten nebeneinandergesessen, während der Dampfer die Seine hinuntergefahren war. In hartem Französisch hatte er leise auf sie eingeredet – ein hagerer, dunkelhaariger Mann mit tiefliegenden Augen und breiten Wangenknochen. Er schien alles über sie zu wissen. Es wäre doch schade, daß ihr Leben so unausgefüllt sei, hatte er gemurmelt. Wenn sie nicht etwas Außergewöhnliches leistete, würde Dorey sie nie mit wichtigen Aufgaben betrauen. Ob sie feindselige Gefühle gegen die Sowjetunion hege?

Janine hegte feindselige Gefühle gegen keine Nation. Sie sammelte nur Informationen über Rußland, weil Dorey sie brauchte. Nein, sie hätte nichts dagegen, über Amerika Informationen zu sammeln, wenn die Russen sie brauchen konnten. Warum auch nicht? Schließlich betrieb sie dieses Geschäft nur zu ihrem Vergnügen, und ihr Vaterland war Frankreich. Vielleicht hatten die Russen eine bessere Verwendung für ihre Talente?

Und so war Janine mit den Jahren erfahrener, engagierter und immer tiefer verstrickt worden. Dupont hatte ihr die Informationen zugespielt, die zur Bloßstellung von Nayland und Bronson geführt hatten. Die Sache war sehr schlau eingefädelt worden, und Dorey hatte sich restlos täuschen lassen. Er glaubte fest daran, daß es Janines Scharfsinn und geduldiger Kleinarbeit zu verdanken gewesen war, daß diese beiden Verräter entlarvt wurden – Männer, die für die Russen wertlos geworden waren.

Damit begann Janines neue Karriere. Sie wurde jetzt Doreys wichtigste Agentin, und von diesem Tage an begannen die Russen Druck auf sie auszuüben. Sie gaben ihr Aufträge, anstatt sich mit den wenigen Informationen zu begnügen, die sie ihnen früher hatte zukommen lassen. Sie hatte sich nur ein einziges Mal dagegen aufgelehnt.

Dupont hatte sie scharf angesehen. »Ihr Leben liegt in unsrer Hand, Mademoiselle«, hatte er gesagt. »Erinnern Sie sich an Nayland und Bronson – auch sie waren Doppelagenten.«

Und in diesem Moment war der Traum von Vergnügen und Abenteuer zerplatzt wie eine Seifenblase. Jetzt war es kein Spiel mehr, sondern bitterer Ernst. Sie saß in der Falle.

Das schrille Läuten des Telefons riß sie aus ihren Gedanken.

Girland schlief in dem Bett, wo das Telefon auf dem Nachttisch stand. Als er sich unruhig zu bewegen begann, drückte sie ihn rasch mit ihrem Körper nieder und nahm den Hörer von der Gabel.

»Ja?«

»Bei mir um neun«, sagte Malik.

»Das ist zu früh«, beklagte sich Janine, »das geht unmöglich.«

»Um neun«, wiederholte Malik und legte auf.

Girland erwachte und ließ seine Hand langsam über Janines Rücken gleiten. Sie rollte von ihm weg, setzte sich hoch und hielt sich die Bettdecke vor.

»Oh, verdammt«, sagte sie, »ich hab ganz vergessen ... Hilda hat angerufen ... .«

»Singt sie denn Bariton im Kirchenchor?« fragte Girland, verschränkte die Hände hinter dem Kopf und lächelte sie an. »Soll ich dir was verraten? Ich habe Hilda glatt für einen Mann gehalten.«

»Unsinn. Hilda ist nur erkältet.«

»Die Arme.« Girland streckte plötzlich die Arme aus und zog Janine an sich. »Guten Morgen, meine Schöne.« Er küßte sie so sacht auf die Augenlider, daß sie erschauerte und sich an ihn klammerte. Seine Lippen wanderten zu ihrem Hals hinunter, aber sie schüttelte den Kopf und versuchte, ihn wegzuschieben.

»Darling, nicht jetzt. Ich muß aufstehen. Du mußt gehen, wirklich, John ... nein ... oh, Darling, bitte.«

Seine Lippen schlossen ihr den Mund, und sie gab seufzend nach, als das Verlangen wie eine Flamme in ihr hochstieg. Ihre Arme schlossen sich über den harten Muskeln seines Rückens.

Später lagen sie nebeneinander und sahen sich an.

»Oh, du bist herrlich«, sagte Janine und berührte sanft sein Gesicht. »So etwas habe ich noch nie erlebt.«

Girland lächelte.

»Das freut mich . . . ich auch nicht.« Er setzte sich auf und blickte auf seine Uhr. »Es ist kurz vor acht. Ich muß jetzt wieder in mein Zimmer.« Sie sah ihm zu, wie er aus dem Bett glitt und den Morgenmantel überzog.

»Heute abend, John? Kommst du heute abend wieder?«

»Natürlich. Ich weiß nicht, was alles auf dem Terminkalender steht. Aber irgendwann heute abend komme ich bestimmt. Wenn ich Zeit habe, werde ich gegen Mittag am Strand nach dir suchen.«

Als er gegangen war, stand sie widerwillig auf und ging ins Badezimmer. Zwanzig vor neun fuhr sie hinunter in die Empfangshalle. Der schwarze Cadillac wartete bereits. Der schwarze Chauffeur, den roten Fez keck aufs Ohr gesetzt, kaute auf einem Stück Bambus. Sie ging die Stufen hinunter, und er öffnete ihr breit grinsend den Schlag.

Die Fahrt zum Bungalow dauerte knapp zwanzig Minuten, und unterwegs grübelte Janine darüber nach, was Malik diesmal von ihr verlangen könne. Sie war nervös und fühlte sich unbehaglich. Sie hätte sich noch viel unbehaglicher gefühlt, wenn sie gewußt hätte, daß Jack Kerman beobachtete, wie sie in den Cadillac einstieg. Er war mit seinem Mietwagen zum Hotel hinausgefahren und um halb neun dort angekommen. Nun begnügte er sich damit, die Zulassungsnummer des Cadillac zu notieren. Janine zu beschatten hatte keinen Zweck. Sie war eine erfahrene Agentin und hätte sofort bemerkt, daß ihr Wagen verfolgt wurde. Kerman stieg wieder in seinen Simca und fuhr nach Dakar zurück.

Malik wartete bereits auf Janine und führte sie in das Wohnzimmer.

»Wo war Girland gestern abend?« fragte er und ließ sich in einen Sessel fallen. »Hat er Ihnen Andeutungen darüber gemacht?«

»Angeblich hat er mit Geschäftsleuten zusammengesessen und verhandelt«, antwortete Janine.

»Er hat den Abend im *Florida* mit einer Schwarzen verbracht. Eine Freundin von Madame Foucher«, klärte Malik sie auf. »Brauchen Sie noch mehr Beweise, daß dieser Mann Girland ist und jetzt für Radnitz arbeitet?«

Janine fror plötzlich, aber sie sagte nichts.

»Ich habe Neuigkeiten für Sie«, fuhr Malik fort. »Es besteht jetzt keine Veranlassung mehr, mit Girland ein intimes Verhältnis anzuknüpfen. Ich bin ziemlich sicher, daß wir Carey auch ohne ihn finden. In wenigen Minuten werde ich es ganz genau wissen.«

Janine hob rasch den Kopf. »Was ist geschehen?«

»Ich bin davon überzeugt, daß Carey in Dakar eine Kontaktperson besitzt. Weiterhin weiß ich, daß Girland versucht, sich mit dieser Kontaktperson in Verbindung zu setzen. Ich weiß auch schon, wer diese Kontaktperson ist: ein Mann namens Enrico Fantaz. Das heißt, ich glaube es zu wissen. Fantaz und Carey sind vor vielen Jahren befreundet gewesen, und das wird . . .« Er stockte, als Iwan ins Zimmer kam. »Ja, Iwan?«

»Fantaz hat voriges Jahr die Leitung der Eisfabrik abgegeben«, sagte Iwan und streifte Janine mit einem kurzen Blick. »Er wohnt jetzt auf der Cille de Gorée, einer kleinen Insel drei Kilometer vor dem Hafen von Dakar. Seine Villa heißt *Mon Repose.*«

»Wie kommt man auf die Insel?«

»Mit der Fähre. Sie verkehrt mehrmals täglich und braucht nur fünfunddreißig Minuten hinüber.« Iwan zog sich einen Stuhl heran.

»Dann fahren wir noch heute morgen hin«, entschied Malik.

»Nein, nicht beide«, widersprach Iwan, »einer von uns. Vielleicht ist er gar nicht der Mann, den wir suchen. Dann wäre es unklug, sich zu zweit sehen zu lassen. Ich gehe allein und nehme mir vier gute Leute mit. Denn ich bezweifle sehr, daß er uns freiwillig erzählt, was wir wissen wollen. Wir müssen ihn überreden.«

»Also gut, du allein.« Malik blickte auf die Uhr. »Wann legt die Fähre ab?«

»Ich nehme die um halb zwölf. Bis zehn schaffe ich es nicht mehr.« Iwan stand wieder auf. Sein Blick löste sich nur widerwillig von Janines Beinen. »Vielleicht haben wir doch noch Glück.«

Als Iwan das Zimmer verlassen hatte, sagte Malik: »Wenn der Mann auf der Insel uns verrät, wo Carey steckt, werden wir Girland liquidieren. Sie überreden Girland dazu, mit Ihnen auszufahren, und bringen ihn hierher. Sagen Sie ihm, Ihre Freundin wohne hier. Der Rest ist ein Kinderspiel.«

Eine kalte Hand preßte Janine das Herz zusammen.

»Ich will tun, was ich kann«, murmelte sie.

Malik sah sie mit seinen grünen Augen durchdringend an. Sie zwang sich dazu, seinem Blick standzuhalten.

»Und Kerman?« bohrte Malik. »Gestern abend am Telefon hatten Sie doch noch den Eindruck, er verdächtige Sie?«

»Möglich. Aber ich kann mich auch getäuscht haben.« Janine spielte nervös mit ihrer Handtasche. »Er hat so viel gefragt. Ich habe Ihnen ja gesagt, daß er gefährlich ist.«

Maliks dünne Lippen kräuselten sich verächtlich.

»Ich bin es auch. Eins nach dem anderen. Zuerst Girland, dann Kerman. Die Geier werden sich freuen.«

Im Hotel nahm Girland mittlerweile ein ausgiebiges Frühstück zu sich und schlenderte dann hinaus auf den Balkon, um sich zu überlegen, was er mit sich und seiner Zeit anfangen sollte.

Janines Bild stieg vor ihm auf. Eine bemerkenswerte Frau, aber nicht ungefährlich. Der Blick, den sie ihm vorhin zum Abschied nachgeschickt hatte, war ihm eine deutliche Warnung gewesen. Sie war verliebt, das ging nicht an. Girland hatte nicht die Absicht, sich zu eng mit einer Frau einzulassen. Für ihn war die Liebe ein Akt gegenseitiger sinnlicher Wertschätzung. Zwar hatten manche Frauen von ihm Besitz ergreifen wollen und dann Schwierigkeiten gemacht, doch die meisten hatten sich damit begnügt, sich ihm für eine kurze Affäre hinzugeben, weil sie spürten, daß er sich nicht erobern ließ.

Ungeduldig verdrängte er Janine aus seinen Gedanken und beschäftigte sich dafür mit Radnitz. Heute war der dritte Morgen seit seiner Ankunft, und Radnitz mußte ungeduldig werden. Ein Ferngespräch nach Paris anzumelden war zu gefährlich. Vielleicht sollte er ein Telegramm schicken. Wenn er es im Postamt in Dakar aufgab, konnte man den Absender nicht ohne weiteres ermitteln. Dann wanderten seine Gedanken weiter zu Rosas Vater. War von diesem Mann ein Hinweis zu bekommen? Wohl kaum. Wenn er ihn besuchte, konnte er vielleicht mehr Schaden anrichten, als die Sache wert war. Aber was für Spuren besaß er denn überhaupt noch? Einmal Awa – sie konnte vielleicht herausfinden, wer dieser geheimnisvolle Enrico war. Vielleicht sollte er doch noch diesen Tag abwarten, ob das Mädchen ihn nicht mit einer Neuigkeit überraschte.

Kurz nach zehn hatte Girland sich gerade entschlossen, hinunter zum Strand zu gehen, als das Telefon läutete.

»Ein Anruf für Sie, Sir«, sagte der Mann von der Hotelvermittlung.

Girland hörte ein Knacken, als die Verbindung hergestellt wurde, dann Awas Singsang. »Mr. John, sind Sie's?« fragte sie aufgeregt.

»Richtig geraten. Und du bist Awa, habe ich recht?«

Er hörte ihr Kichern. »Ich habe ihn gefunden, wie versprochen, Mr. John. Ich weiß, wo er wohnt.«

»Sprichst du von unserem portugiesischen Freund?«

»Ja. Ich habe gestern abend noch die Mädchen gefragt. Eine hat mir erzählt, daß ihr Freund ihn kennt. Ich bin heute morgen mit dem Fahrrad zu ihm hingefahren, und er hat mir die Adresse gesagt. Ich mußte ihm dafür allerdings hundert Francs geben, Mr. John.«

»Schon gut, du bekommst sie wieder, Awa. Wo wohnt er?«

»Ich bringe Sie zu ihm.« Ein aufgeregtes Kichern schlug an Girlands Ohr. »Dann können Sie mir auch gleich das versprochene Geld geben.«

»Schön, aber wann?«

»Können Sie jetzt gleich kommen?«

»Ja. Wohin?«

»Ich rufe vom Bahnhof aus an. Dort warte ich auf Sie. Und Sie bringen mir das Geld mit?«

»Natürlich. Also bis in einer halben Stunde.« Girland legte auf. Eine Weile starrte er nachdenklich vor sich hin, dann holte er die Reisetasche aus dem Schrank, öffnete den falschen Boden und entnahm dem Geheimfach die Automatik und einen Schalldämpfer. Er schnallte das Schulterhalfter um und prüfte den Sitz seines Jacketts vor dem Spiegel. Die Pistole beulte den dünnen Stoff etwas aus. Trotzdem war nicht ohne weiteres zu erkennen, daß er bewaffnet war.

Er vergewisserte sich, daß er genug Geld bei sich hatte, und ging dann mit langen Schritten zum Lift.

Jack Kerman parkte vor der amerikanischen Botschaft und erkundigte sich beim Portier nach Leutnant Ambler. Ambler erfüllte in Dakar die gleichen Aufgaben wie Captain O'Halloran in Paris.

Fünf Minuten später saß Kerman vor seinem großen Schreibtisch.

Ambler war ein kräftig gebauter, jugendlich wirkender Mann mit glattrasiertem Gesicht und wachsamen grauen Augen. Mißbilligend betrachtete er Kermans zerknitterten Anzug, die ungeputzten Schuhe und die schlampig gebundene Krawatte.

»Ja, wir sind informiert«, sagte Ambler. »Dorey hat uns ein Telegramm geschickt. Was kann ich für Sie tun?«

»Ich möchte gern wissen, wem der Wagen mit dieser Zulassung gehört«, sagte Kerman und legte einen Zettel auf den Tisch. »Können Sie mir den Gefallen tun?«

»Kein Problem.« Ambler ließ sich mit dem Polizeipräsidium verbinden. Er brachte seinen Wunsch vor, wartete, zündete sich eine Zigarette an und sagte dann: »Bedanke mich . . . ja, ich habe es mir notiert.« Er legte wieder auf.

»Der Wagen stammt von der Lotus-Selbstfahrer-Zentrale.«

»Können Sie den Namen des Mieters feststellen?«

»Kann ich – die Leute kennen uns.« Wieder griff Ambler nach dem Telefonhörer, wählte, fragte und nickte. »Vielen Dank. Wie bitte? Oh, nein, nur eine Routinesache.« Er legte auf. »Der Wagen ist für einen Monat gemietet, von einem gewissen Wilhelm Jenson, einem Dänen. Verbringt seinen Urlaub hier und wohnt in einer möblierten Villa in der Nähe von Rufisque.«

»Jenson . . . ein Däne?«

»Tja – er besitzt einen dänischen Paß.«

»Haben Sie eine Ahnung, wo die Villa zu finden ist?«

Ambler stand auf und trat vor eine große Wandkarte von Dakar und Umgebung. Kerman folgte ihm.

»Hier.« Ambler deutete auf eine Stelle der Karte. »Ungefähr zwanzig Kilometer hinter Rufisque, an dieser Straße.«

Kerman kehrte zu seinem Stuhl zurück. »Haben Sie noch etwas Neues über das Kuriermädchen erfahren?«

»Leider nicht. Wir wissen nur, daß Rosa im *Florida* gearbeitet hat.«

»Das hat mir Dorey bereits mitgeteilt.« Kerman nickte nachdenklich. »Sind vielleicht in letzter Zeit ein paar Russen hier eingetroffen?«

Ambler blickte Kerman überrascht an. »Soweit wir darüber orientiert sind – nein. Weshalb fragen Sie?«

»Nur so eine Vermutung von mir. Die Russen könnten an der Sache interessiert sein, ich kann mich aber auch täuschen. Hat sich Janine Daulnay schon bei Ihnen sehen lassen?«

»Nein. Wir wissen zwar, daß sie im *N'Gor* wohnt, aber aufgetaucht ist sie hier noch nicht.«

»Nun, vielen Dank für Ihre Hilfe«, sagte Kerman und stand auf. »Wahrscheinlich werde ich mich ab und zu mit Dorey in Verbindung setzen müssen. Darf ich dann Ihren Zerhacker benützen?«

»Jederzeit«, antwortete Ambler gönnerhaft und begleitete Kerman zur Tür.

Girland traf Awa vor dem Bahnhofseingang. Aufgeregt kichernd stieg sie zu ihm in den Wagen und wies ihm den Weg zum Westhafen. Ihr Bruder, so erzählte sie, besitze ein Motorboot und würde sie zur Insel hinüberfahren.

»Sie bezahlen meinem Bruder dafür hundert Francs«, sagte sie und strahlte Girland an. »Er wartet dann auf Sie. Haben Sie mein Geld mitgebracht?«

»Ja.« Girland bremste, als er den Torbogen passierte, der den Weg zum Kai freigab.

Sie deutete nach links. »Lassen Sie den Wagen hier stehen.«

Er parkte auf einer überdachten Abstellfläche und trottete neben dem Mädchen her bis zum Anlegeplatz der Fischerboote.

Awas Bruder, der sich Girland mit dem Namen Abdou vorstellte, war ein breitschultriger Afrikaner mit aufgewecktem Gesicht. Er trug einen leuchtend blauen Umhang, der bis zu seinen riesigen Plattfüßen hinunterreichte.

Abdou führte Girland zu einem schnittigen Motorboot. Als er ablegte, kauerte Girland sich im Heck des Bootes nieder. Awa, aufgeregt wie ein Mädchen am ersten Schultag, setzte sich ihm gegenüber. Als sich das Boot aus der Kette der anderen gelöst hatte, drehte Abdou den Motor auf volle Drehzahl, und sie schossen pfeilschnell über die Wellen.

Die Fahrt zur Insel dauerte keine dreißig Minuten. Abdou ließ die Fährbrücke links liegen und machte an der

Mole fest. Als Girland schwerfällig ans Ufer stieg, blickte er auf die Uhr. Viertel vor zwölf.

Draußen auf See hob sich die Silhouette des Fährdampfers immer höher aus dem Wasser. Hätte Girland geahnt, daß Iwan zu den Passagieren gehörte, hätte er sich mehr beeilt. Aber da die Mittagssonne heiß auf die Insel herunterbrannte, ließ er sich Zeit.

»Mein Bruder wartet hier«, erklärte Awa. »Ich komme mit. Das Haus ist nicht weit weg.«

Nebeneinander schlenderten sie die Mole hinunter und überquerten einen Platz, um den sich ein paar armselige, alte Häuser drängten. Schwärme von farbigen Kindern bevölkerten die engen Gassen. Einige waren nackt, viele nur mit schmutzigen Unterhemden bekleidet; sie staunten Girland aus runden Augen an, als er mit Awa im spärlichen Schatten der Mauern durch das Labyrinth der staubigen Gassen ging.

Nach fünf Minuten tauchte plötzlich wieder das Meer vor ihnen auf. Awa blieb stehen und streckte den Arm aus.

»Dort liegt sein Haus. Das mit der hohen Mauer.«

Girland konnte von dem Haus nur die roten Dachziegel erkennen. Alles andere versteckte sich hinter der Mauer.

»Ich warte hier«, erklärte Awa und setzte sich auf einen Felsblock. »Und Sie geben mir dann das Geld, wenn Sie zurückkommen – ja?«

Girland nickte und setzte sich jetzt etwas energischer in Bewegung.

Ein Tor aus dicken Holzbohlen verwehrte ihm den Eingang zur Villa. Als er am eisernen Griff rüttelte, mußte er feststellen, daß das Tor von innen abgesperrt war. Dann entdeckte er eine rostige Kette, die von oben herabbaumelte. Girland wischte sich den Schweiß von der Stirn und zog an der Kette. Irgendwo hinter der Mauer schlug eine Glocke an.

Er wartete. Endlich öffnete sich ein Guckloch im Portal, und dunkle Augen musterten ihn.

»Ich möchte gern Mr. Fantaz sprechen.«

Das Gesicht bewegte sich hin und her. »Mr. Fantaz ist nicht zu Hause.«

»Es ist aber dringend. Wann kommt er zurück?«

»Erst heute abend nach sechs.«

»Richten Sie ihm bitte aus, daß ich um halb sieben wiederkomme. Ich bin ein Freund von John Dorey. Werden Sie sich das merken?«

Der Mann nickte, und die Klappe legte sich wieder vor das Guckloch.

Awa sah Girland erwartungsvoll entgegen. »Warum haben Sie ihn nicht besucht?« forschte sie. »Er wohnt hier, ich weiß es ganz genau.«

»Er ist nicht zu Hause. Ich muß heute abend wiederkommen.«

»Dann geben Sie mir also das Geld?«

Girland holte die dreitausend Francs aus der Brieftasche. Awa lächelte glücklich und verwahrte das Geld in ihrem Handtäschchen.

»Wollen Sie sich nicht die Insel ansehen? Das Museum ist recht interessant. Auch ein Sklavenhaus gibt es hier. Es wird Ihnen gut gefallen.«

»Vorläufig nicht, vielen Dank«, wehrte Girland ab. »Aber kann man irgendwo ein ordentliches Essen bekommen?«

»Das Hotel hier ist ausgezeichnet«, sagte Awa und stand auf. »Ich zeige es Ihnen. Mein Bruder wird auch den ganzen Tag auf uns warten.«

Wenn er schon einmal hier bleiben mußte, konnte er sich auch die Insel ansehen, überlegte Girland. Er folgte Awa in eine Gasse, spürte aber plötzlich einen unerklärlichen Drang, sich umzudrehen. In diesem Augenblick bewegte sich draußen im grellen Sonnenschein vor der Gasse ein Schatten: Iwan auf dem Weg zu Fantaz' Haus.

»Warte hier«, befahl Girland und huschte rasch zum Ende der Gasse. Vorsichtig spähte er um die Hausecke.

Iwan stand vor dem Tor in der Gartenmauer, das feuerrote Gesicht glänzend vor Schweiß. Dann zog er an der rostigen Kette.

Als Iwan so in der grellen Sonne wartete, konnte Girland ihn genau betrachten. Ein Russe! Er spürte ein leises Prickeln im Nacken. Er hatte also doch recht gehabt – die Russen waren mit von der Partie. Girland beobachtete, wie der Russe mit dem Schwarzen hinter dem Portal sprach und dann einen Schritt zurückwich, als die Klappe sich wieder schloß. Iwans Gesicht war wutverzerrt, als er langsam auf die Stelle zukam, wo Girland sich an die Wand preßte.

Rasch blickte Girland sich um. In der Nähe führte ein Torweg in einen schmutzigen Hinterhof. Girland schlüpfte in seinen Schatten und versteckte sich hinter einem Torflügel. Durch ein Astloch konnte er die Gasse beobachten.

Jetzt kam Iwan ins Blickfeld. Er wischte sich das Gesicht mit dem Taschentuch, während er sich suchend nach allen Seiten umsah. Dann bog ein kleiner, schmächtiger Araber um die Ecke und gesellte sich zu ihm.

»Er ist nicht zu Hause«, sagte der Russe zu dem Araber im schmutzigen Burnus. »Kommt erst abends zurück. Ihr umstellt das Haus und wartet auf ihn. Aber laßt euch nicht sehen. Ich gehe inzwischen essen. Sobald er heimkommt, schickst du einen Mann zu mir ins Hotel. Verstanden?«

Der Araber neigte den Kopf.

»Wie komme ich am schnellsten zum Hotel?«

Der Araber deutete in die Gasse hinein.

Girland preßte sich dicht an die Mauer, als Iwan den Torweg passierte. Er wartete ein paar Minuten und trat dann vorsichtig ins Freie. Iwan konnte er nirgends mehr entdecken, nur Awa lehnte mit dem stoischen Gleichmut ihrer Rasse an einer Hausmauer. Als sie ihn sah, stand sie auf.

Nach zehn Minuten erreichten sie das Hotel, das mit seinen Fenstern aufs Meer hinausblickte. Girland blieb stehen. »Du kannst jetzt mit Abdou wieder nach Dakar zurückfahren«, sagte er zu Awa und gab ihr die versprochenen hundert Francs für ihren Bruder.

»Abdou wird hier warten, wenn Sie ihn noch brauchen.«

»Nein, schick ihn fort. Und merke dir – kein Wort über mich.«

Sie nickte nur, drehte sich um und schritt wiegend zur Mole hinunter.

Girland ging auf das Hotel zu. Er fragte sich, ob es nicht gefährlich war, den Russen so offen zu begegnen. Aber am Strand tummelten sich eine Anzahl Touristen, und auf der Terrasse vor dem Hotel saßen ein paar Amerikaner an einem Tisch zusammen. Er konnte also gar nicht auffallen.

Girland suchte sich einen Tisch aus. Auf der Terrasse konnte er den Russen nicht entdecken. Dann fiel sein Blick auf ein Fenster, hinter dem sich ein paar Hocker vor einer Bar reihten. Dort saß der Russe vor einer Flasche Scotch und einem halbgefüllten Glas.

Ein Ober schlenderte jetzt auf Girlands Tisch zu. Girland bestellte eine Flasche Bier, und als der Ober ein paar Minuten später damit zurückkehrte, erkundigte sich Girland, wann man den Lunch bestellen könne.

»Jederzeit, Sir. Oben im Restaurant.«

»Dann gehe ich gleich hinauf.« Girland drehte sich nach dem Russen in der Bar um. Er schenkte sich gerade wieder sein Glas voll und winkte dann dem Barkeeper zu. Die beiden sprachen eine Weile miteinander, dann wandte sich der Russe wieder seinem Glas zu.

Als Girland sein Bier ausgetrunken hatte, stieg er die Treppe hinauf. Das Restaurant bestand aus zwei Räumen, die im rechten Winkel aneinanderstießen. Girland wählte einen Tisch, von dem aus er beide Räume im Auge behalten konnte.

Er bestellte das Menü des Tages und dazu eine Flasche Muscadet. Er war noch beim Hors d'oeuvres, als Iwan das Restaurant betrat. Er setzte sich an den ersten Tisch neben dem Eingang und blickte sich mit dem raschen, forschenden

Blick eines Mannes um, der auf jede Einzelheit achtet. Girland sah in den anderen Raum hinüber, als ihn der Blick des Russen streifte. Als er nach einer Weile unauffällig in Iwans Richtung schaute, studierte der Russe die Speisekarte.

Während Girland auf den zweiten Gang wartete, kamen zwei Männer in das Restaurant. Der eine war groß und hager und hatte eine Glatze. In der linken Hand trug er eine Aktentasche, mit der rechten nahm er seine Sonnenbrille ab, während er dem Ober zu einem reservierten Tisch folgte.

Aber Girland hatte nur Augen für den zweiten Mann. Er war groß und beleibt, und sein Gesicht rund und feist, mit einem schwarzen Bärtchen auf der Oberlippe. Er sah aus wie ein Zwillingsbruder von König Faruk. Am kleinen Finger seiner linken Hand blitzte ein großer goldener Siegelring.

Girland zweifelte keine Sekunde, daß der Dicke mit dem Schnurrbart Enrico war.

8

Während der Fährdampfer unten an der Mole sein Landemanöver ausführte, strömten die Afrikaner in ihren schreiend bunten Gewändern am Landesteg zusammen. Girland beobachtete sie durch das Fenster des Restaurants. Er hatte den Nachtisch schon hinter sich und saß jetzt beim Kaffee. Der Russe hatte sich zurückgezogen. Girland hatte mitgehört, wie er sich bei dem Ober erkundigt hatte, in welchem Flügel Zimmer 12 lag. Wahrscheinlich hielt der Russe jetzt sein Verdauungsschläfchen.

Ab und zu blickte Girland zu Fantaz' Tisch hinüber. Der dicke Portugiese hatte enorme Mengen vertilgt, wobei er sich halblaut mit seinem Tischpartner unterhielt. Jetzt rauchten die beiden Männer und hatten Kognak und Kaffee vor sich auf dem Tisch.

»Mit dem Schiff da fahren wir«, sagte Fantaz mit erhobener Stimme und deutete auf den Dampfer an der Mole. »Wir haben noch viel Zeit. Es legt erst um zwei Uhr ab.«

»Und Sie können wirklich die Zeit erübrigen, Mr. Fantaz?« fragte der andere. »Es ist doch nicht nötig, daß Sie mich den ganzen Weg begleiten.«

Fantaz wedelte mit seiner dicken Hand.

»Natürlich komme ich mit. Ich habe heute nachmittag sowieso nichts zu tun.«

Girland trank seinen Kaffee aus und gab dem Ober ein Zeichen, ihm die Rechnung zu bringen. Er zahlte, schob seinen Stuhl zurück und verließ das Restaurant. Langsam ging er in der Mittagshitze zum Dampfer.

Girland war entschlossen, Fantaz nicht mehr aus den Augen zu verlieren – jetzt, da er ihn gefunden hatte. Er wollte ihm folgen, bis er sich von seinem Begleiter trennte, und ihn dann ansprechen.

Er löste sich ein Ticket und ging an Bord. Seinen Platz wählte er so, daß er das Schiff schnell verlassen konnte, wenn es in Dakar ankam. Er setzte sich und wartete.

Fünf Minuten, bevor der Dampfer ablegte, kamen Fantaz und sein Begleiter an Bord. Sie sprachen miteinander, und von Zeit zu Zeit gestikulierte Fantaz wild, wobei sein goldener Ring in der Sonne glitzerte. Sie kamen an Girland vorbei und setzten sich in den Schatten.

Die halbstündige Reise zum Hafen von Dakar erlaubte Girland, seinen Gedanken nachzuhängen. Es machte ihm Sorgen, Fantaz nicht beweisen zu können, daß er von Dorey kam. Wie sollte er ihn überreden, Careys Versteck preiszugeben? Er warnte ihn am besten vor den Russen. Durch diese Information würde Fantaz vielleicht Vertrauen gewinnen.

Als der Dampfer gegen die Mole stieß, war Girland bereits aufgestanden. Als erster verließ er das Schiff, gefolgt von schnatternden und lachenden Afrikanern.

Er eilte zu seinem Wagen, schloß ihn auf und drückte

sich hinter das Steuer, fluchend über die Hitze im Wagen. Während er noch die Scheiben herunterdrehte, startete er den Motor und wartete.

Fantaz und sein Begleiter – sie sprachen noch immer miteinander – gingen auf einen schwarzen Buick zu. Der afrikanische Chauffeur riß die Tür auf, und die beiden Männer stiegen ein.

Der Wagen fuhr an. Girland folgte. Fünf Minuten später bahnte sich der Buick seinen Weg durch den Verkehr, fuhr um den Place de l'Independence herum und hielt vor der *Banque Internationale pour le Commerse et l'Industrie de Senegal.*

Girland fuhr langsam vorbei. Im Rückspiegel beobachtete er, wie Fantaz und sein Begleiter ausstiegen und in die Bank gingen.

Als ein Wagen vom Parkplatz fuhr, nahm Girland seinen Platz ein. Von hier aus konnte er den Eingang zur Bank gut beobachten, obgleich er der prallen Sonne ausgesetzt war.

Der Buick fuhr fort. Zehn Minuten später hielt Girland es in der Hitze nicht mehr aus. Er stieg aus und suchte Zuflucht im Schatten der Arkaden vor der Bank. Nachdem er sich eine Zeitung gekauft hatte, lehnte er sich gegen eine Säule, und die nächste halbe Stunde verbrachte er mit Lektüre und dem Beobachten der Bank.

Er war so sehr mit seiner Sache beschäftigt, daß er Janine nicht bemerkte, die auf ihn zukam. Er zuckte zusammen, als sie ihn ansprach.

»Na, sowas! Was machst du denn hier?« fragte sie.

Girland suchte sich zu fangen.

»Da möchte ich eher fragen, was *du* hier machst?« entgegnete er, faltete die Zeitung zusammen und lächelte, während er zum Eingang der Bank schaute. Er durfte Fantaz nicht aus den Augen verlieren.

»Ich bin mit dem Hotelbus gekommen, um einzukaufen. Wartest du auf jemanden?«

Einen Augenblick zögerte Girland, dann bejahte er.

»Ein Geschäftsfreund von mir ist in der Bank. Leider habe ich ihn verfehlt. Ich warte, weil ich ihn sprechen muß.«

Janine verbarg ihre Enttäuschung nicht.

»Und ich hatte gehofft, wir könnten ein bißchen durch die Stadt fahren?«

»Tut mir leid, ich muß unbedingt mit dem Burschen sprechen . . . Du kennst das ja.« Girland schnitt eine Grimasse. »Geschäft ist Geschäft.«

Janine wandte die Augen ab. Wußte dieser Mann, der in die Bank gegangen war, vielleicht etwas über Carey?

»Macht nichts«, sagte sie dann und lächelte Girland an. »Ich will dir zeigen, was ich gekauft habe.« Sie öffnete ihre Tasche und entnahm ihr ein kleines, wunderbar geschnitztes Götzenbild aus Elfenbein. »Der Mann, der es mir verkauft hat . . .«

Girland sah Fantaz allein aus der Bank kommen.

»Entschuldigung«, sagte er schnell. »Da ist mein Mann. Ich melde mich heute abend im Hotel bei dir.«

Janine sah Fantaz nach, der an ihnen vorbeiging. »Schon gut«, sagte sie. »Ich will dich nicht aufhalten. *Au revoir* bis heute abend.«

Girland streichelte ihr kurz die Hand und ging Fantaz nach. Janine beobachtete ihn. Als Girland bis auf wenige Meter an Fantaz herangekommen war, verlangsamte er den Schritt und folgte ihm um die Ecke herum in die Rue Carnot.

Zuerst zögerte Janine, dann wollte sie Girland nachlaufen. Eine trockene, heiße Hand gebot ihr Einhalt. Sie drehte sich um, atemlos vor Schreck. Malik stand vor ihr.

»Überlassen Sie ihn mir«, sagte Malik barsch, schob sie zur Seite und folgte Girland.

Wie angewurzelt blieb Janine stehen. Ihr Herz raste. Sie war sich nun sicher, daß der dicke Mann Fantaz sein mußte. Und sie wußte auch, daß Girland sich in Gefahr befand.

In diesem Augenblick wurde ihr klar, wie sehr sie Girland liebte. Seit er sie an diesem Morgen verlassen hatte, hatte sie unentwegt an ihn gedacht. Nie zuvor hatte sie geliebt. Verliebt gewesen war sie schon, natürlich – aber dieses Gefühl, das einem das Blut durch die Adern trieb, das hatte sie zum erstenmal bei Girland erfahren.

Der Gedanke, ihn zu verlieren, war unerträglich. Es wurde ihr klar, daß sie die Jagd auf Carey nicht länger mitmachen konnte. Was auch kam, sie mußte sich auf Girlands Seite schlagen. Sie mußte ihn warnen, daß Malik ihn erkannt hatte. Selbst wenn es ihr Leben kosten sollte – sie mußte die Fronten wechseln, wenn Girlands Rettung es erforderte.

Mit schnellen Schritten folgte sie Malik.

Etwas weiter unten in der Rue Carnot entdeckte sie den silberblonden Schopf. Sie lief schneller und schlängelte sich durch die Afrikaner hindurch, die ihr belustigt nachschauten.

Girland hielt sich hinter Fantaz, der keine Eile zu haben schien. Fantaz blieb am Bordstein stehen und wartete auf eine Lücke im Verkehr. Er schaute auf seine Uhr, dann überquerte er die Straße und betrat ein Eckcafé.

Girland blieb vor dem Café stehen. Fantaz sprach drinnen mit dem afrikanischen Kellner, dann entnahm er seinem Lederetui eine Zigarre.

Malik, auf der anderen Straßenseite, drehte sich vor einem Schaufenster um und beobachtete Girland. Etwas weiter oben stand Janine in einem Ladeneingang und ließ Malik nicht aus den Augen.

Als der Kellner Fantaz ein Bier gebracht hatte, betrat Girland das Café. Er setzte sich an einen Tisch unmittelbar neben dem von Fantaz. Fantaz warf ihm einen Blick zu, dann schaute er weg.

Girland bestellte ebenfalls Bier und zündete sich eine Zigarette an. Er wartete, bis der Kellner wieder fort war, dann rückte er seinen Stuhl näher an Fantaz heran und sagte: »Ich war heute morgen bei Ihnen. Ich möchte mit Ihnen sprechen.«

Fantaz zog an seiner Zigarre und atmete den Rauch langsam aus. Seine Augen, die hinter einer großen Sonnenbrille versteckt waren, beobachteten Girland argwöhnisch. Sein fettes Gesicht blieb ausdruckslos.

»Ja?« Fantaz' Stimme klang rauh.

»John Dorey hat mich geschickt.«

»John Dorey?« Der Name schien ihm nichts zu sagen. »Muß ich ihn kennen, diesen Mr. ... Mr. ...?«

»Ich heiße Mark Girland.«

Fantaz nahm sein Glas und studierte aufmerksam die kleinen Perlen, die darin aufstiegen.

»Auch Ihr Name ist mir nicht bekannt«, erklärte er und schüttelte den Kopf. »Worüber möchten Sie denn mit mir sprechen?«

Girland schaute sich im halbleeren Café um. Niemand konnte mithören. Er sagte leise: »Über Robert Henry Carey.«

Fantaz hob die dunklen Augenbrauen.

»Ah, dieser Name ist mir nicht ganz unbekannt. Wie sonderbar. Vor fünfundzwanzig Jahren waren Robert Carey und ich Freunde.«

»Soll das heißen, daß Sie es nicht mehr sind?«

»Fünfundzwanzig Jahre sind eine lange Zeit, Mr. Girland. Es kann schon vorkommen, daß man seinen Freundschaften entwächst.« Fantaz' massige Schultern zuckten. »Nun, immerhin ... ich würde Carey schon gern mal wiedersehen. Wenn ich mich recht erinnere, war er ein feiner Kerl.«

Girland nahm sich eine neue Zigarette.

»Rosa hat mir gesagt, Sie hätten Carey in den letzten vierzehn Tagen wiedergesehen.«

»Rosa ... auch ein bekannter Name«, sagte Fantaz und nippte an seinem Bier. »Sie kennen sie?«

»Dorey hat mich beauftragt, ihr siebentausend Dollar

für Informationen zu geben. Ich hätte ihr dreitausend weitere zahlen können – aber unglücklicherweise konnte sie das Geld nicht mehr verdienen.«

Nach einer langen Pause sagte Fantaz: »Sehr interessant. Aber warum hat sie denn nicht den Rest der beachtlichen Summe kassieren können, Mr. Girland?«

»Ein Killer hat sie im Auftrag von Herman Radnitz erschossen. In Orly, als sie nach Dakar fliegen wollte.«

Das Bier schwappte ein bißchen in dem Glas, das Fantaz hielt.

»Ist sie tot?« Die Stimme klang noch rauher.

»Mausetot«, sagte Girland. »Wir sollten mit derselben Maschine fliegen. Nun bin ich allein hier.«

Schweißtropfen liefen Fantaz übers Gesicht. Er zog ein blütenweißes Taschentuch hervor und betupfte sich die Wangen.

»Und wo ist Radnitz?«

»Dieses Schwein Radnitz will Carey finden.«

»Warum hat er Rosa umlegen lassen?«

Aufgepaßt, sagte sich Girland. Er darf nicht den Eindruck gewinnen, daß ich für Radnitz arbeite und nicht für Dorey.

»Sie konnte ihm nichts mehr nützen. Er hatte sie dahin gebracht, Ihren Namen preiszugeben. Nun sucht er natürlich auch Sie.«

Die Gläser der dunklen Sonnenbrille waren auf Girland gerichtet.

»Und woher wissen Sie das alles, Mr. Girland?«

»Dorey selber hat es mir gesagt.«

Während die beiden Männer noch miteinander redeten, hatte Janine einen Entschluß gefaßt. Sie betrat ein Café, um zu telefonieren.

Fantaz sagte: »Das ist ja alles sehr interessant. Und mysteriös. Aber was habe ich damit zu tun?«

Girland begann, die Geduld zu verlieren.

»Dorey hat einen Agenten auf Rosa angesetzt«, sagte er

ein wenig zu scharf. »Dieser Agent hat mir den Fall übertragen. Radnitz hat sich diesen Agenten vorgenommen. Als ich ihn fand, war er tot.«

Fantaz sackte ein wenig auf seinem Stuhl zusammen.

»Aber das ist noch keine Antwort auf meine Frage, Mr. Girland. Was erwartet man von mir?«

Girland nahm wahr, daß das Telefon auf der Bar klingelte. Er sah, wie der Barmann den Hörer abnahm, die Stirn runzelte und sich im Café umschaute. Seine Augen trafen die Girlands, und er gab ihm ein Zeichen.

»Entschuldigen Sie mich einen Augenblick«, sagte Girland und ging zur Bar.

»Sind Sie Mr. Gilchrist?« fragte der Barmann.

»Der bin ich.«

Der Barmann reichte ihm den Hörer. »Da will Sie jemand sprechen«, sagte er.

Verwundert nahm Girland den Hörer und sagte: »Hallo? Hier Gilchrist.«

Vom anderen Ende der Leitung her konnte er die Geräusche des Verkehrs vernehmen, dann hörte er eine gedämpfte Frauenstimme die sagte: »Der blonde Russe ist hinter Ihnen her. Er steht vor dem Café, in dem Sie sitzen.« Danach war die Leitung tot.

Girland blieb einen Augenblick lang regungslos stehen und schaute auf die sonnenheiße Straße hinaus. Langsam legte er den Hörer zurück. Er war sicher, daß Janine eben mit ihm gesprochen hatte – dennoch konnte er es nicht ganz glauben. Er erinnerte sich an den großen blonden Russen, den er am Strand von *N'Gor* kennengelernt hatte. Er hatte plötzlich ein beengendes Gefühl in der Brust. Wenn der Russe ihm wirklich auf den Fersen war, so mußte er wissen, wer er war. Es war auch möglich, daß der Russe Fantaz erkannt hatte.

Girland kehrte zu Fantaz zurück.

Fantaz hatte sein Bier ausgetrunken und schaute zu Girland auf.

»Sie werden mich entschuldigen, Mr. Girland«, sagte er. »Das ist alles sehr interessant, aber ich habe leider eine Verabredung.«

»Wenige Minuten, nachdem ich Sie aufgesucht hatte, traf auch ein russischer Agent ein. Ihr Haus wird jetzt beobachtet, und auch vor diesem Café steht ein russischer Agent.«

Fantaz' Mundwinkel zuckten, und sein Gesicht verlor an Farbe.

»Woher soll ich nur wissen, daß Sie die Wahrheit sprechen, Mr. Girland?«

»Rufen Sie zu Hause an und fragen Sie ihren Portier, ob zwei Männer nach Ihnen gefragt haben.«

Fantaz rührte sich nicht Er hatte die Stirn gerunzelt und dachte nach.

»Wie kann ich mit Ihnen in Verbindung treten?« fragte er schließlich.

»Ich wohne im *N'Gor*, unter dem Namen John Gilchrist. Was haben Sie vor?«

»Das ist meine Sache.« Fantaz stand auf. »Ich werde mich mit Ihnen in Verbindung setzen.«

»Fahren Sie nicht nach Hause zurück«, warnte Girland. »Und passen Sie auf, der Tod ist schnell.«

»Ich bin schon in der Lage, auf mich aufzupassen«, erwiderte Fantaz. »Bitte bleiben Sie. Ich verlasse das Lokal durch den Hinterausgang.«

Girland sah, wie er hinter die Bar trat, dem Barmann zunickte und hinter einem schmutzigen roten Vorhang verschwand.

Girland trank sein Bier und drückte seine Zigarette aus. Fünf Minuten später sah er, daß Malik am Café vorbeiging und zu ihm hereinschaute.

Er mußte sich zusammennehmen, um ihm nicht zuzuwinken.

Janine stand im Schatten und wartete auf den Bus, der sie

zurück zum Hotel bringen sollte. Sie war erstaunt über ihre Ruhe. Sie wußte: Wenn in Malik auch nur der leiseste Verdacht aufstieg, daß sie Girland gewarnt hatte, würde er sie zerquetschen wie eine Fliege. Aber sie hatte sich entschlossen, auf Girlands Seite zu treten, und keine Drohung konnte sie davon abhalten.

Dennoch überwältigte es sie wie ein Schock, als Maliks schwarzer Cadillac am Bordstein hielt und sie ihn auf dem Rücksitz erblickte.

Seine grünen Augen blieben auf sie gerichtet, als er sich verbeugte. Ihr Herz schlug heftig, als sie auf den Wagen zuging. Er öffnete ihr die Tür.

»Steigen Sie ein«, sagte er. »Ich fahre jetzt zurück und werde Sie im Hotel absetzen.«

»Schönen Dank«, sagte sie und setzte sich neben ihn.

»Zum *N'Gor*«, befahl Malik dem Chauffeur.

»Was ist passiert?« fragte Janine. »Wer war dieser fette Kerl?«

Malik starrte vor sich hin, die dünnen Lippen verkniffen.

»Es war Fantaz, der Verbindungsmann. Er hat das Café durch den Hinterausgang verlassen, und ich habe ihn aus den Augen verloren.«

»Und Girland?«

»Er sitzt noch dort. Er hat nun mit Fantaz gesprochen. Ich weiß nicht, ob Fantaz ihm gesagt hat, wo Carey ist. Aber ich muß es herausfinden. Iwan beobachtet Fantaz' Haus. Wenn er zurückkommt, haben wir ihn. Für Sie gibt es jetzt Arbeit.« Er schaute sie an, und sie spürte, wie sie vor seinen kalten Augen zurückwich.

»Ja? Was denn?« fragte sie und schaute weg. Sie öffnete ihre Tasche und entnahm ihr ein Tuch, mit dem sie sich die Nase betupfte.

»Sie werden Girland heute abend zum Bungalow lokken«, sagte Malik. »Wir müssen erfahren, was er weiß und ihn dann kaltstellen.«

Janine erschauerte.

»Ich weiß nicht, ob ich ihn heute abend treffen kann«, erklärte sie und versuchte, ihre Stimme unter Kontrolle zu behalten. »Er kommt und geht ganz unregelmäßig. Und außerdem – was soll ich ihm sagen? Was sollte ihn veranlassen, mit mir zum Bungalow hinauszukommen?«

»Es ist ein Befehl! Ihre Freundin Hilda gibt eine Party, er soll Sie begleiten. Er wird schon kommen.«

»Aber wenn es zu spät ist?«

»Das ist nicht zu spät«, sagte Malik. »Er hat im Augenblick nichts weiter zu tun als zu warten, bis Fantaz auf ihn zukommt und ihn zu Carey bringt. Fantaz will erst Nachforschungen über ihn anstellen. Girland wird ins Hotel zurückkehren und warten. Und Sie werden ihn um acht Uhr zu mir bringen. Verstanden?«

Janine nickte.

»Vergessen Sie nicht, daß es für Sie ebenso wichtig ist wie für mich, Carey zu finden. Sie wollen doch nicht etwa zehn Jahre in einem französischen Gefängnis zubringen – oder?«

Janine zuckte zusammen.

»Nein.«

»Alsdann.«

Der Wagen verlangsamte seine Geschwindigkeit und hielt vor einer Verkehrsampel, die auf Rot sprang. Weder Janine noch Malik bemerkten Jack Kerman, der in seinem Simca vor der Ampel saß. Kerman aber hatte sie entdeckt.

Er kehrte nach einer Erkundungsfahrt jetzt nach Dakar zurück. Er erstarrte, als er Janine erblickte, und studierte dann Malik. Den Cadillac kannte er. War dies also der mysteriöse Däne? Durch die Windschutzscheibe konnte er Malik nicht genau sehen.

Die Ampel wechselte auf Grün, und der Cadillac fuhr an ihm vorbei. In einem waghalsigen Manöver setzte sich Kerman vor zwei andere Fahrzeuge, raste um die Verkehrsinsel herum und machte sich an die Verfolgung.

Als er schließlich die Ausfallstraße erreichte, war ihm

der Cadillac einen halben Kilometer voraus. Keine Hoffnung, ihn einzuholen. Aber immerhin konnte er ihn im Auge behalten. Einige Kilometer später mußte der Cadillac langsamer fahren und schließlich sogar halten, weil ein paar grinsende Afrikaner eine Herde Ziegen über die Straße trieben. Diese Verzögerung gab Kerman die Möglichkeit, sich heranzupirschen.

Der Wagen vor ihm fuhr zum Hotel hinauf. Kerman steuerte in eine Parklücke und beobachtete, wie Janine aus dem Cadillac sprang und im Hotel verschwand. Kerman verließ seinen Wagen, als der Cadillac langsam fortfuhr. Er sah Malik direkt ins Gesicht. Der reagierte gleichgültig.

Ein Däne? dachte Kerman. Nein, das war kein Däne. Er hatte zu viele Russen in seinem Leben gesehen, um sie nicht auf Anhieb zu erkennen. Dieser silberblonde Hüne war ein Russe.

Kerman rannte die Stufen hinauf und ins Hotel. Janine entfernte sich gerade vom Tresen, den Zimmerschlüssel in der Hand.

»Hallo«, sagte Kerman und trat auf sie zu.

Janine blieb stehen, und ihr Gesicht verlor die Farbe. Ihr Lächeln wirkte gezwungen.

»Wo kommen Sie denn her?« fragte sie.

»Ich möchte mit Ihnen sprechen. Gehen wir in die Bar.«

Sie folgte ihm. Ihr Verstand arbeitete fieberhaft, und sie war sich ihrer Sache nicht sicher. Hatte er sie mit Malik gesehen? Wahrscheinlich. Nun, mit dieser Situation konnte sie fertig werden. Hatte sie seinen Argwohn geweckt? Sie wußte, daß sie bei seinem Anblick blaß geworden war, und sie wußte auch, daß Kerman keine Einzelheit entging.

Sie setzten sich, und Kerman bestellte Bier. Janine erklärte, daß es ein bißchen früh sei und daß sie lieber eine Tasse Kaffee hätte.

Während sie noch darauf warteten, daß der Kellner die Bestellung ausführte, ging Kerman direkt auf sein Ziel los.

»Wer war der Bursche eben bei Ihnen im Caddy?«

Sie hatte sich jetzt wieder in der Gewalt und schaute ihn erstaunt an.

»Mein lieber Jack – warum sind Sie so direkt? Ich habe auf den Hotelbus gewartet, aber der Herr hat mich freundlicherweise mitgenommen.«

»So?« Kerman hielt inne, weil der Kellner Bier und Kaffee brachte. Als er gegangen war, fuhr er fort: »Er hat sich doch hoffentlich vorgestellt? Wie heißt er?«

Janines Gesicht wurde hart.

»Das hört sich ja fast nach einem Verhör an.«

Kerman lächelte.

»Davon kann gar nicht die Rede sein. Ich glaube nur, ich habe den Burschen schon mal gesehen. Er ist Schwede, nicht wahr?«

Sie warf ihm einen nachdenklichen Blick zu. Sie durfte seinen Argwohn nicht erregen. »Ich glaube, ja. Jedenfalls sieht er wie ein Schwede aus. Er heißt Bergman und ist für ein paar Tage geschäftlich hier.«

Kerman nippte an seinem Bier. Sie lügt natürlich, dachte er. Wenn sie den Mann wirklich nicht kannte, dann mußte er sich ihr als Wilhelm Jenson vorgestellt haben.

»Ist es Ihnen noch nicht in den Sinn gekommen, daß er Russe sein könnte?« fragte er.

Janine riß die Augen auf.

»Wissen Sie – darauf wäre ich nie gekommen. Das kann doch nicht sein . . .«

»Hat er Fragen an Sie gerichtet?«

»Was man halt so fragt. Ob es mir hier gefällt, wie lange ich bleibe. So in der Art.«

Kerman dachte einen Augenblick nach, dann zuckte er die Schultern.

»Ich bin wahrscheinlich zu argwöhnisch«, sagte er lachend. »Denken wir nicht mehr an ihn. Was gibt's Neues?«

»Nichts.« Sie warf einen Blick auf ihre Uhr. »In ein paar Minuten fährt mein Bus zum Flughafen. Vielleicht kommt Girland mit der Maschine aus Paris.«

Kerman stand auf.

»Okay, dann will ich Sie nicht länger aufhalten. Kann ich Sie zum Flughafen fahren?«

»Ich muß erst auf mein Zimmer.« Auch sie stand auf. »Nein, Jack, Sie brauchen nicht auf mich zu warten. Wir bleiben in Verbindung.«

»Ganz recht«, erwiderte er, verabschiedete sich von ihr und ging die Stufen zur Empfangshalle hinauf.

In diesem Augenblick kam Girland herein. Die beiden Männer begegneten einander – Girland ging zum Tresen und verlangte seinen Zimmerschlüssel, Kerman trat in die heiße Sonne hinaus und schritt zu seinem Wagen.

Er war sich nun sicher, daß sein erster Verdacht richtig gewesen war: Janine trug auf beiden Schultern. Sie arbeitete für Dorey und auch für die Russen. Kerman hegte keine Zweifel darüber, auf welcher Seite sie Wurzeln schlagen würde. Plötzlich hatte er eine Idee. Er stellte sich hinter einem anderen Auto so auf, daß er den Eingang zum Hotel beobachten konnte, und wartete.

Fünf Minuten verstrichen. Der Bus fuhr vor. Leute kamen aus dem Hotel und lösten Fahrscheine, stiegen ein. Noch fünf Minuten wartete der Fahrer, dann knallte er die Tür zu und fuhr los.

Kerman nickte. Sie hatte also am Flughafen kein Interesse – ein weiterer Nagel für ihren schönen Sarg. Er ging zu seinem Wagen und fuhr nach Dakar.

Girland steckte bis obenhin voll Fragen, als er ins Hotel zurückkehrte. In einem Punkt aber war er sicher: Fantaz würde ihn im Lauf des Abends im Hotel zu erreichen suchen, wenn er sich mit Carey in Verbindung gesetzt hatte.

Girland machte sich um Fantaz Sorgen. Dieser blonde Russe hatte ihn gesehen, und Fantaz war nicht ein Mann, der sich auf offener Straße verbergen konnte. Girland hoffte nur, daß Fantaz nicht geblufft hatte, als er sagte, er könne seine Angelegenheiten schon selber regeln.

Doch was Girland ernsthaft beschäftigte, war der mysteriöse Telefonanruf. War es wirklich Janines Stimme gewesen? Und wenn – wie sollte er sich die Sache erklären?

Er ermahnte sich zur Ruhe. Sie konnte den Russen gesehen haben, der ihm gefolgt war, sich Sorgen gemacht und ihn angerufen haben. Sie mußte ihn gesehen haben, als er ins Café ging. Das konnte die Erklärung sein – aber Girland war sich seiner Sache nicht sicher

War Janine vielleicht eine Agentin? fragte er sich. Sie hatten einander auf eine Weise kennengelernt, wie sie fast dem Lehrbuch für Agenten entsprach. Und wenn sie eine Agentin war – für wen arbeitete sie. Für Dorey?

Gedankenversunken nahm er seinen Schlüssel entgegen und ging zum Fahrstuhl. In diesem Augenblick traf er Janine, die gerade aus der Bar kam.

Sie war blaß und besorgt, und sie schenkte ihm nur ein flüchtiges Lächeln, als sie auf ihn zutrat.

»John, ich muß mit dir sprechen. Komm mit zu mir aufs Zimmer.«

»Klar«, sagte er. »Über irgend etwas Bestimmtes?«

Sie betraten den Fahrstuhl und er drückte den Knopf der siebten Etage.

»Ja. Aber warten wir, bis wir oben sind.«

In der siebten Etage verließen sie den Fahrstuhl und gingen den langen Korridor hinunter. In ihrem Zimmer verschloß sie die Tür. Sie trat zur Seite, dann wandte sie sich um und schaute ihm ins Gesicht.

»Ich weiß wer du bist, John«, sagte sie mit ruhiger Stimme. »Du bist Mark Girland.«

Girland fuhr sich mit der Hand über den Nacken, runzelte die Stirn, entledigte sich dann des Jacketts und legte es zusammen mit dem Pistolenhalfter, das ihm die Rippen aufgescheuert hatte, auf den Tisch. Danach nahm er in einem Sessel Platz.

»Also schieß los. Ich möchte mehr darüber hören, bevor ich selber zu sprechen anfange.«

»Ich bin U 2260«, sagte Janine und ließ sich auf das Bett sinken. Sie streifte die Schuhe ab, machte die Tasche auf und entnahm ihr eine Zigarette. »Sagt dir das etwas?«

Rossland hatte Girland einmal erzählt, daß Dorey eine Spezialagentin für sich arbeiten ließ. »Muß eine tolle Puppe sein, nach allem, was ich höre«, hatte Rossland mit vielsagendem Grinsen erklärt. »Ich habe sie nie kennengelernt, aber einige ihrer Berichte gelesen. Sie läuft unter der Bezeichnung U 2260.«

»Du arbeitest also für Dorey«, sagte er. »Ja, natürlich, ich habe von dir gehört. Schönen Dank für den Anruf.«

Janine wartete. Als Girland zögerte, sagte sie tonlos: »Weißt du, weshalb ich hier bin?«

»Das ist nicht schwer zu erraten. Dorey hat dich losgeschickt, um mich im Auge zu behalten. Warum deckst du plötzlich die Karten auf? Du hast mich zum Narren gehalten.«

»Wirklich?« Sie zuckte mit den Schultern. »Auch du hast mich zum Narren gehalten. Ich habe wirklich geglaubt, du wärst John Gilchrist, ein amerikanischer Geschäftsmann.«

Girland runzelte die Stirn.

»Das stimmt nicht ganz. Aber sag mal – hat Dorey dich zur Beobachtung meiner Person hierhergeschickt?«

»Dorey hat mich überhaupt nicht geschickt. Die Sache ist viel komplizierter. Als ich ihm sagte, ich wollte nach Dakar gehen, war er davon angetan – aber es war durchaus nicht seine Idee. Er hält dich für tot.« Sie tippte die Asche von ihrer Zigarette. »Du arbeitest für Radnitz, nicht wahr?«

Girland lächelte.

»Mach weiter. Ich habe dazu nichts zu sagen.«

»Bitte, Mark, sei doch nicht so«, flehte sie. »Ich stelle dir keine Falle. Ich bin dumm genug gewesen, mich in dich zu verlieben.«

Girland bemühte sich um Fassung, rutschte aber doch mit einem gewissen Unbehagen im Sessel hin und her.

»Schade, Janine«, sagte er. »Ich bin so gar nicht dazu geeignet, etwas für eine Frau zu empfinden. Ich hätte dich in Ruhe lassen sollen.«

»Aber nein, ich mache dir doch keinen Vorwurf. So etwas passiert eben. Warum bist du auch so gut im Bett?«

»Liebst du mich deshalb?«

»Deshalb und aus anderen Gründen.«

»Das tut mir leid. Möchtest du weitermachen, Janine? Wenn ich aussteige und in Dakar bleibe – mußt du dann Dorey melden, daß du mich aufgespürt hast?« Er schaute ihr direkt in die Augen. »Wie hast du mich überhaupt entdeckt?«

»Auf diese Frage habe ich gewartet«, sagte sie, und zögernd fuhr sie fort: »Könntest du mich ein wenig lieben, Mark?«

»Das weiß ich nicht. Offen gesagt, ich glaube nicht, daß ich je eine Frau lieben kann. Du interessierst mich, ich denke oft an dich. Ich mag dich gern. Aber weiter ist nichts.«

»Na, du bist wenigstens ehrlich.« Ihr Lächeln war bitter. »Du möchtest wohl nicht den Rest deiner Tage mit mir verbringen?«

»Mit keiner Frau. Schau, Janine – ich möchte dich nicht verletzen, und doch muß ich es tun.«

Sie ließ sich in die Kissen zurückfallen und starrte zur Decke hinauf. Jetzt kannte sie die Wahrheit, aber ihn in die Falle gehen lassen, das konnte sie trotzdem nicht.

»Du hast mich gefragt, wieso ich weiß, wer du bist«, sagte sie und zog an ihrer Zigarette. »Die Sache ist ganz einfach: Malik hat mir alles erklärt.«

Girlands Körper erstarrte.

»Malik – wer ist das?«

»Hast du denn nie von Malik gehört? Sicherlich hat Rossland oder sonst jemand dir von Malik erzählt.«

»Meinst du den russischen Agenten?« Girland beugte sich vor. »Dieses blonde Arbeiterdenkmal? Ist das Malik?«

»Ja. Das ist er.«

»Und er hat dir alles erzählt? Warum? Was hat er mit dir zu tun?«

»U 2260 trägt auf beiden Schultern, Mark.«

Girland stand auf und holte sich Zigaretten aus seinem Mantel. Als er sich setzte, hatte er sein Gesicht wieder unter Kontrolle. Er zündete sich eine Zigarette an und fragte: »Warum erzählst du mir das alles, Janine?«

»Wahrscheinlich, weil ich dich liebe.«

Dieses verdammte Wort Liebe, dachte Girland ungeduldig. Frauen gebrauchten es mit Vorbedacht. Es war wie ein Widerhaken, den sie in einen rammten – wobei sie hofften, daß man sich nicht mehr davon befreien konnte.

»Malik hat Anweisung, Carey zu finden«, fuhr Janine fort. »Carey hat Informationen, mit denen ihn die Russen nicht durchgehen lassen können. Malik hat mich hierher geschickt, er weiß mehr als Dorey. Um die Wahrheit zu sagen – Dorey weiß praktisch nichts, nur, daß er einen Fehler gemacht hat, als er mit der Foucher nicht direkt verhandelt hat. Er weiß jetzt, daß sie wichtige Informationen besaß – und durch mich und Kerman möchte er erfahren, worum es sich dabei handelt.« Sie schaute Girland ins Gesicht. Er war passiv und hörte nur zu. »Kerman ist hier, und ich glaube, er argwöhnt, daß ich für die Russen arbeite. Er hat mich heute nachmittag mit Malik zusammen gesehen.« Sie machte eine hilflose Geste. »Meine Karriere als Agentin nähert sich wohl ihrem Ende.« Sie hielt für einen Augenblick inne, dann fuhr sie fort: »Ich glaube, ich bin überhaupt am Ende.«

»Was weiß Malik noch?« fragte Girland.

»Alles über Fantaz – aber das wußtest du doch schon, nicht wahr?« Sie richtete sich auf, um ihre Zigarette auszudrücken. »Er weiß auch über Kerman Bescheid.« Sie sah ihn an. »Du arbeitest doch für Radnitz, nicht wahr?«

Girland starrte auf das brennende Ende seiner Zigarette und runzelte die Stirn.

»Auch das weiß Malik«, sagte Janine.

»Er ist nicht schlecht, der Bursche«, bemerkte Girland, wobei er eine gewisse Bitterkeit in der Stimme nicht unterdrücken konnte. »Ja – er hat recht, ich arbeite für Radnitz. Ich hatte keine andere Wahl. Ich möchte mich nicht entschuldigen, es kotzt mich an, für Leute zu arbeiten, die noch mieser sind als Dorey. Radnitz hat mir fünfzigtausend Dollar geboten, wenn ich Carey finde. Carey besitzt einen Mikrofilm, den Radnitz gern haben möchte. Was geht's mich an? Er zahlt gut, und Dorey würde niemals soviel auswerfen.«

»Geld bedeutet dir wohl viel?«

Er nickte.

»Zehn Jahre meines Lebens habe ich damit vertrödelt, Leuten wie Dorey zu vertrauen. Verdammt! Fünfhundert Dollar Spareinlagen haben mir diese zehn Jahre gebracht. Wenn du es also genau wissen willst – Geld bedeutet mir viel.«

»Ich habe Geld, Mark. Du und ich – wir könnten aussteigen und untertauchen. Du bist nicht auf Radnitz' Geld angewiesen. Vielleicht könntest du mich sogar lieben lernen . . .«

»Hör auf«, unterbrach Girland. »Du weißt genau, daß das nicht geht«

Sie hob die schlanken Hände und betrachtete sie. Ihre Lippen zuckten.

»Wahrscheinlich hast du recht. Ich weiß wirklich nicht, was ich tun soll, jetzt . . .«

Girland schaute sie an. Plötzlich begriff er.

»Glaubst du, Kerman wird Dorey berichten, daß er dich für eine Doppelagentin hält?«

»Sicher, er ist nicht dumm. Aber vor Dorey fürchte ich mich nicht.«

»Malik weiß doch nicht, daß du mir alles erzählt hast. Machst du dir seinetwegen Sorgen?«

»Malik hat befohlen, daß ich dich heute abend zu ihm

bringe. Es war ein richtiger Befehl. Ich sollte dir sagen, daß meine Freundin Hilda eine Party gibt und ich mit dir dort aufkreuzen möchte. Malik weiß inzwischen, daß Fantaz ein Kontaktmann von Carey ist. Er will dich nur beseitigen.«

»Entweder heute abend oder morgen früh wird sich Fantaz mit mir in Verbindung setzen«, sagte Girland. »Heute abend geht es nun nicht mehr, weil ich bereits besetzt bin. Morgen würde ich ›Hilda‹ gern mit meinem Besuch beehren. Bis dahin weiß ich bereits mehr über Carey. Sag das Malik.«

»Er will dich aber heute abend sehen. Es war ein Befehl.«

»Sag ihm, daß ich morgen abend komme«, wiederholte Girland. »Er wird Geduld haben müssen. Es ist nicht deine Schuld, wenn ich anderweitig verpflichtet bin. Er wird begreifen, daß du keinen Druck auf mich ausüben kannst, ohne meinen Argwohn zu erregen.«

»Ja, das stimmt.« Sie starrte zur Decke empor. »Ich möchte das alles hinter mir lassen, Mark, bloß weiß ich nicht, wie ich's bewerkstelligen soll.« Sie zuckte resigniert mit den Schultern. »Aber ich will dich nicht mit meinen Problemen behelligen.«

Girland setzte sich neben sie aufs Bett.

»Warum, um Gottes willen, hast du dich mit den Russen eingelassen?« fragte er und nahm ihre Hand.

»Du hast wohl noch nie Langeweile gehabt?« fragte sie. »Es heißt, der Teufel reitet die Gelangweilten. Ich bin zu den Russen übergewechselt, weil Dorey mich gelangweilt hat. Ich wollte Abenteuer und Gefahr . . . nun, jetzt habe ich sie.« Sie lächelte. »Sie sind mir nicht so lieb, wie ich es erwartet hatte.«

»Warum nimmst du nicht das erste Flugzeug morgen früh nach Paris? Hau doch ab! Erkläre Dorey, daß du nicht mehr für ihn arbeiten willst. Wenn sich Malik wieder meldet, gibst du ihm dieselbe Antwort.« Er wußte, daß er Unsinn redete. War man erst Agent, mußte man es bleiben, bis der Auftraggeber das Interesse verlor. Aber Girland wußte nicht, was er ihr sonst hätte sagen können.

»Vielleicht.« Sie schlang ihm die Arme um den Hals. »Hab mich ein bißchen lieb, Mark. Ich verlange ja nichts von dir. Sag nichts mehr, halt mich nur fest ...«

Das versteckte Mikrofon, das ihr Gespräch aufgezeichnet hatte, übermittelte ins Nebenzimmer auch all die Seufzer, die ihre Umarmung begleiteten.

9

Kurz nach vier Uhr setzte die Maschine aus Paris auf der Piste auf. Wenige Minuten später schlängelten sich die Passagiere durch die Polizeikontrolle.

Zwei Männer – der eine groß und dunkel und mit einem scharfgeschnittenen Gesicht, der andere klein und fett – gingen mit der Menge. Beide trugen leichte Reisetaschen. Ihre billigen Tropenanzüge saßen schlecht und waren offenbar in höchster Eile gekauft worden.

Der fette Mann schaute mit großen Augen um sich, als er sich der Polizeikontrolle näherte. Seine besondere Aufmerksamkeit galt den kompakt gebauten afrikanischen Frauen, die hinter der Barriere warteten, um ihre Freunde aus dem Flugzeug willkommen zu heißen. Ihre prächtigen Kleider, der Goldschmuck und das unentwegte Geschnatter schienen den Mann zu faszinieren. Sein Begleiter, dessen kaltes dunkles Gesicht ausdruckslos blieb, schien die Frauen nicht einmal zu bemerken.

Als sie die Polizeikontrolle und den Zoll passiert hatten, verließen die beiden Männer Seite an Seite das Flughafengebäude und traten in die gnadenlose Nachmittagssonne hinaus.

»Hast du die Frauen gesehen?« fragte Borg erregt. »Mein Gott – diese Massen an schwarzem Fleisch. Stell dir vor ...«

»Schnauze«, erwiderte Schwartz. Er setzte seine Tasche ab und schaute sich um. Ein Afrikaner in roter Uniform näherte sich ihnen.

»Zum Hotel *N'Gor*, meine Herren?« fragte er.

Borg nickte.

»Der Bus dort fährt in fünf Minuten ab.«

Die beiden Männer gingen zum Bus hinüber, lösten sich ihre Fahrscheine und stiegen ein. Es saßen bereits Leute im Bus – vorwiegend Afrikaner und französische Geschäftsleute.

Borg nahm neben Schwartz Platz und schaute aus dem Fenster.

Spät am vorangegangenen Abend hatte Radnitz ein Telegramm von Girland erhalten. Der Inhalt war so unbestimmt und so wenig befriedigend gewesen, daß er Borg ins *Hotel George V.* beordert hatte.

»Sie nehmen zusammen mit Schwartz die Morgenmaschine nach Dakar«, hatte er erklärt. »Stellen Sie fest, was Girland macht. Er hat genug Zeit vertrödelt. Telegraphieren Sie mir sofort, wenn Sie mit ihm gesprochen haben.«

Borg wünschte sich jetzt, daß ihm ein besserer Reisebegleiter beigegeben worden wäre. Er hätte sich gern ein bißchen amüsiert, aber wie konnte man mit einem solchen Todesengel im Nacken an Amüsement denken?

Während der Fahrt sah er sich die Möwen an, die über dem Meer dahinglitten, die Ziegenherden am Strand, die flachen Fischerboote und die Frauen. Er pfiff vor sich hin.

Aber es war nicht richtig, Schwartz gegenüber zuviel gute Laune zu zeigen. Mit steinernem Gesicht starrte der vor sich hin und war ganz und gar in seine mysteriösen Gedanken versunken.

Im Hotel trug Borg sich ein. Radnitz' Sekretär hatte telegrafisch bereits zwei Zimmer bestellt. Schwierigkeiten gab es nicht.

Als Borg die Anmeldeformulare ausgefüllt hatte, fragte er: »Wohnt bei Ihnen ein Mr. Gilchrist?«

»Jawohl, Sir.« Der Portier wandte sich um und schaute auf das Schlüsselbord.

»Er müßte im Hause sein.«

»Rufen Sie ihn bitte an.«

Der Portier wählte Girlands Zimmernummer.

Girland, in Janines Armen, hörte das Klingeln des Telefons in seinem Zimmer nicht, und hätte er es gehört, so hätte er sich nicht darum gekümmert.

»Bedaure, Sir«, sagte der Portier »Es meldet sich niemand. Vielleicht ist Mr. Girland am Strand und hat seinen Schlüssel mitgenommen.«

»Okay«, erwiderte Borg. »Ich bleibe in meinem Zimmer. Wenn er kommt, rufen Sie mich bitte an.«

»Gewiß, Sir.«

Ein Mädchen im Bikini, den Strandumhang über die Schultern geworfen, trat heran und verlangte den Zimmerschlüssel. Borg starrte es an, schürzte die Lippen und pfiff lautlos.

Als er dem Hausdiener zum Fahrstuhl folgte – Schwartz ging hinter ihm – entschied Borg, daß er sich hier amüsieren werde.

Leutnant Ambler führte Kerman in ein kleines Zimmer, in dem ein Schreibtisch, zwei Stühle und ein grünes Telefon standen.

»Das ist unser Verhörzimmer«, sagte er. »Schließen Sie sich ein. Brauchen Sie etwas?«

»Im Augenblick nicht, Leutnant – vielleicht später«, erwiderte Kerman und setzte sich.

»Sie brauchen sich nur zu melden.« Ambler verließ das Zimmer.

Kerman rief Dorey an. Notizbuch und Bleistift legte er vor sich auf den Schreibtisch und wartete ungeduldig, daß die Verbindung hergestellt würde.

Drei Minuten später hörte er Doreys Stimme, klar und deutlich.

»Hier ist Kerman. Ich rufe von der Botschaft in Dakar an.«

»Ja. Was ist los?« fragte Dorey.

»Viel.« Kerman zündete sich eine Zigarette an. »Ich berichte der Reihe nach. Unterbrechen Sie mich bitte, wenn Sie Fragen haben.« Er erzählte Dorey sein Zusammentreffen mit Janine auf dem Flughafen und all die folgenden Begebenheiten. Dabei konnte er Doreys schnelle Atemzüge hören und ab zu das Rascheln von Papier, als ob Dorey sich Notizen machte.

»Geben Sie mir eine Beschreibung dieses angeblichen Dänen«, unterbrach ihn Dorey plötzlich.

»Ein ganz schöner Brocken, sechs Fuß vier groß, breit gebaut, silberblondes Haar und grüne Augen. Wenn der ein Däne ist, bin ich General de Gaulle.«

Es entstand eine lange Pause.

»Das ist Malik«, sagte Dorey schließlich. »Einer der führenden russischen Agenten. Ich kenne ihn.«

»Da haben wir's«, meinte Kerman. Er kannte Malik nur vom Hörensagen, wie die meisten amerikanischen Agenten. »Also, was halten Sie davon?«

»Und Janine war wirklich in seiner Gesellschaft?«

Ungeduldig rückte Kerman auf seinem Stuhl hin und her.

»Bei ihm im Wagen. Wir müssen den Tatsachen ins Auge sehen, Mr. Dorey. Janine trägt auf beiden Schultern, und es ist klar, auf welcher Seite sie stehen wird, wenn die rote Sonne aufgeht. Was soll ich tun?«

Dorey hatte ein unbehaglich kaltes Gefühl in der Magengegend. Janine eine Doppelagentin? Er konnte es nicht glauben. Während des ganzen letzten Jahres hatte er ihr uneingeschränkt vertraut, hatte mit ihr streng geheime Sachen besprochen. Er hatte ihr Akten gezeigt, die nur für seine Augen bestimmt waren. Er umklammerte den Hörer so heftig, daß seine Hand zu schmerzen begann.

Es gab natürlich noch die Möglichkeit, daß Kerman sich

irrte. Vielleicht hatte Malik herausbekommen, daß sie eine amerikanische Agentin war, und versuchte es nun auf die freundliche Tour. Vielleicht war es nur das. Sie einzig deshalb zu verdammen, weil sie mit Malik im Auto gesessen hatte? In diesem Augenblick erinnerte er sich an eine andere Bemerkung Kermans: Sie sei in dem geheimnisvollen Bungalow gewesen. Es mußte also mindestens das zweite Mal gewesen sein, daß sie mit Malik zusammentraf. Wieder versuchte er, dem Augenscheinlichen auszuweichen. Janine hatte eben eine Schwäche für kräftige, gut aussehende Männer. Vielleicht war sie auch in eine Falle gegangen, die Malik ihr gestellt hatte. Möglich war auch, daß sie Malik für einen Touristen hielt und sich nur einen netten Tag mit ihm machte.

»Mr. Dorey«, fragte Kerman ungeduldig. »Was soll ich jetzt tun?«

»Sie haben noch keinen überzeugenden Beweis in Händen, daß sie wirklich für Malik arbeitet«, erklärte Dorey verzweifelt. »Ich kenne sie besser als Sie. Sie ist ein bißchen unzuverlässig, was Männer betrifft. Vielleicht hat sie sich in Malik verliebt, ohne zu wissen, wer er ist.«

»Wie kommt es dann, daß sie den Flughafen nicht mehr beobachtet? Das ist doch ihr Job hier. Warum ist sie blaß geworden, als sie mich unmittelbar nach ihrem Treffen mit Malik erkannte?«

»Dafür wird es schon noch eine Erklärung geben«, meinte Dorey. »Ich kann nicht glauben, daß sie für die andere Seite arbeitet, Kerman, ich kann es einfach nicht.«

»Ich habe Ihnen nur die Tatsachen übermittelt. Es ist Ihre Aufgabe und Ihre Verantwortung, die richtige Interpretation zu finden. Sagen Sie mir also, was ich tun soll.«

»Fahren Sie sofort ins Hotel, Kerman, und sprechen Sie mit ihr. Sie soll morgen nach hier zurückfliegen. Sagen Sie, ich hätte einen anderen Job für sie und würde einen Ersatz runterschicken. Aber sagen Sie nichts, was sie stutzig machen kann. Seien Sie nett zu ihr. Sagen Sie, Sie seien zufällig in der Botschaft gewesen, als ich anrief, und ich hätte Sie gebeten, ihr die Nachricht zu überbringen. Haben Sie mich verstanden?«

»Und wenn sie nicht zurückkehren will? Angenommen, Malik läßt sie nicht gehen?«

Dorey fuhr sich mit dem Handrücken über die schweißnasse Stirn.

»Dann soll Ambler sie festnehmen und in Polizeibegleitung zurückfliegen lassen.«

»Gut, wird gemacht«, sagte Kerman und legte auf.

Das Klingeln des Telefons weckte Janine. Sie richtete sich auf, und ihr Herz begann heftig zu schlagen. Mit ängstlichen Augen schaute sie Girland an.

Er stützte sich auf den Arm, blinzelte und deutete auf das Telefon.

»Du meldest dich am besten.« Er warf einen Blick auf seine Uhr. Es war fünf nach halb sechs.

Janine nahm den Hörer.

»Ein Mr. Kerman möchte Sie sprechen, Madame«, meldete der Portier.

Janine zögerte einen Augenblick, dann sagte sie: »Er soll in der Bar auf mich warten. Ich bin in zwanzig Minuten unten.«

Girland war aus dem Bett gesprungen und zog sich an.

»Wer war es?« fragte er, während er sich das Hemd überstreifte.

»Kerman.«

»Ob er mit Dorey gesprochen hat?«

»Ich glaube schon.« Janine stand auf und ging ins Badezimmer. Sie hob die Stimme, um das Geräusch der Dusche zu übertönen. »Seinetwegen mache ich mir keine Sorgen. Vor Malik habe ich Angst.«

Girland zündete sich eine Zigarette an und setzte sich auf die Bettkante. Er wartete, bis sie zurückkam, in BH und Höschen.

»Halte ihn heute abend noch hin«, sagte er. »Und dann tu, was ich dir sage: Verschwinde hier und fliege nach Paris zurück.«

Sie schaute ihn an und zwang sich zu einem Lächeln.

»Und du bleibst, Mark?«

»Ja. Hör mal zu, ich glaube, es ist das beste, wenn ich jetzt gehe. Möglicherweise beobachten sie das Hotel. Wenn du Kerman losgeworden bist, ruf Malik an. Ich fahre gleich in die Stadt, werde aber irgendwann in der Nacht wieder zurück sein. Ich komme dann zu dir, und wir können gemeinsam beraten, was zu tun ist. Okay?«

Sie trat auf ihn zu und legte ihm die Arme um den Hals.

»Ich liebe dich, Mark. Du bist der erste, und du wirst der letzte sein. Du glaubst es vielleicht nicht, aber du bist das Wunderbarste, was mir je widerfahren ist. Es ist mir nun gleichgültig, was aus mir wird.«

Er warf ihr einen besorgten Blick zu, dann küßte er sie. Einen Augenblick lang drückte sie ihn an sich, dann schob sie ihn zurück. Sie lächelte.

»Leb wohl, Mark. Vielleicht denkst du mal an mich.«

»Werde nur nicht dramatisch.« Er runzelte die Stirn. »Es kann gar nichts passieren. Wenn ich Glück habe, bin ich hier morgen raus, und du bist auf dem Wege nach Paris.«

»Ja.«

Sie schauten einander in die Augen, dann ging Girland zur Tür, öffnete sie vorsichtig und wandte sich um. Er lächelte ihr noch einmal zu, um dann schnell über den Flur zu seinem Zimmer zu gehen.

Er legte sich das Halfter an, schlüpfte in sein Jackett, überzeugte sich, daß er Geld und Zigaretten hatte, verließ sein Zimmer und fuhr mit dem Fahrstuhl in die Empfangshalle hinunter. Als er seinen Schlüssel abgeben wollte, sagte der Portier: »Verzeihen Sie, Mr. Gilchrist. Zwei Herren haben nach Ihnen gefragt, ein Mr. Borg und ein Mr. Schwartz. Soll ich sie benachrichtigen?«

Girland gab sich Mühe, seine Überraschung nicht zu zeigen. Radnitz wird also ungeduldig, dachte er. Diese beiden Burschen konnten ungemütlich werden.

»Nicht jetzt«, sagte er. »Ich bin in Eile. Ich werde sie aufsuchen, wenn ich zurück bin. Ich erwarte einen Telefonanruf. Wenn jemand nach mir fragt, sagen Sie bitte, ich sei in der Bar des *Croix du Sud.*« Er schob dem Portier einen Geldschein zu. »Meinen Freunden oben sagen Sie aber bitte nicht, wo ich mich aufhalte. Es handelt sich um eine wichtige geschäftliche Besprechung, bei der ich nicht gestört werden möchte.«

»Vielen Dank, Sir. Sie können sich auf mich verlassen.«

Als Girland gerade die Halle verlassen wollte, sah er Janine aus dem Fahrstuhl treten. Sie trug ein gelbes ärmelloses Kleid und schritt auf die Bar zu. Er zögerte einen Augenblick lang unentschlossen, dann wandte er sich mit einem irritierten Kopfschütteln ab, verließ das Hotel und ging zu seinem Wagen.

Janine fand Kerman auf der Terrasse, wo er im Schatten saß und ein Bier trank. Er grinste, als er aufstand.

»Hallo«, sagte er. »Was möchten Sie trinken?«

»Oh, vielleicht Gin mit Tonic.« Sie setzte sich.

Kerman gab dem Kellner die Bestellung auf, dann fragte er wie beiläufig »War jemand in der Vier-Uhr-Maschine?«

»Niemand.«

»Ich habe eine Nachricht für Sie.«

Der Kellner brachte den Drink und ging wieder fort. Janine, die ein bißchen erregt war, starrte Kerman an. Er schien vollkommen gelassen zu sein.

»Eine Nachricht für mich?«

»Ich war heute nachmittag in der Botschaft, als Dorey anrief.« Kerman hielt inne, um an seinem Bier zu nippen, und bemerkte, daß Janines Hände sich zu Fäusten geballt hatten. »Er möchte, daß Sie zurückkehren. Sie sollen einen neuen Job übernehmen. Schon morgen wird er einen Ersatz für Sie runterschicken. Er will Sie morgen bereits in Paris haben. Okay?«

»Ich weiß nicht, ob ich noch einen Platz buchen kann.«

»Ich habe das schon erledigt.« Kerman legte einen Umschlag auf den Tisch. »Da ist Ihr Flugticket. Sie brauchen nur noch zu packen.«

»Ja . . . natürlich. Ich reise aber nicht gern ab. Der Job hier hat ihn nicht befriedigt, nicht wahr?« Janine nippte an ihrem Drink.

Das hatte besser geklappt, als sie geglaubt hatte. Selbst wenn Kerman Dorey erzählt hatte, daß sie eine Doppelagentin sei – so war sie sicher, daß er noch keinen Beweis dafür in Händen hatte. Sie glaubte, mit Dorey fertigwerden zu können. Es war ihr noch immer gelungen, ihn in ihrem Sinne zu beeinflussen.

»Der Job war reine Zeitvergeudung«, erklärte Kerman. »Ich glaube jetzt fast, daß wir nie herausbekommen, was die Frau verkaufen wollte. Eben einer dieser unlösbaren Fälle.«

»Bleiben Sie hier?« fragte sie, während sie ihn über den Rand ihres Glases hinweg anschaute.

»Ein paar Tage noch. Ich habe nichts mehr zu tun, aber Sie kennen ja Dorey; er erwartet immer Wunder.« Er stand auf. »Nun, ich muß gehen. Wenn Sie Dorey sehen, sagen Sie ihm, daß ich hier meine Zeit vertrödle und daß ich so schnell wie möglich nach Paris zurückkehren möchte.«

»Mach ich.«

»*Bon voyage.*«

Winkend lief Kerman die Stufen hinauf und verschwand.

Sie trank ihr Glas aus und zündete sich eine Zigarette an. Ungefähr fünf Minuten lang saß sie mit leerem Gesicht da, die Augen geschlossen, und dachte nach. Dann stand sie auf und kehrte in ihr Zimmer zurück.

Nach ihrer Uhr war es fünfundzwanzig Minuten nach sechs. Zeit, Malik anzurufen.

Sie starrte das Telefon an und wurde sich bewußt, welche Angst sie hatte. Minuten vergingen, ehe sie sich zwang, den Hörer abzunehmen. Sie nannte Maliks Nummer und wartete.

»Ja?«

Der Klang der tiefen Stimme ließ Janine zusammenzukken.

»Ich war bei Mr. Gilchrist«, sagte sie und bemühte sich, ihre Stimme normal klingen zu lassen. »Ich habe ihn zu der Party heute abend eingeladen, aber er kann nicht kommen. Er hat eine geschäftliche Verabredung, die er nicht mehr rückgängig machen kann. Ich halte es für besser, ihn nicht weiter zu bedrängen. Morgen abend kann er kommen. Ich habe mich für acht Uhr mit ihm verabredet.«

Einen Augenblick herrschte Stille. Janine holte zitternd Luft.

»Ich habe gesagt, heute abend.« Maliks Stimme klang sanft.

»Ich weiß, aber er kann heute abend nicht.«

Wieder Stille. Dann sagte Malik: »Macht nichts. Aber morgen abend muß es klappen. Ich habe Ihnen einen Wagen geschickt, er muß jeden Augenblick vor dem Hotel eintreffen. Ich habe Wichtiges mit Ihnen zu besprechen.« Nach diesen Worten legte er auf.

Sie blieb mit dem Hörer in der Hand sitzen. Ein Kälteschauer durchfuhr sie, ihr Herz raste wie wild, und ihr Mund wurde trocken. Langsam legte sie den Hörer auf und ging zum Fenster.

Der schwarze Cadillac parkte bereits vor dem Hotel. Der afrikanische Chauffeur kaute an einem Bambusstöckchen.

Sie ging zum Schrank und entnahm ihm eine Handtasche. Sie schraubte den Zierknopf an der Schnalle ab und holte aus dem Hohlraum ein winziges Glasröhrchen hervor. Sie hielt es gegen das Licht. Es enthielt eine farblose Flüssigkeit. Janine besaß das Röhrchen schon eine ganze Weile. Dorey hatte es ihr gegeben.

»Nehmen Sie das an sich«, hatte er gesagt. »Es gehört zur Ausrüstung. Man kann nie wissen, ob man es nicht einmal braucht. Wenn Sie jemals in eine ausweglose Lage kommen sollten, zerbeißen Sie das Röhrchen einfach. Sie sind dann innerhalb weniger Sekunden tot.«

Sie nahm das Röhrchen in den Mund und schob es mit der Zunge zwischen Zahnfleisch und Wange. Es störte nicht, und als sie ihr kalkweißes Gesicht im Spiegel betrachtete, konnte sie keine Veränderung entdecken.

Sie nahm die Tasche, verließ ihr Zimmer und schloß es ab. Erhobenen Hauptes schritt sie auf den Fahrstuhl zu.

Borg blies die Wangen auf und ließ die Luft pfeifend entweichen. Er langweilte sich, wie er so am Fenster stand und die Auffahrt zum Hotel beobachtete. Schon eine halbe Stunde stand er dort und verfolgte die Ankunft und Abfahrt der verschiedenen Wagen.

»Da ist gerade ein schwarzer Caddy gekommen«, sagte er zu Schwartz, der abseits saß und eine Zeitung las. »Donnerwetter. Der Kaffer, der den Wagen fährt, hat so einen verdammten Fez auf. Wie ich wohl damit aussehen würde? Ich glaube, ich kauf mir einen.«

Schwartz blätterte um. Er hatte nicht zugehört.

Borg brummte. »Kommst du mit in die Bar?«

»Nein«, sagte Schwartz.

»Ich gehe aber. Ich kann was Feuchtes vertragen. Wenn du mich suchst ...« Er hielt inne, beugte sich vor und starrte aus dem Fenster. »Verdammt! Da ist er ja. Schnell!«

Schwartz sprang hoch und rannte zum Fenster.

Girland verließ das Hotel, ging zu einem Citroën und setzte sich hinters Steuer. Der Wagen fuhr in Richtung Dakar davon.

»Was sagst du nun?« meinte Borg entrüstet. »Warum hat dieser verdammte Schwarze ihm denn nicht ausgerichtet, daß wir hier sind?«

»Woher willst du wissen, daß er's nicht getan hat?« Schwartz' Augen folgten dem Citroën.

Borg schaute ihn argwöhnisch an.

»Glaubst du, daß er uns hintergeht?«

»Woher soll ich das wissen?«

Borg zuckte mit den Schultern.

»Hat ja gar keinen Sinn, daß wir hier herumsitzen. Um Gottes willen, laß uns einen trinken gehen.«

Schwartz faltete die Zeitung zusammen, und die beiden Männer fuhren mit dem Fahrstuhl zur Empfangshalle hinunter.

Der Portier, mit dem Borg gesprochen hatte, war nicht am Pult. Borg fragte einen Hausdiener, wo die Bar sei. Zusammen mit Schwartz ging er die Stufen hinunter. Borg bestellte sich einen doppelten Whisky on the Rocks, Schwartz ein Bier.

Als Borg ausgetrunken hatte, kam ein Hotelangestellter in die Bar und rief: »Mr. Gilchrist bitte zum Telefon.«

Borg stand auf.

»Bleib hier«, sagte er zu Schwartz und ging gemessenen Schritts zum Empfang. Er sah, wie einer der Angestellten einen Telefonhörer in der Hand hielt und sich in der Halle umschaute. Borg trat ans Pult heran und tat so, als interessiere er sich für die Ansichtskarten auf einem Ständer.

Der Portier sagte: »Bedaure, Sir, Mr. Gilchrist ist ausgegangen.« Er wartete einen Augenblick, dann sagte er: »Bleiben Sie am Apparat, Sir, ich werde nachschauen.« Er blätterte in einem Notizblock. »Ja, Sir, er hat eine Nachricht hinterlassen. Mr. Gilchrist ist heute abend in der Bar des Hotels *La Croix du Sud*.

Borg wandte sich an einen Hotelangestellten.

»*La Croix du Sud* – was ist das?«

»Ein Hotel in Dakar, Sir.«

»Ich möchte hin. Besorgen Sie mir ein Taxi.«

»Gern, Sir. Ist in fünf Minuten da.«

»Ich sitze in der Bar«, erklärte Borg und eilte zu

Schwartz zurück. Er gab dem Kellner ein Zeichen, ihm einen weiteren Drink zu bringen, und sagte zu Schwartz: »Für Girland ist gerade ein Anruf gekommen. Er ist auf dem Weg zu einem Hotel in Dakar. Ich habe schon ein Taxi bestellt. Willst du noch ein Bier?«

Schwartz schüttelte den Kopf.

Ungeduldig wartete Borg, bis der Kellner kam. Er zahlte, kippte den Whisky hinunter und eilte mit Schwartz in die Halle.

Die beiden Männer standen im Schein der untergehenden Abendsonne, bis das Taxi kam. Borg stieg als erster ein.

Als Girland die Bar des *La Croix du Sud* betrat, ging ein afrikanischer Page im Raum herum und rief: »Mr. Gilchrist, bitte zum Telefon.«

»Da bin ich«, sagte Girland und trat auf den Boy zu. Er drückte ihm ein Geldstück in die Hand.

»Erste Zelle links, Sir«, sagte der Boy.

Girland machte die Tür hinter sich zu und nahm den Hörer ab.

»Hallo? Hier spricht Gilchrist.«

»Ah, Mr. Gilchrist.« Girland erkannte Fantaz' Stimme. »Ich dachte schon, Sie wären nicht zu erreichen. Ich würde mich gern noch einmal mit Ihnen unterhalten. Haben Sie einen Wagen?«

»Ja.«

»Können Sie nach Dschiurbel kommen?«

»Ja.«

»Ausgezeichnet. Und Sie sind wirklich vorsichtig? Sie wissen doch, was ich meine? Wenn Sie in die Stadt kommen, finden Sie gleich links einen großen offenen Platz mit Bäumen. Dort wartet ein gelber Fiat. Sagen wir, um neun Uhr, Mr. Gilchrist?«

»Ich komme.«

»Gut. Bis dann, Mr. Gilchrist.«

Girland kehrte in die Bar zurück. Er vergewisserte sich,

daß er noch Zeit genug für eine schnelle Mahlzeit und einen Drink hatte.

Er saß an der Bar und trank Whisky, als er eine vertraute Stimme hinter sich sagen hörte: »Hallo, mein Junge. Lang nicht mehr gesehen.«

Als er sich umwandte, sah er Borg, der ihn angrinste. Und hinter Borg stand Schwartz.

Als Jack Kerman das *N'Gor* verließ und zu seinem Wagen gehen wollte, sah er den schwarzen Cadillac vor dem Eingang zum Hotel ausrollen.

Ohne innezuhalten, ging er zu seinem Wagen, schloß die Tür auf und stieg ein. Er schraubte die Scheibe herunter, zündete sich eine Zigarette an und wartete.

Es dauerte nicht lange, bis Janine erschien. Die Sonne war untergegangen, und es fiel Kerman nicht leicht, die Umrisse Janines in der Dämmerung auszumachen. Als sie in den Cadillac stieg, nickte sie dem Fahrer zu, der ihr die Tür aufhielt. Als der Chauffeur sich hinters Steuer setzte, startete auch Kerman. Er folgte dem Cadillac bis zur Abzweigung nach Rufisque.

Um Janine nicht aufmerksam zu machen, fuhr er auf der Hauptstraße weiter. Sobald er sich außerhalb der Sichtweite des Cadillac befand, wendete er.

Als er nun dem Cadillac mit größerem Abstand folgte, fragte er sich, ob Janine Malik wohl sagen würde, daß sie Anweisungen hatte, nach Paris zurückzukehren. Und wenn – wie würde Malik darauf reagieren?

Er kam schließlich auf die Straße zweiter Ordnung, auf die ihn Ambler hingewiesen hatte. Nach den Staubwolken zu urteilen, konnte der Cadillac noch nicht weit sein. Er hielt am Straßenrand und sah sich die Umgebung an. Er wollte kein Risiko eingehen, indem er an dem Bungalow vorbeifuhr. Also setzte er den Wagen in einen Wald zurück, stieg aus und lehnte sich mit dem Rücken an einen Baum. Er wartete.

Janine stieg aus, der Chauffeur hielt ihr den Schlag. Während der Fahrt hatte sie sich gefragt, warum Malik sie wohl sprechen wollte. Hatte er Verdacht geschöpft? Hatte sie sich zu eng mit Girland eingelassen? Wußte er vielleicht, daß sie sich am nächsten Tag absetzen wollte? Nachdem sie alles gegeneinander abgewogen hatte, entschied sie, daß er vielleicht eine neue Aufgabe für sie hatte.

Sie ging durch die Diele.

Malik – er war allein – saß in einem Sessel. Er trug ein weißes Hemd mit offenem Kragen und einen gutsitzenden grauen Tropenanzug. Neben ihm auf dem Tisch lag ein Stapel Telegramme, von denen er gerade eines entzifferte. Er schaute auf, nickte und wies mit der Hand auf einen Stuhl.

»Es dauert nicht lange«, sagte er.

Janine umklammerte ihre Handtasche und wartete. Die Minuten krochen vorüber. Malik ließ sich Zeit. Schließlich – Janine schien es, als sei eine Ewigkeit vergangen – legte er das Telegramm auf den Stapel und wandte sich ihr zu. Sein Gesicht war ausdruckslos, seine grünen Augen waren ohne jede persönliche Anteilnahme.

»Sie haben also mit Girland gesprochen, und er kann heute abend nicht kommen«, sagte er. »Warum nicht?«

»Ich habe es doch schon erklärt. Er hat eine geschäftliche Verabredung.«

»Und wissen Sie auch, um was für eine Verabredung es sich handelt?«

»Fantaz?«

»Natürlich. Er wird auch morgen abend nicht kommen. Er hofft nämlich, daß er bis dahin Carey erreicht hat.«

Janine antwortete nicht.

»Aber er wird Carey nicht erreichen, weil ich ihn durch vier Leute beschatten lasse. Im entscheidenden Augenblick werden sie ihn umlegen.«

Janine spürte, wie sie innerlich zusammenzuckte. Aber sie hatte genügend Beherrschung, um das nicht zu zeigen.

»Würde Ihnen das nicht leid tun?« fragte Malik.

Janine erstarrte.

»Warum sollte es mir leid tun?«

Der böse Unterton in seiner Stimme jagte ihr Angst ein. »Na, ich frage ja nur.« Er stand auf und ging zu einem Schrank. Er entnahm ihm ein Tonbandgerät und stellte es auf den Tisch. Dann schaltete er das Gerät ein. »Was Sie jetzt hören, wird Ihnen Freude machen«, sagte Malik. »Mir hat es auch gefallen.« Er drückte auf den Startknopf, trat zurück und sah Janine an.

Aus dem Lautsprecher klang ihre eigene Stimme: ›Ich weiß, wer Sie sind. Sie sind Mark Girland.‹

Sie schloß die Augen und spürte, wie ihr das Blut aus dem Gesicht wich. Eine Kältewelle durchfuhr sie.

»Schön«, sagte sie. »Schalten Sie ab. Ich will's nicht hören.«

Aus dem Lautsprecher klang jetzt der Satz: ›Also schieß los. Ich möchte mehr dazu hören, bevor ich selber zu sprechen anfange.‹

»Nein, wir wollen uns das mal anhören«, sagte Malik. »Die Seufzer und das Gestöhne zuletzt sind recht komisch.«

Das ist das Ende, dachte Janine. Wie hatte sie nur so leichtfertig sein können, ihr Zimmer nicht nach Mikrofonen abzusuchen! Sie hielt sich die Ohren zu. Sie wollte nicht sterben. Sie hatte Angst vor dem Sterben, und doch wußte sie, daß sie von Malik keine Gnade zu erwarten hatte.

Schließlich bemerkte sie, daß das Tonband abgelaufen war, und schaute auf. Malik stand neben dem Gerät und beobachtete sie.

»Es erstaunt mich«, sagte er, »daß Sie so dumm sind, sich in einen Mann zu verlieben, der zur Liebe unfähig ist.« Er zuckte mit den Schultern. »Na, Sie sind am Ende. In gewisser Weise waren Sie uns ganz nützlich, aber vertraut haben wir Ihnen nie ganz. Sie haben die Mentalität einer Hure; wir haben Ihre vielen Männerbekanntschaften genau verfolgt. Ich hatte gleich den Eindruck, daß Sie früher oder später einem begegnen würden, der Sie zum Narren hält.« Er warf einen Blick auf seine Uhr. »Kommen Sie.«

Janine stand auf.

»Was machen Sie mit mir?« fragte sie heiser.

»Das werden Sie schon sehen. Los jetzt.«

Er drehte sich um und ging zur Tür.

Einen panischen Augenblick lang hatte sie das Verlangen, an ihm vorbeizulaufen – in die Halle und hinaus in die Nacht; aber sie wußte, daß sie nicht einmal bis zur Tür gekommen wäre. Sie war hilflos in der Gewalt dieses Mannes. Und wenn sie schon sterben mußte, so sollte es jedenfalls mit Würde geschehen.

Sie bekreuzigte sich und folgte ihm durch die Halle in ein kleines Schlafzimmer. Er trat zur Seite, um sie vorbeizulassen.

Das Zimmer enthielt nur ein Bett und einen Stuhl, der an der Wand stand. Die Jalousien waren heruntergelassen.

Sie blieb neben dem Bett stehen und versuchte, auf den Beinen zu bleiben. Sie verschränkte die Hände auf dem Rücken, so daß Malik ihr Zittern nicht sehen konnte.

Er schloß die Tür und lehnte sich dagegen.

»Zieh dich bitte aus«, sagte er mit ruhiger, freundlicher Stimme.

Ihr Körper wurde steif; sie hob den Kopf.

»Nein.«

»Ich habe fünf starke Araber, die bei mir im Garten arbeiten«, sagte Malik gelangweilt. »Wenn du nicht tust, was ich dir sage, werde ich diesen Männern das Vergnügen bereiten, dich entsprechend zu bearbeiten. Also zieh dich lieber aus.«

Mit der Zungenspitze berührte sie das Glasröhrchen. Sie zögerte. Sollte sie es jetzt schon tun? Noch in diesem Augenblick schien ihr das Leben kostbar. Mit zitternden Fingern entkleidete sie sich, indem sie ihn von Zeit zu Zeit anschaute und sich doch dabei vor seinen gelangweilt forschenden Augen fürchtete. Er wirkte so unpersönlich wie ein Arzt vor der Untersuchung.

Als sie nackt vor ihm stand, wies er mit der Hand auf das Bett.

»Leg dich bitte dort hin.«

Sie setzte sich auf die Bettkante. Die Arme über der Brust verschränkt, sah sie ihn flehend an.

»Kannst du mich nicht einfach erschießen? Mußt du mir das antun? Ich bin euch doch nützlich gewesen. Ich . . .«

»Leg dich bitte auf den Rücken.«

Als sie in die Kissen zurücksank, kam er so schnell auf sie zu, daß sie nicht eher begriff, was er tat, bis es geschehen war. Er legte ihr Handschellen um die Fußknöchel und befestigte sie an den Bettpfosten. Als sie sich aufbäumte, machte er auch ihre Handgelenke an den oberen Bettpfosten fest.

Er trat zurück und schaute auf Sie hinunter.

»Ich gehe jetzt«, sagte er. »Ich komme ohnedies schon zu spät zu einer Verabredung. Ich habe meinem Dienstpersonal Anweisung gegeben, sich deiner während meiner Abwesenheit zu bedienen. Du hast als Hure gelebt, und du mußt natürlich damit rechnen, als Hure zu sterben.«

Keuchend lag sie da und kämpfte gegen den würgenden Schrei, der sich ihrer Kehle entringen wollte.

»Es sind sieben Männer«, fuhr er fort, »alle nicht besonders sauber. Und sie wissen, daß ich die ganze Nacht fort bleibe. Kein Zweifel, daß sie ihren Brüdern und Vettern sagen werden, was es hier zu genießen gibt. Du wirst viel zu tun haben in dieser Nacht. Ich kann mir keine angemessenere Art vorstellen, dein Liebesleben zu beenden. Was meinst du?«

Sie schloß die Augen.

Es entstand eine lange Pause, und dann hörte sie, wie die Tür geschlossen wurde. Sie machte den Versuch, sich der Fesseln zu entledigen – aber es hatte nur das Ergebnis, daß sie sich noch enger um ihre Gelenke schnürten. Sie hörte

Stimmengewirr und dann das Geräusch des anfahrenden Cadillacs.

Dann herrschte Stille.

Als sich die Tür um wenige Zentimeter öffnete, ein braunes, rattenhaftes Gesicht sichtbar wurde und zwei schwarze Knopfaugen sich auf sie richteten, schluchzte sie einmal heftig auf und zerbiß das Glasröhrchen.

10

Girlands sorgenloses Grinsen, als er Borg die Hand schüttelte, kaschierte nur seine Bestürzung. Wie hatten diese beiden Burschen ihn hier ausfindig machen können? »Wo kommt ihr denn her?« Er übersah Schwartz, der ihn steinern betrachtete. »Seid ihr gerade eingetroffen?«

Borg setzte sich auf einen Barhocker neben Girland und gab dem Keeper ein Zeichen.

»Einen großen Whisky mit Eis«, sagte er. »Der Boss wird kribbelig«, fuhr er fort. »Er möchte gern wissen, was du eigentlich treibst.« Er langte nach seinem Drink, nickte Girland zu und nahm einen tiefen Schluck. »Was machst du denn so hier?«

Girland fragte: »Glaubst du wirklich, daß dies der geeignete Ort ist, darüber zu sprechen?«

Borg schaute sich um, entdeckte einen freien Tisch und nickte in die Richtung.

»Wollen wir uns dorthin setzen?«

Girland stand auf. Die beiden anderen folgten ihm.

»Ich konnte Radnitz im Telegramm nicht alles erklären, und das Telefon schien mir nicht sicher genug.« Girland beugte sich vor und fuhr leise fort: »Die Russen sind auch schon mit von der Partie. Sie haben zwei Agenten in Dakar und beobachten alle meine Schritte – mit Ausnahme derjenigen, die ich ihnen verbergen will.«

Borg traten die Augen hervor.

»Sie wissen schon, wer du bist?«

»Genau das. Und sie wissen auch, daß ich für Radnitz arbeite. Noch etwas: Auch Dorey hat einen Mann hier, der mir ebenfalls auf den Fersen ist.«

»Dann hast du ja genug Abwechslung.«

»So kann man es auch nennen. Die Sache ist ganz schön kompliziert. Ich habe Careys Kontaktmann gefunden, einen Portugiesen. Der denkt, ich arbeite für Dorey. Ich habe mich heute abend mit ihm verabredet. Wahrscheinlich wird er mich zu Carey bringen.«

»Na, das ist doch was!« rief Borg erregt aus. »Das ist genau das, was der Boss hören möchte.«

»Aber ich muß die Sache allein schaukeln, Borg. Wenn Fantaz dich und Schwartz sieht, wird er nicht mehr mitspielen. Er ist auch mir gegenüber noch sehr mißtrauisch. Wenn ich mit Carey gesprochen und herausbekommen habe, was Radnitz wissen will, melde ich mich wieder.«

Borg zögerte.

»Ich weiß nicht . . . Der Boss hat gesagt . . .«

»So geht es nicht«, erklärte Schwartz. »Der Boss hat gesagt, von jetzt an wird im Team gearbeitet. Und so machen wir es auch.«

»Ja, ja, das ist richtig«, sagte Borg. »Genau das hat der Boss gesagt, mein Junge. Wir bleiben im Hintergrund, aber dir immer auf den Fersen.«

»Wie läßt sich das denn miteinander vereinbaren?« fragte Girland ungeduldig. »Wenn Fantaz euch entdeckt, spielt er nicht mehr mit.«

»Dann überrede ich ihn dazu«, meinte Schwartz.

Girland dachte einen Augenblick lang nach, dann zuckte er mit den Schultern. Vielleicht erwiesen sich diese beiden Burschen sogar noch als nützlich, sagte er sich. Wenn Malik seine Bemühungen verstärkte – vielleicht würde er, Girland, dann allein nicht mit ihm fertig.

»Also gut«, sagte er. »Um neun habe ich mit Fantaz eine Verabredung in Dschiurbel. Es ist eine Stunde Fahrt von hier. Wenn ihr mitkommen wollt – bitte. Aber ihr müßt im Hintergrund bleiben. Ist das klar?«

Borg nickte.

»Ich habe schrecklichen Hunger«, fuhr Girland fort. »Für einen kleinen Happen ist noch genügend Zeit. Gleich an der Ecke gibt es ein Restaurant.«

Die drei Männer verließen das Hotel.

Ein dünner Afrikaner in schäbigem europäischen Anzug sah ihnen nach, als sie das Restaurant betraten. Dann ging er mit schnellen Schritten zu einem alten, verschmutzten Buick.

Samba Dieng saß hinter dem Steuer, eine Zigarette zwischen den dicken Lippen. Zwei weitere Afrikaner, auch sie europäisch gekleidet, saßen auf dem Rücksitz. Sie alle schauten den dünnen Mann an, der seinen Kopf in den Wagen steckte und einen Wortschwall über Dieng ergoß.

»Drei?« Dieng schien nicht gleich zu begreifen. Er drehte sich zu den beiden anderen im Wagen um. »Er hat noch zwei Begleiter.«

»Was macht das?« Der Afrikaner, der das sagte, hatte eine lange Messernarbe an der Wange und böse Augen. »Wir werden schon mit ihnen fertig.« Seine schwarze Hand lag auf der Maschinenpistole, die er sich über die Knie gelegt hatte.

»Steig ein«, sagte Dieng zu dem dünnen Mann. Dann ließ er den Motor an. Der Dünne gehorchte. Dieng fuhr langsam an dem Restaurant vorbei, warf einen Blick durch die Scheibe und entdeckte Girland, der sich gegen die Bar gelehnt hatte und ein Sandwich aß. Dieng bemerkte auch die beiden anderen Männer in Girlands Gesellschaft, aber er hatte keine Zeit, sie sich genau anzusehen.

Weiter vorn war eine Parklücke, und er hielt. Der dünne Afrikaner stieg wieder aus und ging zurück. Er stellte sich dem Restaurant gegenüber auf die andere Straßenseite.

Um Viertel vor acht zahlte Girland und nickte den beiden anderen zu.

»Gehen wir. Ich habe meinen Wagen nicht weit von hier.«

Als sie zu dem Citroën gingen, kehrte der dünne Afrikaner zum Buick zurück. Dieng wartete, bis der Citroën um die Ecke verschwunden war, dann folgte er. Es herrschte ziemlich starker Verkehr, und er glaubte nicht fürchten zu müssen, daß die drei Männern im Citroën die Verfolgung bemerkten. Erst auf freier Straße mußte man vorsichtig sein.

Girland fuhr schweigend, bis sie die Autobahn erreicht hatten. Dann sagte er: »Nach hinten Ausschau halten. Ich möchte nicht beobachtet werden.«

Borg drehte sich um.

»Drei Personenwagen und ein Laster sind hinter uns.«

Girland verlangsamte die Geschwindigkeit.

»Wir lassen uns überholen.«

Wenige Minuten später rasten zwei Wagen vorbei.

Borg erklärte: »Der Laster und ein Pkw. Der Pkw hält sich hinter dem Laster.«

»Behalt ihn im Auge«, sagte Girland, der das Tempo wieder beschleunigte.

»Der Pkw überholt jetzt den Laster. Er kommt hinter uns her.«

Die nächsten zehn Minuten fuhr Girland so schnell es ging, dann drosselte er das Tempo wieder.

»Wir kommen jetzt zu der Abzweigung.« Er bremste und steuerte den Wagen auf die Straße, die von Rufisque nach Dschiurbel führte.

Nach einer weiteren Minute sagte Borg: »Sieht wie ein Schatten aus, Freund. Derselbe Wagen ist immer noch hinter uns.«

Girland fuhr langsamer.

»Auch er nimmt Gas weg«, meldete Borg.

»In Rufisque werden wir anhalten. Wollen mal sehen, was er dann macht.« Girland fuhr wieder schneller.

Auf der belebten Hauptstraße in Rufisque hielt Girland. Er stieg aus und ging zu einem Zigarettenladen hinüber. Als er sich eine Packung kaufte, sah er den verschmutzten

Buick schnell vorbeifahren. Für einen kurzen Augenblick konnte er vier Männer darin erkennen.

»War das der Wagen?« fragte er Borg, als er zum Citroen zurückkehrte.

»Ja.«

»Wir haben noch ein bißchen Zeit. Wir wollen fünf Minuten warten. Soweit ich sehen konnte, waren die vier Burschen im Buick Afrikaner. Vielleicht haben sie uns gar nicht verfolgt.«

Er blieb neben dem Wagen stehen und atmete tief die heiße Abendluft ein. Borg und Schwartz waren sitzengeblieben.

Borg sagte: »Hier würde ich glatt verrückt. Seht euch doch mal diese Kaffern an. Was haben die denn nur in ihren Mäulern?«

»Bambusstäbchen«, erklärte Girland. »Damit halten sie sich die Zähne sauber.«

»Aufpassen jetzt«, sagte er, als er den Motor anließ. Er fuhr langsam durch die Stadt, als er aber die Pferdewagen, schwankenden Radfahrer und den Schwarm der Fußgänger hinter sich gelassen hatte, gab er wieder Gas.

»Die nächste Stadt ist Thies, dann kommt Dschiurbel«, sagte er.

Als sie etwas später Thies passiert hatten, sagte Borg scharf: »Unser Schatten ist wieder da.«

»Dann wissen sie auch, daß wir nach Dschiurbel fahren«, erklärte Girland. »Habt ihr Waffen?«

»Was denn sonst?« sagte Schwartz. Es war sein erstes Wort während der ganzen Fahrt.

»Der Wagen kommt näher«, sagte Borg und zog einen automatischen Colt aus dem Halfter. »Wie der Blitz kommt er.«

Girland schaute in den Rückspiegel. Das Fernlicht des Buicks wurde eingeschaltet. Girland wich nach rechts aus und kam mit zwei Reifen auf den sandigen Seitenstreifen.

Der Buick raste vorbei. Borg erkannte die Umrisse von

vier Männern, aber keiner von ihnen schaute zum Citroën hin. Der Wagen hatte eine Geschwindigkeit von mindestens hundertundachtzig Kilometern; seine Schlußlichter waren bald im Dunkel verschwunden.

»Was soll denn das?« fragte Borg und steckte die Waffe ins Halfter zurück. »Falscher Alarm, was?«

»Vielleicht.« Girland schaltete das Fernlicht ein. »Aber paßt weiter scharf auf. Da vorn wird die Straße gleich enger. Vielleicht stellen die uns eine Falle.«

»Dann fahr doch nicht so schnell«, meinte Borg und holte seine Waffe wieder hervor. »Wir brauchen ihnen ja nicht gerade in die Arme zu laufen.«

Zehn Minuten verstrichen. Girland hielt die Geschwindigkeit bei sechzig. Plötzlich tauchte im Scheinwerferlicht des Citroën ein Hindernis auf.

Girland erkannte sofort den Buick, der quer über die Straße gestellt war.

Er trat auf die Bremse, und quietschend kam der Wagen zum Stehen.

»Raus!« schrie er und öffnete die Tür. Er rollte sich aus dem Wagen, landete mit der Schulter auf dem Seitenstreifen, legte sich flach auf den Bauch und riß die Waffe aus dem Halfter.

Auch Borg und Schwartz stürzten aus dem Wagen. Beide suchten an der Straßenseite Deckung.

Sie hatten sich kaum flach hingeworfen, als das Feuer aus einer Maschinenpistole eröffnet wurde. Sie hörten die Windschutzscheibe splittern und die Kugeln in die Sitze schlagen, auf denen sie Sekunden zuvor noch gesessen hatten.

Schwartz' .45er krachte. Ein Schrei zerriß das Dunkel, und eine schattenhafte Gestalt erhob sich hinter der Motorhaube des Buick und stürzte vornüber.

Die Maschinenpistole fiel klirrend auf die Straße. Girland kroch vor. Im Schein des Mondes machte er eine Bewegung aus und schoß sofort. Ein Angstgeheul ertönte, und eine große Gestalt sprang in die Höhe und faßte sich an den Arm. Wieder bellte Schwartz' Waffe. Der Mann sackte zusammen und blieb auf der Straße liegen.

Die beiden anderen hatten offenbar genug. Sie drehten sich um und liefen geduckt fort. Girland hörte ihre schnellen Schritte auf dem Straßenpflaster. Vorsichtig stand er auf und ging mit Schwartz zu dem verlassenen Wagen. Borg blieb auf dem Bauch liegen. Der Schweiß rann ihm vom Gesicht, und er keuchte.

Auf dem Wege zum Buick stieß Girland mit dem Fuß gegen die Maschinenpistole. Er bückte sich und hob sie auf. Schwartz beugte sich über die liegenden Männer. Er grunzte und richtete sich wieder auf. Girland trat zu ihm.

»Unser Wagen ist kaputt«, sagte er. »Nehmen wir ihren. Los geht's!«

Borg, der sich überzeugt hatte, daß nun keine Gefahr mehr drohte, sprang auf und rannte auf sie zu.

»Jesus!« rief er keuchend. »Das hätte leicht schiefgehen können. Was machen wir nun?«

Girland stieg in den Buick.

»Beeilt euch. Vielleicht kommen sie zurück.«

Borg hatte solche Eile, daß er sich den Kopf am Türrahmen stieß. Schwartz saß bereits auf dem Rücksitz, hielt seine Waffe in der Hand und starrte durch das offene Fenster in den dunklen Busch.

Girland manövrierte den Wagen in Fahrtrichtung und fuhr los.

»Immerhin«, sagte er, »können sie uns jetzt nicht mehr verfolgen.« Er warf einen Blick auf seine Uhr. Zehn Minuten hatte er noch Zeit, um pünktlich nach Dschiurbel zu kommen. Er drückte das Gaspedal ganz durch.

Borg rieb sich die Stirn und sagte: »Ob es davon noch mehr gibt? Himmel – eine Maschinenpistole.«

»Du hättest damit rechnen müssen«, sagte Schwartz. »Warum hast du nicht dafür gesorgt daß wir auch eine haben?«

»Ja, ja, natürlich. Aber es hätte komisch ausgesehen, wenn wir mit einer MPi durch den Zoll spaziert wären.«

Girland hörte nicht zu. Er dachte darüber nach, daß die beiden Überlebenden so schnell keine Möglichkeit hatten, Malik vom Mißlingen des Attentats zu unterrichten. Mit etwas Glück konnte er vielleicht ohne weitere Widerstände an Carey herankommen.

Vor sich sah er die Straßenbeleuchtung von Dschiurbel, und er verringerte die Geschwindigkeit.

»Ihr beiden bleibt jetzt im Wagen. Ich mache die Sache allein.«

»Wie du meinst«, meinte Borg. »Hoffentlich rennst du nicht direkt in einen Kugelhagel hinein.«

Schwartz sagte: »Merken Sie sich, Girland – wenn Sie versuchen sollten, uns abzuhängen, sind Sie ein toter Mann.«

»Tun Sie, was Sie wollen, aber bleiben Sie im Hintergrund.« Girland hielt und stieg aus. »Und vergeßt nicht – Radnitz wird euch einen Orden verleihen, wenn ihr mir die Tour vermasselt.«

Mit schnellen Schritten ging er die Straße hinunter zu dem offenen Platz, den Fantaz ihm beschrieben hatte. Im Mondlicht konnte er die Umrisse eines Wagens erkennen.

Er schob die Hand unter das Jackett, seine Finger umklammerten die Waffe. Langsam schritt er auf den Wagen zu. Seine Nerven waren angespannt, seine Augen sehr wachsam.

Der Mann im Wagen sah ihn, öffnete die Tür und stieg aus. Es war nicht Fantaz. Dieser Mann war klein und schlank und wirkte sehr jugendlich. Er kam Girland entgegen. Sie trafen sich im Schatten der Bäume.

Girland konnte nun erkennen, daß der Mann ein Farbiger war. Er hatte krauses schwarzes Haar und schien noch nicht einmal die Zwanzig erreicht zu haben. Er lächelte Girland zu.

»Mein Onkel hat mich hergeschickt«, sagte er und

streckte ihm eine schmale Hand entgegen. »Mein Name ist Gomez.«

Girland reichte ihm die Hand. Er fühlte sich erleichtert.

»Wir hatten Schwierigkeiten auf der Straße – deshalb habe ich mich ein bißchen verspätet.«

»Schwierigkeiten?«

»Ich werde Ihrem Onkel alles erzählen. Wo ist er?«

Gomez schaute sich um.

»Verzeihen Sie, aber ich sehe Ihren Wagen nirgendwo. Sind Sie allein?«

»Glücklicherweise nicht«, erwiderte Girland. »Sonst wäre ich jetzt nicht hier. Ich habe zwei Leute dabei. Sie warten gleich hinter der Ecke.«

Gomez blieb eine Weile schweigend und regungslos stehen. Girland fragte scharf: »Worauf warten Sie?«

»Mein Onkel hat gesagt, Sie würden allein kommen.«

»Na, und bin ich denn nicht allein? Ich habe meine Leute zurückgelassen.«

Er gab sich der Hoffnung hin, daß Schwartz sich in gemessenem Abstand halten würde, wenn er ihm überhaupt gefolgt war.

»In Ordnung. Wollen Sie bitte mitkommen?« Gomez wandte sich um und ging zu dem gelben Fiat.

»Ist es weit?« fragte Girland. Gomez schüttelte den Kopf.

Sie stiegen ein. Gomez startete den Motor, setzte zurück und fuhr die Main Street hinunter. Girland widerstand der Versuchung, sich zu vergewissern, daß der Buick ihnen folgte.

»Es ist heiß hier«, sagte er. »Viel heißer als in Dakar.«

»Wir sind hier eben im Binnenland«, gab Gomez zurück. Er fuhr langsam. In den Straßen wimmelte es von Afrikanern. An den Lampen über den Verkaufsständen hingen die Insekten wie Trauben.

Nach zwei Minuten bog Gomez auf eine ungepflasterte Straße ab und hielt vor einem weißen Haus. Das Grundstück war von einem Drahtzaun gesäumt, an dem sich Kletterpflanzen rankten.

Er folgte Gomez in den kleinen Garten und ein paar Stufen hinauf. Der junge Mann zog einen Schlüssel aus der Tasche und schloß die Vordertür auf.

Sie betraten einen schwach beleuchteten Flur. Gomez öffnete eine Tür an der rechten Seite und bedeutete Girland einzutreten.

Girland ging in ein riesiges Zimmer. Nur eine rote Tischlampe brannte, die gegenüberliegende Seite des Zimmers war dunkel.

Fantaz hockte am Tisch und rauchte eine Zigarre. Girland trat näher und bemerkte, daß noch jemand im Zimmer saß – im Dunkel.

»Da bin ich also«, sagte er zu Fantaz. »Ich hatte auf der Herfahrt ein kleines Hindernis zu überwinden.«

Im Dunkel war eine Bewegung zu hören, und dann trat ein Mädchen ins Licht. Sie war groß und blond und trug Buschhemd und eine rehbraune Hose. In der rechten Hand hielt sie eine automatische .38er, deren Lauf auf Girland gerichtet war.

»Du Idiot!« fuhr sie Fantaz an. »Das ist doch gar nicht der Mann! Das ist nicht Girland!«

Ein Schreck durchfuhr Girland, als er sie erkannte – es war das Mädchen, das den Pullover mit der Aufschrift *New York Herald Tribune* getragen hatte, als er sie das letzte Mal sah. Das Mädchen, das sich Tessa nannte.

Gomez hatte jetzt ebenfalls eine Waffe in der Hand. Er kam näher, so daß er Girland in Schach halten konnte. Girland lächelte Tessa zu.

»Hallo, Baby«, sagte er. »Du hast mich ganz schön enttäuscht, mir einfach so wegzulaufen, wo ich doch so große Dinge von dir erwartet hatte. Wo kommst du denn bloß her?«

Das Mädchen blinzelte ihn verwirrt an.

»Eine gute Tarnung, nicht wahr?« fuhr Girland fort. Er nahm die Wangenpolster heraus. »Und wenn jetzt noch der Schnurrbart verschwunden ist, steht dein alter Freund leibhaftig vor dir.«

Langsam senkte sie die Waffe.

»Ja, jetzt erkenne ich ihn.« Sie schien ihm aber immer noch zu mißtrauen. »Warum hast du dich denn so verkleidet?«

Girland ging zu einem Sessel und ließ sich hineinsinken.

»Dorey meinte, das sei besser so«, bemerkte er leichthin. »Mein prägnantes Gesicht ist den Russen bekannt.« Er zündete sich eine Zigarette an, beugte sich vor und sagte: »Entschuldige – aber was hast du mit dieser Sache zu tun?«

Das Mädchen trat näher und setzte sich auf einen Stuhl neben dem Tisch. Sie schaute Fantaz an, der mit den fetten Schultern zuckte.

»Ich bin Tessa Carey«, erklärte sie, »Robert Henry Careys Tochter.«

Überrascht pfiff Girland durch die Zähne.

»Warum hast du mir das nicht gesagt, als wir uns in Paris kennenlernten?«

»Ich hatte meine Gründe. Damals war ich noch nicht so weit.«

»Warum hast du meine Wohnung durchsucht?«

»Ich wollte mich vergewissern, wer du warst. Als ich dann sicher war, daß du der Mann warst, mit dem ich im Auftrag meines Vaters in Verbindung treten sollte, mußte ich leider fort. Ich hatte ein Telegramm von Enrico erhalten, der mich sofort hierher zurückbeorderte.«

Girland schaute sie verwundert an.

»Dein Vater hat dich gebeten, mit mir in Verbindung zu treten?«

»Ja. Mein Vater war sich nicht sicher, ob er mit Dorey klar kommen würde. Deshalb wollte er einen Rückhalt an dir haben.«

Girland dachte an Malik.

»Wissen die Russen, daß du hier bist?«
»Ich glaube, nein.«
»Warum bist du überhaupt hergekommen?«
»Ich sorge für Vater.«
»Einer der Russen, die hier arbeiten, nennt sich Malik«, sagte Girland. »Ihm muß man aus dem Wege gehen. Wenn er herausfindet, daß du hier bist, geht es dir und deinem Vater schlecht.«
»Irgend jemand muß sich schließlich um Vater kümmern«, sagte Tessa.
»Was hat er denn?«
»Er ist krank – sehr krank.« Sie schaute weg, ihre Lippen bebten. Girland wandte sich an Fantaz.
»Was fehlt ihm?«
»Das wissen wir nicht, aber es geht ihm schlecht«, erwiderte Fantaz. »Er siecht so vor sich hin. Wir können ihm keinen Arzt schicken – er will davon nichts wissen.«
»Und er ist in einer schrecklichen kleinen Hütte eingesperrt und kann nicht raus«, fügte Tessa hinzu. »Eine Anzahl Araber, die von den Russen bezahlt werden, sind auf der Suche nach ihm. Über einen Monat sind sie jetzt schon hinter ihm her. Sie kommen seinem Versteck näher und näher.«
Girland rieb sich den Nacken.
»Ich schlage vor, daß du mich zu ihm führst. Wir haben uns gekannt – nicht besonders gut, aber wir mochten uns doch ganz gern.«
»Aber du kannst in dieser Aufmachung nicht zu ihm«, warf Tessa ein. »Wenn ich dich schon nicht erkannt habe – wie soll er dich dann erkennen?«
»Du meinst meine blonden Haare? Beschaff mir das entsprechende Präparat, und ich sehe innerhalb von fünf Minuten wieder ganz normal aus.«
»Das geht nicht vor morgen früh.«
»Bis morgen kann ich nicht warten. Besorg mir einen Hut und einen angebrannten Korken – das wird schon reichen.«

Gomez verließ das Zimmer und kehrt nach wenigen Minuten mit einem Strohhut, einem Korken, einer Kerze und Streichhölzern zurück.

»Ich will mir zunächst mal den Bart abnehmen«, sagte Girland. »Wo ist das Badezimmer?«

Als Girland zehn Minuten später ins Zimmer zurückkehrte, war er wieder unverkennbar er selbst. Er hatte sich den Strohhut aufgesetzt.

»Alles in Ordnung?« fragte er Tessa, die alle Lampen eingeschaltet hatte und ihn aufmerksam ansah.

»Ja – so wird er dich wiedererkennen.«

»Wir hatten Ärger, als wir hier rausfuhren«, sagte Girland.

Tessa erstarrte.

»Wir? Bist du denn nicht allein?«

»Dorey hat gestern zwei Leute runtergeschickt. Er will die Sache schnell zu Ende führen. Du brauchst dir deshalb aber keine Sorgen zu machen. Die Leute werden im Hintergrund bleiben. Ohne sie wäre ich jetzt nicht hier.« Girland erklärte kurz die Einzelheiten des Zwischenfalls.

Er sah, daß Fantaz alle Farbe verloren hatte.

»Das gefällt mir gar nicht«, sagte der Portugiese. »Ich hätte dich nicht hierher bringen sollen, Tessa. Nun sind wir alle nicht mehr sicher. Ich kenne diese Russen.«

»Vergeuden wir die kostbare Zeit nicht. Wie lange brauchen wir, um zu deinem Vater zu kommen, Tessa?« fragte Girland.

»Gut drei Stunden.«

»Dann wollen wir nicht mehr länger warten.« Er stand auf. »Gehen wir.« Er wandte sich an Fantaz. »Kommen Sie mit?«

Der fette Mann schüttelte den Kopf.

»Ich bleibe hier.« Er schaute Gomez an. »Du auch.«

Gomez zögerte.

»Vielleicht sollte ich mitfahren. Wenn sie in Schwierigkeiten kommen – zu dritt ist man schließlich sicherer als zu zweit.«

»Und was wird mit mir?« Fantaz' Stimme klang schrill. »Ich bleibe hier nicht allein. Du hast die verdammte Pflicht und Schuldigkeit, mir beizustehen. Es ist schon viel zu gefährlich geworden.«

»Bleiben Sie hier«, sagte Girland. Dann wandte er sich an Tessa: »Hast du einen Wagen?«

»Er steht hinter dem Haus. Mit einem afrikanischen Fahrer.«

»Müssen wir ihn mitnehmen?«

»Ohne ihn haben wir uns in fünf Minuten verirrt. Er war der Hausboy meines Vaters. Er hält ihn übrigens versteckt.«

»Also gut. Gehen wir.«

»Und was ist mit deinen beiden Leuten?«

»Sie beobachten die Hauptstraße. Wir lassen sie am besten dort, wo sie sind. Dein Vater wird sie nicht gerne bei sich sehen. Gehen wir.«

Sie führte ihn durch die Küche auf den heißen, dunklen Hof hinaus, dann durch ein Tor zu einem Deux Chevaux.

Ein gebeugter, grauhaariger Afrikaner stieg aus dem Wagen und verbeugte sich vor dem Mädchen.

»Das ist Momar«, sagte Tessa. »Und das ist Mr. Girland, Momar. Er will Vater helfen.«

Argwöhnische schwarze Augen waren auf Girland gerichtet. Der alte Afrikaner grunzte und setzte sich auf den Rücksitz des kleinen Wagens.

Tessa wollte gerade einsteigen, als eine heisere Stimme aus dem Dunkel fragte: »He, mein Freund, wo soll's denn hingehen?«

Tessa wirbelte herum. Borg trat heran und musterte sie.

»Wer ist denn das?« fragte Borg. »Und was soll das alles?«

»Wo ist Schwartz?« fragte Girland. Er faßte Borg am Arm und führte ihn vom Wagen weg.

»Er beobachtet die Vorderseite des Hauses«, erklärte Borg. »Nun hör mal zu – hältst du mich zum Narren? Was geht hier vor?«

»Schrei doch nicht so!« Girland schob Borg tiefer ins Dunkel zurück. »Ich hab dich gewarnt – wenn du mir die Tour vermasselst, melde ich's Radnitz.«

»Du willst uns davonlaufen.« Borg blieb stehen. »Ich mag dich ja ganz gern, mein Junge, aber das heißt natürlich nicht, daß ich dir auch vertraue. Wir machen die Sache zusammen, verstanden? Was ist das für ein Mädchen?«

Girland trat einen Schritt zurück, holte aus und schmetterte Borg die Faust an den Kiefer.

Borg sackte vornüber. Ein zweites Mal schlug Girland zu, dann ließ er den Mann zu Boden sinken. Er rannte zum Wagen zurück.

»Fahren wir, fahren wir«, sagte er.

Tessa ließ den Motor an.

»Was war da eben los? Wer ist der Mann? Hast du ihn zusammengeschlagen?«

»Frag nicht so viel. Fahr zu!«

Der Wagen fuhr an, holperte über den unebenen Untergrund, gewann an Geschwindigkeit. Eine Straße gab es nicht, nur losen Sand und Gebüsch. Tessa wollte die Scheinwerfer einschalten, aber Girland hinderte sie daran.

»Kein Licht!« Er schaute zurück. Nichts als Dunkel.

»Ich kann doch gar nicht sehen, wohin ich fahre«, sagte Tessa. »Wir landen noch an einem Baum.«

»Fahr zu«, erwiderte Girland. »Es wird schon klappen.«

Tessa verringerte die Geschwindigkeit, beugte sich vor und starrte angespannt durch die Windschutzscheibe. Nach zehn Minuten nervenaufreibender Fahrt erreichten sie die Hauptstraße, die in den Busch führte.

»Also«, sagte Girland, »nicht ein einziger Baum hat gelitten. Jetzt kannst du die Scheinwerfer einschalten.«

Aber Tessa hielt und schaute Girland ins Gesicht.

»Wer war der Mann? Ich muß ihn schon mal gesehen haben.«

»Er gehört zu Doreys Mannschaft und ist uns so nützlich wie ein Loch im Kopf. Denk nicht mehr an ihn. Fahr los, wir verplempern nur unnötig Zeit.«

»Aber ich habe ihn schon mal gesehen . . . in Paris.«

»Warum auch nicht. Er wohnt in Paris. Fahr zu!«

Ein Ausdruck von Verwunderung lag noch auf Tessas Gesicht, als sie anfuhr und den Wagen durch den Busch steuerte.

Als Schwartz das Aufheulen des Motors hörte, rannte er zur Rückseite des Hauses. Er sah das Fahrzeug noch, das ohne Licht in den dunklen Busch hineinfuhr. Er legte die Waffe an, zögerte dann aber. Vielleicht war es nur irgend so ein verrückter Afrikaner, der nach Hause fuhr? Wo steckte Borg?

Ein würgendes Grunzen ließ ihn herumfahren, und er erkannte die Umrisse eines Körpers auf dem Boden. Er ging hin und beugte sich nieder. Borg erholte sich langsam von den zwei Schlägen, die Girland ihm versetzt hatte.

Fluchend trat Schwartz Borg in die Seite. »Aufgestanden, du Blödmann! Was ist passiert?«

»Der Kerl hat mir fast die Kinnlade zerschmettert«, stöhnte Borg. Er setzte sich auf und rieb sich das Gesicht. »Ich hatte gar keine Möglichkeit . . .«

Schwartz trat ihn ein zweites Mal, und Borg beeilte sich, auf die Beine zu kommen.

»Nun hör doch auf«, sagte er weinerlich. »Girland hat mir die Kinnlade kaputtgehauen.«

Schwartz wirbelte herum und starrte ins Dunkel. Er konnte den Wagen immer noch hören, aber nicht mehr sehen.

»Wohin fahren sie?« Er ergriff Borg an den Armen und schüttelte ihn.

»Weiß nicht. Er hatte ein Mädchen bei sich. Ich hab ihn dabei erwischt, wie er in den Wagen steigen wollte. Aber dann hat Girland mich fertiggemacht.«

»Ein Mädchen?«

»Hab nicht viel von ihr sehen können. Aber ein Mädchen war es auf jeden Fall.«

»Du Dammkopf!« Schwartz war außer sich vor Wut. »Er ist hinter Carey her, und wir haben ihn aus den Augen verloren! Es besteht nicht die geringste Hoffnung, daß wir sie im Busch wiederfinden.«

»Es war nicht meine Schuld.«

»Du hättest ihn erschießen sollen.«

Borg lehnte sich gegen einen Baum. Er war noch immer benommen, und sein Kinn schmerzte.

Schwartz drehte sich um und schaute zu dem weißen Haus hinüber. Er sah durch eine Ritze in der Jalousie Licht schimmern.

»Da ist noch jemand«, sagte er leise. »Wir wollen uns den mal ansehen.«

Ohne auf Borgs Antwort zu warten, ging er in den Garten und um das Haus herum zum Vordereingang.

Borg folgte ihm, die Waffe in der schwitzenden Hand.

Schwartz stieß behutsam die Tür auf. Dann hielt er inne und lauschte. Er konnte Stimmen hören. Über die Schulter hinweg blickte er zu Borg zurück und nickte. Er schob sich in den schwach erleuchteten Flur.

Er ließ Borg an sich vorbei und schloß die Tür wieder.

Eine Männerstimme sagte: »Mir ist es nicht recht, Onkel, daß sie allein unterwegs sind. Ich hätte mitfahren sollen.«

»Ich habe genug für Carey getan«, gab eine heisere Stimme zurück. »Es war dumm von mir, ihm überhaupt zu helfen. Wenn ich vorher gewußt hätte, was das bedeutete, hätte ich es gewiß nicht getan. Jetzt ist das Mädchen da und kann sich um ihn kümmern – und wir lassen die Finger davon.«

Schwartz stieß Borg an, und die beiden schlichen zu der halboffenen Tür.

Fantaz saß im Sessel. Er war gerade damit beschäftigt,

seine Zigarre auszudrücken. Gomez hockte auf der Tischkante.

Als er Schwartz und Borg mit ihren Waffen sah, ließ Fantaz den Zigarrenstummel auf den Boden fallen. Sein fettes Gesicht sackte gleichsam in sich zusammen und nahm eine gelblich-grüne Färbung an.

»Keine Bewegung!« bellte Schwartz. »Nimm die Waffe an dich, Borg!« Der kleine fette Mann ging zum Tisch und steckte die Waffe in die Hüfttasche.

»Fein«, sagte Schwartz und starrte Fantaz an. »Jetzt wollen wir uns mal unterhalten. Wer ist das Mädchen, das soeben mit Girland abgehauen ist?«

Weder Fantaz noch Gomez gaben Antwort. Sie machten keine Bewegung und starrten Schwartz nur an.

»Soll ich dich erst ein bißchen auflockern, du Fettsack?« fragte Schwartz. Er ging auf Fantaz zu, wobei er die Waffe so durch die Finger gleiten ließ, daß er sie am Lauf zu fassen bekam. Fantaz sah in kommen und wurde blaß.

»Warten Sie!« sagte er keuchend. »Ich rede ja. Sie ist Careys Tochter.«

Schwartz stand über ihm.

»Careys Tochter? Sind sie zu ihm gefahren?«

»Ja.«

»Wo ist er?«

»Im Busch.«

»Das weiß ich auch, du fettes Schwein.« Schwartz hob die Waffe. »Aber wo?«

»Ich weiß es«, sagte Gomez. »Lassen Sie meinen Onkel in Ruhe, ich werde Sie zu Carey bringen. Allein finden Sie die Stelle nie. Man muß drei Stunden durch den Busch fahren.«

Schwartz und Borg tauschten Blicke aus. Schwartz nickte.

»Okay.« Dann wandte er sich an Fantaz. »Du bleibst hier. Und wenn du deinen jungen Freund lebend wiedersehen willst, dann laß dir gefälligst nichts einfallen. Verstanden?«

Fantaz nickte. Er schaute zu Gomez hinüber, dessen dunkles Gesicht ohne Ausdruck war.

Borg gab Gomez einen Stoß.

»Los! Haben Sie einen Wagen?«

»Ja, aber ich müßte tanken.« Gomez wirkte kalt und ungerührt. »Vor morgen früh geht das hier nicht.«

»Wir nehmen den Buick«, sagte Schwartz zu Borg. »Hol ihn her!«

Borg verließ das Zimmer.

Schwartz trat zurück und lehnte sich gegen die Wand. Sie warteten schweigend, bis sie den Buick hörten. Schwartz gab Gomez mit dem Kopf ein Zeichen. Der lächelte seinem Onkel flüchtig zu, bevor er aus dem Zimmer trat.

»Du weißt Bescheid«, sagte Schwartz mit steinernem Gesicht zu Fantaz. »Wenn du Zicken machst, siehst du ihn nie wieder.«

Er gesellte sich zu Borg und Gomez. Als er auf dem Rücksitz Platz nahm, gab er Gomez ein Zeichen, sich nach vorne zu setzen. Borg glitt hinter das Steuer.

»Wohin?«, fragte er, als er startete.

»Drei Kilometer auf der Hauptstraße, dann müssen Sie links abbiegen«, erwiderte Gomez und drückte sich in seinen Sitz.

Borg musterte ihn argwöhnisch.

»So sind die anderen aber nicht gefahren.«

»Wir müssen die Straße benutzen. Die anderen haben einen leichten Wagen und bleiben nicht so schnell stekken.«

Das überzeugte Borg. Er wendete und fuhr auf die Hauptstraße.

Schwartz berührte mit dem Lauf seiner Waffe Gomez' Hals.

»Nur, damit du nicht auf komische Gedanken kommst, Freundchen.«

Borg fuhr durch die Menge, die sich am Straßenrand entlangschob. Verschiedentlich wollten lächelnde Afrikaner mitgenommen werden, aber Borg hielt das Tempo, bis sie Dschiurbel hinter sich gelassen hatten.

»Gleich vorn links abbiegen«, sagte Gomez. »Und fahren Sie schnell. Unter sechzig bleiben wir stecken.«

Im Licht der Scheinwerfer sah Borg einen Pfad, der ihm mehr wie eine Fährte aus losem weißem Sand vorkam. Zu beiden Seiten wucherte der Busch.

Borg bemerkte bald, daß die Hinterräder von Zeit zu Zeit nicht richtig faßten. Die Nachtluft war zum Ersticken heiß und seine Hände, die das Steuerrad umklammerten, wurden feucht. Mehr und mehr bekam Borg das Gefühl, daß sich der Wagen kaum vorwärts bewegte, obwohl er mit hoher Geschwindigkeit fuhr. Die Szenerie schien sich nicht zu verändern, das struppige Gebüsch, die Bäume und die flache Landschaft schienen die gleichen zu bleiben. Es machte ihm Kopfzerbrechen.

Nach einer Stunde sagte Gomez: »Wir müssen die Straße jetzt verlassen. Fahren Sie vorsichtig, beschleunigen Sie nicht zu schnell. Sie müssen die Geschwindigkeit halten – sonst bleiben wir stecken.« Er schaute durch die Windschutzscheibe. »Biegen Sie jetzt ab, aber verringern Sie die Geschwindigkeit nicht.«

Murrend riß Borg das Steuer herum und steuerte in den Busch. Der Buick schlidderte, wurde langsamer, dann holperte er über Grasbüschel. Die drei Männer wurden so heftig durchgeschüttelt, daß sie sich festhalten mußten.

Plötzlich tauchte im Licht der Scheinwerfer ein gewaltiger Baum mit ausladenden Zweigen auf. Erschreckt riß Borg das Steuer herum und trat instinktiv auf die Bremse. Der Wagen hielt, der Motor erstarb.

Borg fluchte.

»Weiter!« brüllte Schwartz ihm zu.

Borg ließ den Motor wieder an und schob den Gang ein. Er löste die Kupplung und gab ein wenig Gas. Die Hinterräder drehten sich im Sand, aber der Wagen bewegte sich nicht.

Schwartz öffnete die Tür.

»Bleibt sitzen. Ich schiebe.« Er trat hinter den Wagen und legte die Hände flach auf den Kofferraum. »Jetzt.«

Wieder löste Borg die Kupplung, und obgleich Schwartz mit aller Kraft drückte, kam der Buick nicht von der Stelle. Die Reifen wühlten sich nur tiefer in den Sand und schütteten ihn Schwartz auf die Schuhe, so daß seine Füße bald bis zu den Knöcheln versunken waren.

»Helfen Sie ihm«, sagte Borg zu Gomez. Der junge Mann stieg aus.

Aber auch mit Gomez' Hilfe kam der Buick nicht vorwärts. Die Räder waren jetzt bis zu den Radkappen eingesunken. Schwartz trat einen Schritt zurück und wischte sich mit dem Ärmel den Schweiß von der Stirn.

»Wir müssen Holz und Blätter zusammentragen«, sagte Gomez, »dann die Räder freischaufeln und das Zeug darunterlegen. Nur so wird er wieder flott.«

Borg gesellte sich zu ihnen. Als er die versunkenen Räder sah, wurde ihm angst. Es sah so aus, als würden sie nie mehr aus diesem Sandgrab herauskommen.

»Los«, schnauzte Schwarz ihn an, »tu, was er sagt.« Und er begann, Zweige von den Bäumen zu reißen und sie neben dem Wagen zu stapeln. Borg entfernte sich und sammelte trockenes Holz. Gomez ging zu dem großen Baum.

Ungefähr zehn Minuten lang arbeiteten sie, dann richtete sich Schwartz auf und schaute sich um. Ein Schreck durchfuhr ihn, als er seine Begleiter nicht sah. Er war so sehr beschäftigt gewesen, daß er sie vergessen hatte.

»He, Borg!« rief er.

Borg trat aus dem Dunkel hervor. Er trug einen Haufen Zweige unter dem Arm.

»Wo ist der Dreckskerl?« fragte Schwartz. Er schaute zu dem riesigen Baum hin, der ungefähr zwanzig Meter vor ihm stand. »Dort war er doch eben noch.«

Borg ließ seine Zweige fallen und rannte zu dem Baum, aber von Gomez konnte er keine Spur mehr entdecken.

»He! Gomez!« brüllte er.

Mit der Waffe in der Hand trat Schwartz hinter ihn.

»Er kann noch nicht weit sein. Los!« Er begann zu rennen. Aber seine Füße versanken in dem losen Sand, und er kam nur mit Mühe vorwärts. »Ich prügle dieses Aas windelweich, wenn ich ihn erwische.«

Borg versuchte, sich an seiner Seite zu halten. Er stolperte über Büschel und rutschte auf trockenem Gras aus. Die Hitze lag wie eine warme feuchte Decke auf ihnen. Bald färbte Schweiß Borgs Hemd dunkel.

Erschöpft blieben sie schließlich stehen und lauschten; aber sie hörten nichts außer dem heftigen Schlagen ihrer Herzen.

»Er ist verduftet«, sagte Schwartz mit geballten Fäusten. »Wir gehen jetzt zum Haus zurück, damit ich dieses dicke fette Schwein in Stücke reißen kann. Los – zurück zum Wagen.«

Borg hielt sich hinter ihm. Er war kaum noch in der Lage, einen Fuß vor den anderen zu setzen.

Die Dunkelheit machte ihm Sorgen. Er konnte nur ungefähr einen Meter weit sehen. Fortwährend lief er in stechendes Gebüsch, das vor ihm aus dem Boden zu wachsen schien, bevor er ihm ausweichen konnte.

Sie kamen an den Baum, aber nach ein paar Schritten blieb Schwartz stehen und starrte ins Dunkel.

»Wo ist der Wagen?« fragte er.

»Er muß doch hier sein«, erwiderte Borg.

»Er ist es aber nicht!« Schwartz sah sich zuerst den Baum an und dann die Stelle, wo der Wagen hätte sein sollen. »Du glaubst doch nicht, daß er zurückgekommen ist und ihn mitgenommen hat?«

»Wie hätte er das machen sollen?« Borgs Stimme bebte. »Er war bis zu den Radkappen im Sand.«

»Auf jeden Fall ist er nicht mehr da.« Schwartz steckte

seine Waffe weg und sah sich nochmals den Baum an. »Glaubst du, daß es der richtige ist?«

»Wie soll ich das wissen? Sieht fast so aus, aber es gibt in dieser verdammten Gegend ja noch mehr davon.«

»Und einer sieht wie der andere aus«, meinte Schwartz. »Ist dir das auch aufgefallen?«

»Ja ... Meinst du, daß wir uns zurechtfinden?« Borg fuhr sich mit der Zunge über die trockenen Lippen.

»Es ist dunkel.« Schwartz wehrte sich gegen die Panik, die in ihm hochstieg. Er ging zum Baum, setzte sich und lehnte sich mit dem Rücken gegen den Stamm. »Wir wollen warten, bis es hell wird. Ich wette, daß wir den Wagen dann sehen. Dann fahren wir zurück, und ich werde diesen fetten Burschen lehren, uns zum Narren zu halten.«

Auch Borg ließ sich neben dem Baum nieder.

»Selbst wenn es uns gelingt, den Wagen freizubekommen – glaubst du, daß wir den Weg zurück finden?«

»Natürlich, du Simpel. Wir haben doch die Spuren im Sand.«

»Daran hab ich nicht gedacht. Verdammt, ich könnte jetzt ein Bier vertragen.«

»Still«, knurrte Schwartz.

Gegen drei Uhr morgens kam ein heftiger heißer Wind auf. Er blies rund zwei Stunden und verwischte völlig die Radspuren des Buick.

11

Die Scheinwerfer des Cadillac erfaßten einen Wagen am Straßenrand und zwei Afrikaner in europäischer Kleidung, die – offenbar entmutigt – neben ihm standen.

Irgend etwas an ihnen kam Malik bekannt vor, und er ließ den Chauffeur halten. Malik stieg aus.

Einer der Afrikaner kam schnell auf ihn zu. Es war Samba Dieng.

»Was machst du hier?« fragte Malik.

Dieng berichtete Malik ängstlich von dem mißglückten Attentat.

Nur mit Mühe gelang es Malik, sich zu beherrschen.

»Wie lange sind sie schon weg?«

»Vielleicht eine Stunde.«

»Wie sahen die beiden anderen Männer aus?«

Dieng beschrieb Borg und Schwartz.

»Wenn die nicht dabeigewesen wären, hätte die Sache geklappt, Sir«, sagte er. Er spürte förmlich Maliks unterdrückte Wut. »Es ist nicht unsere Schuld.«

»Steig ein!« befahl Malik.

Der Afrikaner mit der Narbe im Gesicht – er hieß Daouda – trat auf sie zu. Beide setzten sich neben den Fahrer, der sie naserümpfend ansah. Malik nahm hinten Platz.

»Nach Dschiurbel, aber schnell!« befahl er.

Malik überlegte, was nun zu tun sei. Fantaz war verschwunden. Iwan hatte gemeldet, daß Fantaz nicht in seine Villa zurückgekehrt war. Er hatte Iwan gesagt, so schnell wie möglich zurückzukommen und in Dschiurbel auf ihn zu warten. Girland mußte auf dem Weg zu Carey sein. Diese schwarzen Vollidioten hatten sich Girland durch die Finger gehen lassen. Es stand schlecht, aber nicht hoffnungslos. Girland wollte in den Busch, und Malik hatte dort dreißig Mann, die jeden Stein und jeden Strauch kannten. Selbst wenn es Girland gelang, Carey zu finden – es war unwahrscheinlich, daß er den Mann unbemerkt aus dem Busch brachte.

Zehn Minuten, nachdem Schwartz, Borg und Gomez in den Busch abgebogen waren, traf Malik in Dschiurbel ein. Der Cadillac hielt vor einer Villa, die Malik als Ausweichquartier gemietet hatte.

Malik stieg die Stufen zur Vordertür hinauf. Die beiden Afrikaner folgten ihm. Dreimal klopfte er an die Tür. Ein kleines Fenster wurde geöffnet, und zwei Augen starrten Malik an. Dann wurde die Tür aufgeschlossen.

»Ist Smernoff da?« fragte Malik den breitschultrigen Afrikaner, der ihm die Tür geöffnet hatte.

»Jawohl, Sir.«

Malik befahl Dieng und Daouda zurückzubleiben und betrat ein Zimmer, in dem ein Mann an einem Tisch saß. Er trug Kopfhörer, seine Finger machten sich an den Knöpfen eines Funksprechgeräts zu schaffen. Sein Gesicht mit den slawischen Zügen war gespannt. Es war Boris Smernoff, ein Mann von fünfundvierzig Jahren, dunkel und untersetzt, der erbarmungsloseste Menschenjäger des russischen Geheimdienstes.

Er schaute zu Malik auf, schüttelte den Kopf und beschäftigte sich weiter mit seinem Funkgerät.

Malik setzte sich. Er holte sich eine Flasche Wodka heran, die auf dem Tisch stand, und goß sich einen Drink ein. Er sah Smernoff zu, der sich nun über eine große Generalstabskarte vor ihm auf dem Tisch beugte.

»Warten Sie weitere Anweisungen ab«, sagte er in den Hörer. Dann schaltete er das Gerät ab und sah Malik an. »Das Netz zieht sich zusammen. Ungefähr zehn Meilen von Posten 4 sind Scheinwerfer gesichtet worden. Der Wagen fährt in östlicher Richtung. Vielleicht bringt er Carey Proviant.«

»Nein. Er bringt Girland zu Carey.« Malik stand auf, trat zu Smernoff und sah über seine Schulter auf die Karte nieder. »Wo ist der Wagen gesichtet worden?«

»Ungefähr hier.« Smernoff wies mit dem Finger hin. Er nahm einen Bleistift und trug kleine Kreuze ein. »Hier und hier und hier sind unsere Leute. Der Wagen fährt in diese Richtung.« Er zeichnete mit dem Bleistift eine Linie. »Sie sehen, unsere Leute bilden einen Halbkreis. »Irgendwo hier also« – der Bleistift stieß auf die Karte – »muß sich Carey verborgen halten.«

Malik nickte.

»Haben Sie genügend Leute, um den Kreis zu schließen?«

»Kaum. Der Kreis müßte kleiner gemacht werden. Wenn Carey noch heute nacht aufbricht, kann er durchschlüpfen.«

»Können wir nicht mehr Leute bekommen?«

»Ich habe mich darum bereits gekümmert. Morgen früh werden sie an Ort und Stelle sein.«

Malik kehrte zu seinem Stuhl zurück. Er trank seinen Wodka aus und goß sich einen neuen ein.

»Girland weiß also schon, wo Carey ist«, sagte Smernoff. »Und er ist gefährlich. Er kann sich durchschlagen. Diese Araber haben keinen Mut und verstehen nicht zu kämpfen.«

»Ich warte auf Iwan. Sobald er eingetroffen ist, fahren wir in den Busch. Sie kommen mit. Wir dürfen kein Risiko eingehen.«

Im Funkgerät knackte es, und Smernoff machte sich wieder an den Knöpfen zu schaffen. Malik sah, wie er die Stirn runzelte. »Bleiben Sie am Apparat«, sagte er ins Mikrofon. Und zu Malik gewandt, fuhr er fort: »Ein zweites Auto ist gesichtet worden.« Er warf einen Blick auf die Karte. »Es fährt in süd-östlicher Richtung. Vor zehn Minuten ist es an Posten 2 vorbeigefahren. Es ist ein alter Buick, in dem drei Männer sitzen.«

»Das ist Girland!« sagte Malik und sprang auf. »Er hat Diengs Wagen genommen.«

»Wenn er es ist, dann fährt er in die falsche Richtung. Wer sitzt aber in dem anderen Wagen, der in die richtige Richtung fährt?«

»Vielleicht haben Sie recht: mit dem Wagen wird Carey Proviant gebracht.«

»Aber was machen wir nun mit Girland?«

»Lassen wir ihn. Wenn er keinen Führer hat, wird er in die Irre fahren, und wir brauchen uns seiner nicht mehr zu entledigen.«

In diesem Augenblick öffnete sich die Tür, und Iwan trat ein.

»Du kommst gerade richtig«, sagte Malik. »Wir fahren in den Busch.«

»Und Fantaz?«

»Den können wir vergessen. Wir wissen jetzt, wo Carey sich aufhält – ich meine: Wir haben seinen Aufenthaltsort bis zu einem Umkreis von zehn Meilen ausfindig gemacht.«

Smernoff beendete sein Gespräch. Er nahm das Gerät und trug es zu dem wartenden Jeep hinaus.

Malik und Iwan folgten ihm.

»Ihr kommt mit«, sagte Malik zu Dieng.

Die beiden Farbigen rollten die Augen vor Unbehagen, doch sie folgten den Russen in die heiße, dunkle Nacht.

Zwei Stunden lang war Tessa gefahren. Die Federn des kleinen Wagens konnten die Löcher kaum meistern, denen Tessa nicht rechtzeitig auszuweichen vermochte. Der Wagen tanzte wie ein kleines Schiff auf stürmischer See.

Für Girland war es ein Alptraum. Er war noch nie im Busch gefahren. Verschiedentlich blieben sie im Sand stekken und mußten aussteigen. Girland und Momar hoben dann den kleinen Wagen heraus und schoben ihn, bis er sich wieder bewegte. In der feuchten Hitze war das mörderisch.

»Wie weit noch?« fragte Girland, als sich die Hinterräder wieder einmal festgefahren hatten.

»Ungefähr achtzig Kilometer. Noch eine Stunde«, sagte Tessa. Sie stieg aus und reckte sich.

Mit Momars Hilfe gelang es Girland, den Wagen auf härteren Untergrund zu setzen. Er trat auf Tessa zu. »Die Scheinwerfer machen mir Sorge«, sagte er. »Wenn Maliks Leute in der Gegend sind, wie du vermutest, dann können sie uns kilometerweit sehen. Es ist das beste, wenn wir hier anhalten und warten, bis es Tag wird.«

»Aber ich kann Vater nicht die ganze Nacht allein lassen«, erwiderte Tessa.

»Es ist besser, wir lassen ihn allein, als daß wir diese

Kerls auf seine Spur bringen. Genau das tun wir aber im Augenblick. Ein Posten in einem Baum muß uns über Kilometer hinweg ausmachen können.«

Tessa zögerte zuerst, dann nickte sie.

»Daran hab ich nicht gedacht. Okay, warten wir also.« Sie warf einen Blick auf ihre Armbanduhr. »Es wird aber sechs Stunden dauern, bis es hell wird.«

»Dann warten wir eben sechs Stunden.« Girland ließ sich in den Sand fallen.

»Verdammt! Ein Drink würde mir jetzt gut tun.«

Tessa sagte etwas zu Momar. Der Afrikaner holte eine Flasche aus dem Wagen. Dann ging er auf die andere Seite des Wagens, legte sich nieder und schlief fast im selben Augenblick ein.

Tessa setzte sich neben Girland und goß aus der Thermosflasche kalten Orangensaft in zwei Gläser.

»Schade, daß wir keinen Gin haben«, sagte Girland. Er ließ sich zurückfallen und betrachtete das Mädchen. »Wo hast du nur so fahren gelernt?«

Sie lächelte; das Kompliment freute sie.

»Ich habe bis zu meinem achtzehnten Lebensjahr in Dschiurbel gewohnt. Mit Momar bin ich da oft in den Busch gefahren. Man lernt die Technik bald.«

»Warst du mit deinem Vater hier draußen?«

»Nein. Mein Vater kehrte nach Frankreich zurück, bevor ich geboren wurde. Nur meine Mutter blieb zurück. Der Krieg war ausgebrochen, und er wollte dabei sein. Ich habe meinen Vater eigentlich erst in den letzten Tagen kennengelernt. Nach dem Krieg war er in Amerika.« Sie grub ihre Hand in den Sand und ließ ihn durch die Finger gleiten. »Wir hatten nicht viel Geld. Enrico machte für Vater hier die Geschäfte, aber ohne Vater wurde nichts daraus. Dann hörten wir, daß Vater Spion sei und zu den Russen übergelaufen war. Das hat uns getroffen wie ein Schlag. Kurz darauf starb meine Mutter, und ich ging nach Paris. Ich blieb aber in Verbindung mit Enrico – er wußte immer, wo ich mich aufhielt. Nie hatte ich Geld, aber es hat mir Spaß gemacht. Bis Rosa Arbeau in meiner Wohnung auftauchte. Wir waren zusammen auf der Schule. Ich wußte, daß sie mit Enrico zusammenlebte. Sie brachte mir einen Brief meines Vaters, es war das erste Mal, daß ich von ihm hörte, Rosa tat sehr geheimnisvoll und wollte mir nichts sagen. Sie übergab mir nur den Brief und ging fort.«

Girland zündete sich eine Zigarette an.

»Bist du sicher, daß der Brief von deinem Vater kam?«

»Ja. Und es lag auch ein Brief von Enrico bei. Mein Vater erklärte, daß er aus Rußland geflohen sei und wichtige Informationen hätte, die er gern Dorey zuspielen wollte. Ich wußte damals nicht, wer Dorey war. Mein Vater meinte, daß Dorey ihm vielleicht nicht trauen würde. Deshalb sollte ich mit einem Mann in Verbindung treten, den er vor Jahren kennengelernt hatte. Er wußte, daß dieser Mann Girland hieß, aber er konnte sich nicht an seinen Vornamen erinnern. Er mußte in Paris wohnen. In Enricos Brief stand, daß mein Vater ernsthaft erkrankt sei. Ich wußte nicht, was ich davon halten sollte. Jedenfalls suchte ich mir deinen Namen im Telefonbuch und blieb dir auf den Fersen . . . Nun, den Rest kennst du.« Sie lächelte.

»Sonst hat dein Vater nichts erwähnt?«

»Nur einen Namen – Herman Radnitz. Er warnte mich vor ihm. Ein Freund von der Presse hatte mir schon von Radnitz erzählt. Ich wußte, daß er im *George V.* wohnte. Eines Abends legte ich mich auf die Lauer, um ihn zu sehen, aber es klappte nicht. Ich erinnere mich jetzt, wo ich den fetten Mann gesehen habe, den du zusammengeschlagen hast.« Sie starrte Girland an. »Er stand vor dem *George V.* mit einem anderen, der ganz widerlich aussah.«

»Schon möglich«, sagte Girland bedächtig, »Dorey läßt es sich was kosten, Radnitz zu beobachten. Frag mich nicht, warum. Er hat nie etwas über Radnitz erfahren.«

»Es gibt da auch einen jungen Mann mit Bart. Ich erinnere mich jetzt. Was sollte er?«

»Die ganze Gruppe hat für Dorey gearbeitet.« Girland wechselte das Thema. »Hat dein Vater angedeutet, welche Art Information er Dorey übermitteln wollte?«

»Nein, das hat er mir nicht gesagt.«

»Hast du ihm gesagt, daß du mit mir in Verbindung getreten bist?«

»Ja. Er sagte, du bist der einzige aus Doreys Mannschaft, dem er vertrauen kann.«

»Ich frage mich bloß, warum er das glaubt«, sagte Girland und runzelte die Stirn.

Sie schaute ihn an.

»Er kann sich doch auf dich verlassen, oder?«

Girland zwang sich zu einem Lächeln.

»Natürlich.«

Nach einer Pause sagte sie: »Erzähl mir aus deinem Leben, Mark.«

Er sah sie an und schüttelte den Kopf.

»Da gibt's nicht viel zu berichten.«

»Ich möchte wissen, wie du Agent geworden bist. Bist du verheiratet?«

»Ich? Dieses Leben und eine Ehe – das paßt kaum zusammen.«

»Ich habe dir von mir berichtet. Warum tust du so geheimnisvoll?«

Er lachte.

»Es würde dich langweilen. Ich bin das schwarze Schaf in der Familie. Meine Mutter war eine Französin, mein Vater ein sehr gebildeter amerikanischer Richter. Bei der ersten Gelegenheit riß ich von zu Hause aus. Damals wohnten wir in Miami – in einem großen langweiligen Haus mit viel Dienstpersonal. Immer schon hatte ich mir gewünscht, in Paris zu leben. Als ich dann achtzehn war, packte ich meine Koffer und machte mich auf den Weg. In Paris versuchte ich, Hemingway nachzuahmen, aber ich verhungerte fast dabei. Als mein Vater starb, hinterließ er mir dreißigtausend Dollar. Innerhalb von zwei Jahren hatte ich sie durchgebracht, und wieder nagte ich am Hungertuch. Dann tauchte Harry Rossland auf und überredete mich, für ihn zu arbeiten. Das war vor sechs Jahren. Seither bin ich Agent.«

»Gefällt dir dein Job?«

Er zuckte mit den Schultern.

»Bin zufrieden. Geld steckt natürlich nicht drin, aber ich komme zurecht.«

»Wohnst du gern allein? Ich könnte mir denken, daß du dich manchmal einsam fühlst.«

Er dachte an die wenigen Augenblicke, die er allein in dieser Wohnung zugebracht hatte. Immer hatte es Mädchen gegeben, die bereit gewesen waren, ihm die Zeit zu vertreiben – Mädchen, die eine Nacht blieben, eine Woche, aber nie länger als einen Monat. Nach einem Monat war er ihrer überdrüssig.

»Ich lebe zu intensiv, um einsam zu sein«, sagte er und streckte sich auf dem Sand aus. »Laß uns ein bißchen schlafen. Wir haben einen langen Tag vor uns.«

Sie legte sich zurück.

»Was wird morgen? Glaubst du, daß du Vater zur Abreise überreden kannst?«

»Vielleicht ist es nicht richtig, wenn er gleich aufbricht.«

»Aber dort kann er auch nicht mehr lange bleiben.«

»Wenn er mir erst die Informationen für Dorey gegeben hat, wird er weder für die Russen noch für Radnitz Wert haben. Dann kann er aus seinem Versteck heraus. Und jetzt schlaf mal erst.«

Er machte die Augen zu, aber sein Verstand arbeitete zu fieberhaft, als daß er Schlaf hätte finden können. Er überlegte, was Schwartz und Borg jetzt wohl taten, und dachte auch an Malik. Und an Janine. An vieles andere mußte er denken, auch an Tessas Satz: *Er sagt, du bist der einzige aus Doreys Mannschaft, dem er vertrauen kann.*

Die Dämmerung weckte ihn, er richtete sich auf. Wind war aufgekommen, und er fröstelte.

In diesem Augenblick hob Tessa, die neben ihm lag, den Kopf.

»Es wird Zeit, daß wir aufbrechen«, sagte Girland. Er warf einen Blick auf seine Uhr, es war kurz nach vier. Er gähnte und stand auf.

Momar bereitete Kaffee auf einem kleinen Holzfeuer. Er brachte ihnen zwei dampfende Tassen, und sie waren dankbar dafür.

»Das tut gut«, sagte Tessa. »Jetzt noch eine Zigarette, und das Überleben ist gesichert. Dieser Sand macht mich wahnsinnig.«

Sie zündeten sich Zigaretten an und lächelten einander zu. Auch so zerzaust wirkte Tessa sehr attraktiv, fand Girland. Er rieb sich über die Bartstoppeln und schnitt eine Grimasse.

»Nicht mal eine Zahnbürste«, sagte er. »Na, brechen wir auf.«

Momar saß bereits auf dem Rücksitz. Tessa warf dem alten Afrikaner einen Blick zu, und er wies in die Richtung, in die sie fahren sollte. Sie startete, und wieder holperte der Wagen über den unebenen Boden, tiefer in den Busch hinein.

Nach einigen Kilometern sahen sie in der Ferne ein großes Dorf, das von einem Wall aus Bambus und Stroh umgeben war. Ein blaugekleideter Afrikaner saß vor dem Tor. Er schaute gleichgültig drein, als sie an ihm vorbeifuhren.

»Kommst du oft hierher?« fragte Girland.

»Nein. Wir benutzen einen Weg nie zweimal. Seit ich hier bin, war ich auch erst zweimal in Dschiurbel.«

Als sie wieder in den Busch vorstießen, bemerkte Girland zu seinem Erstaunen die Vielzahl der bunten Vögel, die von den Büschen aufflogen, als sie sich näherten. Kleine Papageien mit blau-gelben Federn zogen seine Aufmerksamkeit besonders auf sich.

Auf den nächsten fünfzig Kilometern blieben sie viermal stecken. Jetzt, da die Sonne aufgegangen war, bedeutete das Herausheben und Anschieben des Fahrzeugs eine schier unerträgliche Anstrengung. Girland war Tessa dankbar, daß sie zwei Thermosflaschen mit eisgekühltem Getränk mitgenommen hatte.

»Wie weit ist es denn noch?« fragte er, als er nach dem vierten Mal in den Wagen stieg, in dem es heiß war wie in einem Ofen.

»Fünf Kilometer.«

Schließlich sahen sie vor sich drei Hütten aus Bambus und Stroh, die von einem Wall aus dem gleichen Material umgeben waren. Rechts neben den Hütten lag ein großer Haufen Stroh und Sträucher.

»Da wären wir«, sagte Tessa. »Den Wagen verstecken wir unter dem großen Strohhaufen. Der Kral gehört Momar.«

Als der Wagen herankam, traten drei große grinsende Afrikaner aus dem Tor. Vier aufgeregte Kinder folgten ihnen auf den Fersen.

Tessa gab allen die Hand. Sie kicherten, als sie auch Girland die Hand gaben. Momar trug ihnen auf, den Wagen auszuladen und zu tarnen.

»Ich will Vater sagen, daß du da bist«, erklärte Tessa. »Trink etwas und setz dich in den Schatten. Ich fürchte, du wirst alles schmutzig und stinkend finden – aber das ist nun mal Afrika.«

»Schon gut«, erwiderte Girland skeptisch. »Wenn du es überstehst, werde ich es wohl auch schaffen.«

Der Ekel stieg in ihm hoch, als er die Massen von Fliegen sah, die um Tessas Ärmel schwärmten. Überall gab es Fliegen. Als er sich mit der Hand über den Nacken fuhr, wirbelte eine ganze Wolke auf, die sich sofort wieder auf seinem Rücken niederließ.

Er folgte Tessa durch das Tor. Zwei der Hütten standen links von dem offenen Platz, auf dem sich rostige Dosen und andere Abfälle stapelten. Rechts, etwas weiter zurück, lag die größere Hütte.

Eine dicke, freundlich dreinschauende Afrikanerin mit faltigem Gesicht stampfte Hirse. Es war Momars Frau. Zwei junge Frauen schielten hinter einer Hütte hervor und verschwanden kichernd, als Girland zu ihnen hinübersah.

Er fand einen schattigen Platz und setzte sich. Er sah Tessa zu der großen Hütte gehen und eintreten. Momar brachte ihm ein großes Glas Orangensaft, das Girland dankend annahm. Er scheuchte Fliegen fort und fragte sich, wann er dieses Höllenloch wohl endlich verlassen konnte.

Nach etwa zehn Minuten erschien Tessa in der Tür und winkte ihm zu. Als er aufstand, wurde er sich seiner Erregung bewußt. Jetzt endlich, dachte er, als er auf Tessa zutrat, würde er Robert Henry Carey leibhaftig vor sich sehen.

»Geh nur rein«, sagte sie mit ruhiger Stimme. »Er wartet.«

Er ging an ihr vorbei in die Hütte. Es dauerte einige Augenblicke, bis seine Augen sich an das trübe Licht gewöhnten. Dann sah er einen Mann auf einem niedrigen Bett liegen, vor sich eine umgedrehte Holzkiste, die ihm als Tisch diente.

Girland blieb stehen und starrte den Mann an. Er trug ein buntes Buschhemd, das für seine knochige Gestalt viel zu groß war, und eine verwaschene Khakihose. Sein Gesicht war blaß und hager – wie ein Totenschädel. Die eingesunkenen Augen wirkten fiebrig, der Mund war kaum mehr als eine dünne Linie. Trotz allem erkannte Girland diesen Schatten eines Mannes sofort. Er erinnerte sich an die Fotografie, die Rosa ihm gezeigt hatte. Während der kurzen Zeit seit der Aufnahme hatte Carey eine Menge Gewicht verloren. Er sah sehr krank aus.

»Girland?« Die Stimme klang tief, aber es steckte keine Kraft dahinter.

»Ja.« Girland trat näher und streckte die Hand aus. »Ich bin so schnell wie möglich gekommen.«

Für einen kurzen Augenblick berührten knöcherne,

trockene Finger Girlands Rechte. Dann ließ Carey die schlaffe Hand wieder in den Schoß fallen.

»Nehmen Sie Platz.«

Girland schaute sich um, entdeckte einen Holzstuhl und ließ sich vorsichtig nieder.

»Ich habe Rossland erwartet«, begann Carey, dessen fiebernde Augen Girland betrachteten.

»Rossland ist tot«, erwiderte Girland. »Ich habe jetzt seinen Platz.«

»So, Rossland ist tot.« Carey fuhr sich mit den knöchernen Fingern über die Stirn. »Wir müssen uns alle mit dem Gedanken an den Tod abfinden. Wie ist er gestorben?«

Girland zögerte, den Namen Radnitz zu erwähnen. Leise sagte er: »Man hat ihn erwürgt gefunden. Niemand weiß, wer ihn umgebracht hat.«

Resigniert hob Carey die Schultern.

»Ich mochte Rossland gern. Er war nicht gerade schlau, und ich habe ihm auch nicht ganz getraut, aber irgend etwas war an ihm, daß man ihn gernhaben mußte.« Er schaute Girland an. »Rossland hat mir gesagt, Sie seien sein bester Agent. Sie hätten das Gesicht eines Mannes, dem man trauen könne. Ich erinnere mich, daß ich das auch dachte, als ich Sie das erste Mal traf. Der erste Eindruck ist oft richtig.«

Girland rückte unbehaglich hin und her; er sagte nichts.

»Wie hat Dorey reagiert, als Rosa ihm von mir erzählte?«

»Er hat mich beauftragt, sofort hierher zu fliegen und Verbindung mit Ihnen aufzunehmen.«

»Hat er dem Mädchen das Geld gegeben? Ich habe Enrico gesagt daß er es bestimmt nicht tut. Zehntausend Dollar sind für Dorey eine Menge Geld. Hat er sie ihr wirklich gegeben?«

»Das weiß ich nicht.« Girland wollte sich nicht in zu viele Lügen verstricken.

»Für eine Afrikanerin ist sie sehr schlau. Er wird gezahlt haben, sonst hätte sie ihm nicht von mir erzählt.«

»Wahrscheinlich.«

»Sind Sie mit ihr gekommen?«

»Das wollte ich. Aber sie wurde auf dem Flugplatz erschossen.«

Carey senkte den Kopf und starrte auf seine Hände. Eine lange Pause entstand.

»Rossland und dann Rosa«, sagte er schließlich. »Wieso läßt Radnitz Sie dann hierher?«

»Radnitz? Was hat er damit zu tun?« fragte Girland scharf.

»Niemand sonst würde so töten, nicht einmal die Russen. Weiß Dorey denn nicht über Radnitz Bescheid? Und Sie?«

»Bis vor ein paar Wochen kannte ich nicht einmal seinen Namen. Rossland hat ihn erwähnt, aber er hat mir keine Einzelheiten berichtet.«

»Was hat Rossland über ihn gesagt?« Carey schaute plötzlich auf. Der Ausdruck seines gequälten Gesichtes erinnerte Girland an das Porträt eines Propheten, das er vor einiger Zeit im Fenster einer Pariser Galerie gesehen hatte.

»Er hat davon gesprochen, daß Radnitz Sie sucht«, sagte er vorsichtig. »Wir führten die Unterhaltung in einem Wagen, den ich steuerte. Ich habe nicht sehr aufmerksam zugehört.« Unbehaglich fragte er sich, wie lange er noch überzeugend weiterlügen konnte. »Warum sucht Radnitz Sie?«

»Ich habe mich mal mit ihm eingelassen – es war eine Art Teufelspakt«, erklärte Carey. »Radnitz hat niemand je vertraut. Er fürchtet nun, daß ich ihn erpresse.«

Girland dachte an den Pakt, den er selbst mit Radnitz geschlossen hatte. »Könnten Sie es mir näher erklären?« fragte er. »Oder geht mich das nichts an?«

»Ich muß es sogar erzählen, damit Sie die Zusammenhänge begreifen. Vor fünf Jahren war ich ein erfolgreicher Agent im Dienst der amerikanischen Regierung. Jemand ganz hoch oben hatte die verwegene Idee, ich sollte zu den

Russen überwechseln, ihre Geheimnisse auskundschaften und damit dann zu den Amerikanern zurückkommen. Alle schienen mir und der Idee zu vertrauen – nur ich nicht. Am Ende ließ ich mich aber überreden. Irgendwie kam dann Radnitz dahinter. Er kommt ja ohne Schwierigkeiten an Staatsgeheimnisse heran. Am Abend vor meiner Abreise nach Moskau erschien er in meiner Wohnung.« Carey zögerte. Als er wieder zu sprechen begann, war seine Stimme so heiser, daß Girland sich vorbeugen mußte, um die Worte zu verstehen. »Radnitz wollte in den Besitz von Papieren kommen, die etwas mit einem Mann namens Heinrich Künzli zu tun hatten und die der russische Geheimdienst besaß. Er glaubte, wenn ich in Moskau sei, könnte ich auch diese Papiere auftreiben. Drei Millionen Dollar bot er mir dafür. Diese gewaltige Summe führte mich natürlich in Versuchung. Ich stimmte also zu. Er überwies mir zehntausend Dollar – eine Geste des guten Willens. Der Rest war bei Ablieferung der Papiere fällig. Ich brauchte fast vier Jahre, um in ihren Besitz zu kommen, und als ich sie schließlich hatte, erkannte ich, mit was für einem Mann ich mich eingelassen hatte. Ich stellte fest, daß Radnitz und Künzli ein und dieselbe Person waren, und sie war so schlecht, wie man sie sich nur vorstellen kann.«

»Wieso?« fragte Girland.

»Die Papiere, die er haben wollte, waren Verträge, die er mit der Nazi- und der japanischen Regierung geschlossen hatte – Verträge, in denen es um die Herstellung von Seife, Kunstdünger und Pulver ging. Nun, das wäre an sich noch nicht schlimm. Aber in den Verträgen haben sich die Nazis und die Japaner verpflichtet, ihn mit Rohmaterial zu versorgen. Das Rohmaterial waren die Knochen, die Haare, die Zähne und das Fett von Ermordeten aus den Konzentrationslagern. Radnitz legte den Grundstein seines Vermögens damit. Die Russen wollten ihn mit den Unterlagen erpressen. Unter den Papieren befindet sich auch Künzlis Dossier. Er hat seinen Reichtum immer wieder dazu benutzt, der freien Welt zu schaden, meist mit Waffenlieferungen. Ich habe die Verträge und das Dossier auf einem Mikrofilm, die Originale habe ich in Moskau in russischen Händen gelassen. Den Mikrofilm aber möchte ich Dorey zuspielen. Das wird Radnitz' Ende sein.«

Girland spürte, daß sein Mund trocken geworden war. Der salzige Schweiß, der ihm von der Stirn tropfte, schmerzte in seinen Augen. Er fühlte sich ausgehöhlt. Wenn das, was Carey sagte, zutraf – und daran konnte kein Zweifel bestehen –, dann würde er ebensowenig wie Carey von Radnitz Geld annehmen.

»Ich habe mehrere Filme für Dorey«, fuhr Carey fort. »Während meiner Zeit in Moskau bin ich nicht untätig gewesen. Neben anderen wichtigen Informationen habe ich eine Liste mit fünfunddreißig russischen Agenten, die in Frankreich und Amerika arbeiten. Zu ihnen gehört auch Doreys Busenfreundin Janine Daulnay.«

»Warum haben Sie die Filme nicht Rosa mitgegeben? Sie hätte sie Dorey bringen können.«

»Radnitz weiß ebensogut wie die Russen, daß ich irgendwo in Senegal bin. Ich traute Rosa nicht. Radnitz hätte ihr nur eine ordentliche Summe zu bieten brauchen, und schon hätte sie mitgespielt. Ich bin froh, daß Sie gekommen sind, Girland. Sie würden sich nicht mit Radnitz einlassen.«

Girland zuckte mit den Schultern. Die ganze Zeit hatte er daran gedacht, Radnitz zu betrügen – und die fünfzigtausend Dollar trotzdem zu bekommen. Nun, es sollte eben nicht sein. Er mußte nun aus dem Senegal herauskommen und sich zu Dorey durchschlagen. Wie Dorey wohl reagieren würde?

»Es wird nicht leicht sein«, sagte Girland. »Außer Radnitz wissen auch die Russen, daß Sie im Busch sind.«

Carey nickte.

»Und jeden Tag kommen sie näher. Ich weiß, daß sie nicht mehr weit sind. Je eher Sie zurückfahren, um so sicherer sind Sie. Es ist alles vorbereitet. Momar wird Sie aus dem Busch führen. Wenn es Ihnen gelingt, die amerikanische Botschaft zu erreichen, bekommen Sie von dort Schutz für die Reise nach Paris. Und nehmen Sie Tessa mit. Sie hätte nie hierher kommen sollen, aber Fantaz, der Dummkopf, hatte den Kopf verloren.«

»Und Sie? Kommen Sie nicht mit uns?«

»Ich habe mich entschlossen, hier zu bleiben. Meine Kräfte reichen nicht aus für die Reise.«

Girland schaute ihn scharf an.

»Glauben Sie wirklich, daß Tessa Sie hier zurückläßt? Ich nicht.«

»Oh, sie wird schon.« Müde holte Carey Luft. »Und lassen Sie sie nicht in Radnitz' oder die Hände der Russen fallen. Da ist eine Kugel immer noch besser. Verstehen Sie, was ich meine?«

Girland runzelte die Stirn.

»Sie laden mir eine Menge Verantwortung auf. Ich würde lieber allein reisen.«

»Und wie soll sie wegkommen? Ich verlasse mich auf Sie, Girland.« Unter Schmerzen stand Carey auf und ging durch die Hütte. »Vielleicht können Sie mir helfen? Die Filme sind hier vergraben – kein sicherer Ort für solche Sachen, aber nach allem, was ich dafür durchgestanden habe, wollte ich sie nicht mehr aus den Augen lassen.«

Girland kniete sich neben Carey nieder und kratzte mit den Händen den Sand weg. Wenige Sekunden später stieß er auf eine kleine Blechdose; er stand auf.

»Nicht gerade viel für vier gefahrvolle Jahre, nicht wahr? sagte Carey. »Aber so gering die Quantität ist, so groß ist die Qualität. Warten Sie nicht länger, Girland. Reden Sie mit Tessa. Sagen Sie ihr, es sei mein Wunsch, daß sie mit Ihnen geht. Sie ist ein vernünftiges Mädchen.« Er hielt einen Augenblick inne. »Ich werde nicht mehr lange leben. Ich habe hier« – er berührte seinen Leib – »einen Mörder, der sicherer ist als Radnitz. Sagen Sie ihr das, sie wird das verstehen.«

»Sie müssen ihr das selbst sagen«, erwiderte Girland. »Ich will sie mitnehmen, wenn sie es wünscht, aber ich kann sie nicht zwingen. Sie müssen sie von der Notwendigkeit überzeugen. Ich breche in zehn Minuten auf.«

»Sehr gut. Sie haben natürlich recht – ich werde mit ihr reden.« Carey hielt Girland die Hand hin. »Leben Sie wohl, Girland, und viel Glück.«

Girland legte seine Hand in die Careys.

»Auch ich hätte mich fast mit Radnitz eingelassen«, sagte er. »Ich wollte es Ihnen eigentlich verheimlichen. Aber wir sind in der gleichen Lage.«

Carey nickte.

»Ich wußte es«, sagte er ruhig. »Deshalb war ich so offen zu Ihnen. Fantaz' Neffe war heute morgen hier. Er hat mir von den beiden Männern berichtet. Schwartz arbeitet seit Jahren für Radnitz, ich habe ihn nach der Beschreibung wiedererkannt. Geld ist doch eine große Versuchung, nicht wahr?« Er lächelte.

»Ja«, erwiderte Girland. »Aber Sie können sich jetzt auf mich verlassen, Carey.«

»Ich weiß. Leben Sie wohl.«

Girland verließ die Hütte und trat in das blendende Sonnenlicht hinaus. Blinzelnd blieb er stehen. Als er Tessa im Schatten sitzen sah, ging er zu ihr hinüber.

»Ich habe jetzt, was ich wollte«, sagte er, als sie aufstand. »Wir brechen in zehn Minuten auf. Dein Vater möchte vorher noch mit dir sprechen.«

Als Tessa auf die große Hütte zugehen wollte, fiel ein Schuß. Versteinert blieb sie stehen und starrte auf die offene Tür, aus der dünner Rauch nach draußen zog.

12

Eine halbe Stunde lang waren sie jetzt gefahren. Von Zeit zu Zeit warf Girland Tessa einen Blick zu. Der starre Ausdruck ihres Gesichts und die erschreckten Augen ließen ihm Schweigen geraten erscheinen.

Als sie nach dem Schuß zur Hütte laufen wollte, hatte er noch rechtzeitig begriffen, was geschehen war, und sie am Handgelenk festgehalten.

»Geh nicht rein«, hatte er in scharfem Ton gesagt. »Er war am Ende und wäre ohnedies bald gestorben. Ich gehe hin.«

Sie hatte sich umgewandt und ihn mit erschreckten Augen angestarrt.

»Du meinst – meinst du, daß er sich erschossen hat?«

»Warte hier.«

Girland war in die Hütte gegangen. Wenige Minuten später kehrte er mit einer automatischen Pistole in der Hand zurück, die er neben Careys Leiche vom Boden aufgenommen hatte. Carey hatte würdig gelebt, und er war würdig gestorben. Er hatte bis zuletzt keinen Fehler gemacht: Die Kugel hatte ihn sofort getötet.

Girland nickte Tessa zu, die sich abwandte und das Gesicht in den Händen verbarg.

Die Afrikaner standen vor ihren Türen und starrten Girland an. Der alte Momar ging zu der großen Hütte und schaute hinein. Still wandte er sich ab, ging zu seinen Söhnen und sprach mit ihnen.

Girland wartete, bis er fertig war, dann trat er auf ihn zu.

»Wir müssen sofort aufbrechen. Es ist für Mademoiselle zu gefährlich hier. Holen Sie den Wagen und sorgen Sie dafür, daß wir in fünf Minuten losfahren können.«

Momar nickte und ging zum Strohhaufen.

Girland trat auf Tessa zu, die mit leeren Augen zu der großen Hütte hinüberschaute.

»Wir brechen auf«, sagte er behutsam. »Es war sein Wunsch, daß du mit mir fährst. Die Eingeborenen werden sich um seinen Leichnam kümmern.« Girland wußte, daß Carey sich nur deshalb erschossen hatte, damit Tessa abfuhr, aber er sagte es nicht. »Komm.«

Momars Frau brachte einen Ledersack mit Wasser und eine Tasche mit Proviant. Sie weinte. Niemand sagte ein Wort. Girland nahm Wasser und Proviant und ergriff Tessas Arm. Er schob sie zum Tor.

Sie machte sich los, aber sie schritt neben ihm her zum Deux Chevaux.

Im Schatten eines Baumes gruben Momars Söhne ein Grab. Die beiden Männer schauten nicht auf, als Tessa in den Wagen stieg. Girland reichte Momar, der bereits im Auto saß, Wasser und Proviant und nahm neben Tessa Platz.

Nach dreißig Minuten Fahrt kamen sie zu einem Wasserloch, um das sich Hunderte von Ziegen und Kühen drängten.

Momar beugte sich vor.

»Ich möchte mit den Männern sprechen«, sagte er.

Tessa hielt, und Girland stieg aus, um Momar herauszulassen. Er sah ihm nach, wie er zu den drei afrikanischen Hirten ging, die ihn begrüßten. Während sie miteinander sprachen, wies einer der drei in östlicher Richtung. Er schien erregt.

Als Momar zum Wagen zurückkehrte, hatte er einen Ausdruck im Gesicht, der Girland alarmierte.

»Was ist los?«

»Sie sagen, sie hätten drei bewaffnete Araber gesehen – Fremde mit Gewehren. Ungefähr zwei Meilen östlich. Das ist unsere Richtung.«

»Waren es wirklich Gewehre?«

»Ja.«

»Wir müssen ihnen aus dem Weg gehen. Wie machen wir das?«

»Der kürzeste Weg ist der nach Osten. Wir könnten auch nach Norden fahren und dann einen Bogen nach Osten schlagen. Aber das kostet zuviel Zeit, und außerdem ist der Boden schlecht.«

»Wir müssen diesen Männern ausweichen.« Girland

wollte nicht das Risiko eingehen, mit seinem automatischen Colt gegen drei Gewehre anzutreten.

Sie stiegen ein.

Tessa fragte: »Araber in russischem Sold?«

»Vermutlich. Auf keinen Fall dürfen wir etwas riskieren. Los.«

Momar zeigte Tessa die Richtung. Der Wagen holperte durch den Wüstensand. Aber schon nach zehn Kilometern wurde der Sand so locker, daß die Hinterräder zu gleiten begannen und Tessa Schwierigkeiten mit der Lenkung bekam.

»Soll ich mal fahren?« fragte Girland.

»Noch nicht.« Sie kämpfte mit dem Steuer. Plötzlich blieb der Wagen stecken, und der Motor erstarb.

Girland und Momar stiegen aus. Die Hinterräder hatten sich bis zu den Radkappen in den Sand gewühlt. Schwitzend hoben sie das Heck des kleinen Wagens in die Höhe, so daß die Räder fassen konnten. Tessa hatte Furcht anzuhalten, so daß die beiden Männer hinter dem Wagen herlaufen mußten.

Nach weiteren hundert Metern wurde der Untergrund besser. Tessa konnte halten. Als Girland sich dem Wagen näherte, hörte er etwas wie das Surren einer Biene an seinem Kopf. Gleich darauf vernahm er aus der Ferne einen Gewehrschuß. Er wirbelte herum und griff zur Waffe. Eine halbe Meile zu seiner Rechten standen ein paar Bäume. Er sah etwas Weißes im Geäst und dann einen Flammenblitz, als der halbverdeckte Schütze ein zweites Mal feuerte. Diesmal hörte Girland kein Surren. Er hob die Waffe, ließ sie aber gleich wieder sinken. Die Entfernung war zu groß.

Er hörte einen Schrei. Als er sich umwandte, sah er Tessa auf sich zurennen.

»Momar!« rief sie. »Schau!«

Der alte Mann hatte sich links hinter Girland gehalten. Er lag jetzt mit dem Gesicht nach unten im Sand.

Girland und Tessa erreichten ihn zur gleichen Zeit. Girland versuchte, ihn umzudrehen, aber der leblose Körper fiel zurück.

Wieder krachte ein Schuß. Daß die Kugel kaum einen Meter von Tessa entfernt in den Sand einschlug, bewies, daß der Schütze mit seinem Gewehr umzugehen verstand.

Girland ergriff Tessa am Arm und wollte sie zum Wagen zerren.

»Wir können ihn doch nicht liegenlassen«, sagte sie und versuchte, sich Girlands Griff zu entwinden. »Das können wir nicht.«

Er schob sie in den Wagen, glitt hinter das Steuer, startete und legte den Gang ein. Als er die Kupplung löste, drehten die Räder durch, aber der Wagen bewegte sich. Girland behandelte das Gaspedal wie ein rohes Ei – mit dem Erfolg, daß sie wieder über den unebenen Boden zu holpern begannen.

Wieder hörte er einen Gewehrschuß. Er merkte, daß Tessa neben ihm auf dem Sitz zusammengesunken war. Sie hatte die Hände vor das Gesicht geschlagen und weinte.

Wenn nur dieser verdammte Busch nicht so flach wäre! dachte er. Der Heckenschütze auf seinem Baum konnte sie einige Kilometer weit unter Feuer halten. Und er wußte offenbar, welchen Weg sie einschlagen wollten.

Girland spürte plötzlich kalte Angst. Bis jetzt hatte Momar die Richtung angegeben und Girland hatte ihm blind vertraut. Jetzt entdeckte er, daß Büsche und Sträucher einander völlig ähnelten. Eine Straße gab es nicht. Es konnte gut sein, daß er immer im Kreise herumfuhr.

»Tessa!« sagte er scharf. »Reiß dich zusammen. Du mußt mir helfen.«

Sie richtete sich auf und fuhr sich mit dem Handrücken über die Augen.

»Er war der freundlichste Mensch, den ich kannte«, sagte sie mit schwacher Stimme. »Oh, diese Teufel!«

»Wenn wir nicht aufpassen, machen sie mit uns dasselbe«, erwiderte Girland grob. »Weißt du, wo wir sind?«

»Nein. Aber wir müssen die Sonne rechts von uns behalten. So muß man sich im Busch orientieren, sonst fährt man immer im Kreis herum.«

Girland warf einen Blick auf die Benzinuhr. Der Tank war noch zu drei Viertel voll. Immerhin ein Lichtblick. Und zu essen und zu trinken hatten sie auch. Es gab noch Hoffnung, aus dem Schlamassel herauszukommen.

»Achte also auf die Sonne«, sagte er. »Aber wir fahren in nördlicher Richtung, obgleich wir nach Osten wollten. Ob es nicht besser wäre, jetzt einfach die Fahrtrichtung zu ändern?«

»Vor uns gibt es eine Straße – vielleicht zehn Kilometer entfernt. Dorthin wollte Momar uns führen. Wenn wir sie erreichen, kommen wir in ein Dorf und können uns einen Führer nehmen.«

Doch nach weiteren fünfzehn Minuten hatte Girland den Eindruck, daß sie die Straße verfehlt hatten. Er hielt im Schatten eines Baumes.

»Meinst du, wir sollten umkehren?« fragte er.

Tessa stieg aus und schaute über die endlose flache Steppe.

»Vielleicht haben wir sie um einen Kilometer verfehlt, vielleicht aber auch um zwanzig. Wenn wir zurückfahren, laufen wir dem Gewehrschützen wieder in die Arme.«

Girland warf einen Blick auf seine Uhr. Es war halb elf. Eigentlich konnte in der kurzen Zeit noch nicht viel passiert sein.

»Ob es Dörfer in der Gegend gibt?«

»Überall im Busch sind Dörfer. Vielleicht haben wir Glück.«

»Okay, dann fahren wir weiter. Aber zuerst wollen wir etwas trinken.« Er nahm den ledernen Wassersack und goß vorsichtig etwas Wasser in den Becher einer Thermosflasche. »Teufel«, sagte Girland mit einer Grimasse, »jetzt schmeckt mir sogar der Orangensaft ohne Gin.«

Er legte den Wassersack in den Wagen zurück und

setzte sich hinter das Steuer. Tessa stieg ein, und sie fuhren los.

Nach zehn Minuten kamen sie zu einer Insel von Baobab-Bäumen.

»An solchen Orten feiern sie ihre magischen Riten«, sagte Tessa. »Wenn man Bäume in solcher Kreisform angeordnet sieht, kann man sicher sein, daß es eine Kultstätte ist. Die Bäume sind hohl. Medizinmänner werden in ihnen zur letzten Ruhe gebettet. Man glaubt, daß sie in der Erde verrotten würden.«

»Ist mir alles recht, solange sie *mich* nicht in so einem Baum zur letzten Ruhe betten«, sagte Girland. Wieder warf er einen Blick auf die Benzinuhr. Ein Schauer kroch ihm den Rücken hinauf. Die Nadel zeigte an, daß der Tank nur noch zu einem Viertel gefüllt war. »Um Gottes willen, wir können in dieser kurzen Zeit doch nicht das ganze Benzin verbraucht haben!« Er hielt. »Vielleicht läuft das Benzin aus.« Er stieg aus und fluchte lästerlich, als er im unteren Teil des Tanks das saubere Loch entdeckte. Der letzte Gewehrschuß, den er vernommen hatte, war nicht ohne Wirkung geblieben.

Tessa trat an ihn heran.

»Jetzt sind wir dran«, sagte Girland. »Nur zu einem Viertel voll. Wie weit, glaubst du, werden wir damit kommen?«

»Dreißig Kilometer«, antwortete Tessa. Sie sah, wie Girland das Loch mit einer Kugel vom Kaliber .45 zustopfte, um die er sein Taschentuch gewickelt hatte. »Vielleicht erreichen wir bis dahin ein Dorf.«

Er sah sie an.

»Und du hast keine Angst?«

Sie lächelte.

»Es hat keinen Sinn, Angst zu haben, nicht wahr? Wir haben zu essen und Wasser. Wenn das Benzin verbraucht ist, müssen wir uns in den Schatten setzen und warten, bis die Sonne untergegangen ist. In dieser Hitze können wir nicht zu Fuß gehen.«

Er nickte.
»Gut, dann also weiter.«
Sie kletterten in den Wagen und fuhren weiter durch die Steppe, die kein Ende zu nehmen schien.

Malik saß neben Smernoff, der am Funksprechgerät hantierte. Er hatte eine Karte auf den Knien. Dieng hockte hinter dem Steuer des Jeeps, ihm zur Seite Iwan. Daouda auf dem Dach war der prallen Sonne ausgesetzt. Über den Knien hatte er ein Gewehr liegen.
Nachdem sie einige Zeit gefahren waren, knackte es im Funksprechgerät.
Smernoff lauschte auf die erregte Stimme im Kopfhörer. Malik blickte Smernoff ungeduldig an. Schließlich verstummte die Stimme, und Smernoff sagte: »Posten drei, äußerste Wachsamkeit!« Dann nahm er die Kopfhörer ab.
»Ein Mädchen, ein Mann und ein Afrikaner fahren in einem Deux Chevaux im Planquadrat zehn.« Er beugte sich zu Malik und wies mit dem Finger auf die Karte. »Das sind ungefähr vierzig Kilometer von hier. Sie sind beschossen worden, der Afrikaner ist tot. Es ist unwahrscheinlich, daß das Mädchen und der Mann ohne Führer weit kommen. Der Afrikaner stammt aus einem kleinen Kral im Quadrat neun. Carey könnte sich dort versteckt halten. Das Mädchen und der Mann nähern sich dreien unserer besten Schützen. Sie sind auf der Hut. Was machen wir jetzt – wollen wir ihnen folgen?«
»Wer ist das Mädchen?« fragte Malik und runzelte die Stirn. »Der Mann . . . ob es Carey ist?«
Smernoff sagte nichts. Es war Maliks Aufgabe, Entscheidungen zu treffen.
»Wir fahren zu der Siedlung«, erklärte Malik. »Wir müssen uns vergewissern, ob Carey noch dort ist.« Er beugte sich vor und gab Dieng Anweisung, die Richtung zu ändern. Der Jeep gewann an Geschwindigkeit und wirbelte Staubwolken hinter sich auf.

»Geben Sie Posten drei Nachricht«, sagte Malik plötzlich. »Der Mann darf auf keinen Fall erschossen werden. Wenn es Carey ist, möchte ich mit ihm sprechen.«

Smernoff meldete sich bei Posten drei und gab Maliks Befehl durch.

»Schießt den Wagen kaputt und nehmt die beiden gefangen«, sagte er abschließend. »Wie ihr es macht, ist eure Sache.«

Zehn Minuten später sahen sie die drei Hütten von Momars Kral vor sich. Der Jeep fuhr vor das Tor. Mit der Waffe in der Hand, gefolgt von Iwan, trat Malik in das kleine Anwesen.

Drei Afrikaner sahen sie kommen. Sie bildeten einen Schutzkreis vor einer der Hütten, in der sich Frauen und Kinder im Halbdunkel versteckt hielten.

»Wir suchen einen weißen Mann«, sagte Malik zu Momars ältestem Sohn Cheickh. »Ist er hier? Und wer ist es?«

Die bösen grünen Augen jagten Cheickh Angst ein. Monsieur Carey konnten diese Leute nicht mehr in ihre Gewalt bekommen. Es bestand also kein Grund, unfreundlich zu sein.

»Er ist tot, Monsieur. Wir haben ihn gerade begraben.«

Malik preßte die Lippen aufeinander. »Wo?«

Cheickh trat vor und wies auf das Tor.

»Unter dem Baum.«

Malik gab Dieng eine Anweisung. Der Mann ging zu dem Baum, nahm die Schaufel, die daran lehnte, und begann zögernd zu graben.

Iwan war in die große Hütte gegangen. Nach einigen Minuten kehrte er zurück und trat auf Malik zu.

»Hier hat er sich versteckt gehalten. Im Erdboden ist eine kleine Mulde, die aussieht, als sei dort etwas vergraben gewesen.«

Malik ging zu dem Grab, das Dieng mit Daoudas Hilfe geöffnet hatte, und schaute dem toten Carey ins Gesicht. Iwan trat neben ihn.

»Hat sich erschossen«, sagte Malik. »Verdammt. Immer ist er uns einen Schritt voraus gewesen.«

Iwan sagte: »Die beiden anderen müssen die Filme haben.«

»Smernoff soll Posten drei nochmals anrufen. Der Wagen muß auf jeden Fall abgefangen werden«, sagte Malik. »Wenn ihnen das nicht gelingt, sollen sie die beiden zusammenschießen.«

Iwan rannte zum Jeep, und Malik kehrte in den Hof zurück.

»Diese weiße Frau . . . wer war das?« fragte er Cheickh.

Der Afrikaner scharrte mit den Füßen.

»Ich weiß es nicht, Monsieur.«

Malik schlug ihm mit dem Griff seiner Waffe ins Gesicht. Cheickh taumelte, fand aber sein Gleichgewicht wieder.

»Wer ist sie?« Malik war böse.

»Ich weiß es nicht, Monsieur.«

Malik wandte sich an Dieng.

»Geh in die Hütte und treib die Kinder heraus. Wenn dieser Kerl nicht sprechen will, werden die Kinder umgebracht.«

Die Frauen begannen zu schreien. Dieng mußte sich seinen Weg durch sie hindurch bahnen.

Malik ließ sich nicht rühren. Seine Augen waren auf Cheickh gerichtet

»Wer war die Frau?«

Cheickh zögerte noch eine Weile, dann sagte er: »Monsieur Careys Tochter.«

»Und der Mann?«

»Sie nannten ihn Girland.«

Malik gab Dieng ein Zeichen, die Kinder in Ruhe zu lassen. Dann verließ er das Anwesen und ging zum Jeep.

»Girland und Careys Tochter«, sagte er Smernoff. »Haben Sie schon von Posten drei gehört?«

Smernoff drehte an den Knöpfen seines Funksprechgeräts. Er hob den Kopf, um Ruhe zu gebieten, als er ein Knacken im Kopfhörer vernahm. Eine erregte Stimme meldete sich.

Er lauschte und sagte: »Schießbefehl! Sie müssen auf jeden Fall aufgehalten werden.«

Er nahm die Kopfhörer ab und sagte zu Malik: »Sie befinden sich zwei Kilometer vor Posten drei und fahren genau auf ihn zu.«

Malik nahm seine Karte

»Wo sind sie?«

»Quadrat elf. Ungefähr dreißig Kilometer von hier.«

Tessa steuerte. Sie mußte all ihre Erfahrung aufbieten, um den Wagen in Bewegung zu halten. Girland starrte durch die verschmutzte Windschutzscheibe.

Von Zeit zu Zeit warf er einen Blick auf die Benzinuhr. Die Nadel zitterte über der Markierung ›Leer‹ hin und her. Jeden Augenblick rechnete er damit, daß der Motor stehen blieb.

Er zweifelte nicht mehr daran, daß sie verloren waren, aber jedenfalls fuhren sie nicht im Kreis. Sie hatten die Richtung geändert und hielten jetzt nach Osten. Dennoch, so glaubte Girland, trennte sie noch eine unüberwindliche Entfernung von Dschiurbel.

Die Falken, die ohne Flügelschlag über ihnen dahinglitten, machten ihm Sorgen. Sie mußten bereits wissen, daß es früher oder später für sie ein Fest geben würde, das sie mit den Geiern teilen konnten. Sie umkreisten sie mit grimmiger Geduld.

Der kleine Wagen schlingerte. Die Hinterräder drehten sich auf der Stelle. Es war das siebte Mal, daß sie den Wagen aus dem losen Sand heben mußten.

Wortlos stiegen sie aus und gingen zum Heck. Girland hielt inne und schaute zu den kreisenden Vögeln hinauf. Dann faßte er unter die Stoßstange und hob den Wagen auf festeren Grund.

»Soll ich nicht mal fahren?« fragte er und versuchte, die trockenen Lippen mit der Zunge zu befeuchten.

»Gut. Wir müssen ohnedies bald zu Fuß gehen.«

»Wollen wir was trinken?«

»Damit sollten wir noch warten. In der Hitze wird das Wasser vom Körper gleich wieder verbraucht. Wir werden noch jeden Tropfen nötig haben.« Als er bemerkte, daß Verzweiflung in ihrer Stimme mitklang, zwang er sich zu einem Lächeln.

»Wir werden schon durchkommen.«

»Wenn wir nur auf ein Dorf stoßen würden . . .« Sie unterbrach sich und starrte in die Ferne. »Mir war eben, als hätte ich da eine Bewegung gesehen.«

Girland schaute in die Richtung, in die sie gewiesen hatte. Die flache Steppe flimmerte in der Hitze.

»Das macht nur die Hitze«, sagte er und öffnete den Wagenschlag.

»Nein! Da bewegt sich etwas!« rief Tessa und beschattete die Augen mit der Hand. »Rechts vom Baum.«

Girland schaute nochmals hin. Jetzt glaubte auch er, etwas Weißes zu sehen, das wieder verschwand.

»Los, hinter den Wagen«, sagte er.

Tessa folgte. Girland hockte sich so nieder, daß er am Auto entlang zu dem Baum in die Ferne spähen konnte. Er zog seine Waffe.

Unerträglich drückte die Hitze auf sie nieder. Wieder gewahrte Girland eine Bewegung. Er war jetzt sicher, einen Mann gesehen zu haben, der sich erhoben hatte, ein paar Schritte gelaufen war und sich wieder hatte fallen lassen.

»Links ist auch noch einer«, sagte Tessa. »Und noch einer weiter links.«

Auch Girland machte jetzt die drei Araber aus. Sie trugen Gewehre und kamen in schnellen Sprüngen auf sie zu. Kaum fünfhundert Meter lagen zwischen ihnen.

Er zog Careys Waffe aus der Hüfttasche.

»Kannst du damit umgehen?« fragte er Tessa.

»Ja.« Sie nahm die Waffe und schob die Sicherung zurück. Zu seiner Freude bemerkte er, daß ihre Hände nicht zitterten und daß ihre Augen ruhig waren.

Girland hob den Kopf über das Wagendach hinaus.

Ein Gewehrschuß fiel, und Girland spürte den Luftzug auf der Wange. Er stöhnte laut, warf die Arme in die Höhe und fiel hinter dem Wagen nieder.

Er hörte Tessa aufschreien.

»Alles in Ordnung«, zischte er. »Beweg dich nicht.«

Zwei der Araber sprangen auf. Gegen den hellen blauen Himmel hoben sie sich deutlich ab.

»Der linke gehört dir«, sagte Girland, wartete einen Augenblick und schoß. Einen Moment später schoß auch Tessa. Die beiden Araber fielen vornüber. Der dritte blieb in Deckung und feuerte.

Girland spürte einen sengenden Schmerz im linken Arm. Er kroch zurück. Blut tropfte ihm von der Hand in den Sand. Er sah den Araber vorwärtskriechen, aber bevor er seine Waffe noch heben konnte, schoß Tessa bereits.

Der kleine, hutzlige Mann in weißem Gewand faßte sich an die Schulter und brach zusammen.

Tessa kam um den Wagen herum, weiß im Gesicht und zitternd. Aber sie faßte sich schnell wieder, als sie Girlands blutenden Arm sah.

»Ist es schlimm?«

Er schüttelte den Kopf.

»Nichts . . . nur ein Kratzer.«

»Ich verbinde dich.« Sie rannte zum Wagen und kam mit einem Notverbandskasten zurück. Sie wusch die Wunde aus, wozu sie ein wenig Wasser aus dem Wassersack opferte. Dann verband sie ihn.

Girland ging zu den Arabern und nahm ihre Gewehre an sich. Alle drei hatten Patronengürtel umgebunden. Tessa half ihm, die Gürtel zu lösen.

»So, jetzt können wir uns wenigstens wehren«, sagte Girland grimmig. »Los, weiter.«

Sie kletterten in den Wagen und fuhren an.

»Ich möchte wissen, wie viele von ihnen noch auf unserer Strecke sind«, sagte Girland. Er warf einen Blick auf seine Uhr: zwanzig nach drei. Sie hatten seit Tagesanbruch nichts mehr gegessen, doch er spürte keinen Hunger. Mund und Kehle waren ihm ausgetrocknet, und er sehnte sich nach einem eisgekühlten Drink. »Wir haben kaum noch Benzin«, sagte er, nachdem er einen Blick auf die Tankuhr geworfen hatte.

»Was ist mit deinem Arm?«

»Wird steif, aber sonst ist alles in Ordnung. Bist du okay?«

»Ja.«

»Du bist schon ein tolles Mädchen. Wenn wir aus diesem Schlamassel draußen sind, gibt es eine Feier, klar? Ich möchte dich besser kennenlernen.«

»Glaubst du wirklich, daß wir hier je herauskommen?«

»Wir können nur hoffen.«

Für einen Augenblick war sie still, dann sagte sie: »Wie wird gefeiert, Mark?«

»Wir beginnen den Abend in der *Plaza Athene Bar*. Mit Wodkas und Martinis, die sehr, sehr kalt sind. Dann fahren wir in einem Taxi zum Grand Vefour, essen Austern und Rebhühner und trinken dazu einen 49er Claret. Danach begeben wir uns in meine Wohnung, wo ich dir meine Sammlung abstrakter Maler zeigen will.«

»Ich war doch schon in deiner Wohnung. Du hast gar keine abstrakten Gemälde.«

»Ich weiß, aber das macht nichts. Es wird trotzdem ein netter Abend.«

»Aber zuerst müssen wir aus diesem Schlamassel herauskommen.«

»Ja.« Er beugte sich vor und starrte durch die Windschutzscheibe. »Schau mal, was jetzt kommt.«

Vor ihnen erstreckte sich eine schier endlose Wüste aus hartem Sand – ohne jede Vegetation. Es war, als hätten die

Bäume und Sträucher plötzlich allen Mut verloren, hier weiter vorzudringen.

»Das schaffen wir nie«, sagte Girland.

»Ich erinnere mich, daß Momar davon gesprochen hat«, erwiderte Tessa erregt. »Auf der anderen Seite gibt es Tränken für das Vieh. Wenn wir bis dahin kommen, finden wir auch einen Führer.«

»Wir haben nicht mehr genug Benzin.«

»Wir müssen es trotzdem versuchen – notfalls auch zu Fuß.«

Girland zögerte einen Augenblick, dann steuerte er den Wagen auf den festen Untergrund. Er schoß nach vorn, als die Reifen endlich fassen konnten. Sie wurden jetzt nicht mehr länger hin und her geschaukelt – die Fahrt verlief wunderbar glatt.

»Du weißt nicht, wie weit es noch ist?« fragte Girland. »Es sieht fast so aus, als wäre diese Wüste endlos.«

Sie schüttelte den Kopf. »Nein. Ich weiß nur, daß es auf der anderen Seite Wasser gibt.«

Wieder schaute Girland auf die Nadel der Benzinuhr. Wie genau zeigte sie an? War noch genügend Benzin vorhanden, um zur anderen Seite zu kommen? Die Hitze war hier unerträglich. Panik flackerte in Girland auf. Hier liegenzubleiben, konnte nur eines bedeuten. Noch immer kreisten die Vögel am metallisch schimmernden Himmel.

Er fuhr schneller.

»Nicht so schnell«, schrie Tessa. »Je schneller wir fahren, um so mehr Benzin . . .« Sie hielt inne, als der Motor zu stottern begann.

Girland drückte das Gaspedal ganz durch, aber nichts geschah. Wieder stotterte der Motor, dann setzte er aus. Der Wagen rollte noch einige Meter und blieb dann stehen.

Die Geier schienen regungslos am Himmel zu hängen. Ihre Schatten bildeten große dunkle Flecke auf dem weißen Sand.

Girland zwang sich zur Ruhe und schlug mit der Hand auf das heiße Steuerrad.

»Das war ja fällig. Bis Sonnenuntergang sind es noch drei Stunden. Solange werden wir warten und dann losmarschieren.«

Tessa starrte auf die dunklen wandernden Schatten.

»Gut, daß du bei mir bist«, sagte sie mit heiserer Stimme. »Allein hätte ich das nicht ertragen.«

»Wir sitzen in derselben Tinte«, erwiderte Girland und legte seine Hand auf die ihre.

Smernoff machte sich schon eine Weile an den Knöpfen seines Sprechgeräts zu schaffen. Malik sah, daß er ungeduldig wurde.

»Posten drei meldet sich nicht«, sagte Smernoff schließlich. »Irgend etwas stimmt da nicht.«

»Versuchen Sie es mal mit Posten vier.«

»Die sind viel zu weit nördlich, um von Posten drei etwas sehen zu können Die letzte Meldung von Posten drei war, daß die Männer Girland und dem Mädchen entgegengehen. Sie müssen sie inzwischen abgefangen haben.«

»Es können ja kaum mehr als zehn Kilometer bis dort sein«, sagte Malik, nachdem er die Karte studiert hatte. Zu Dieng sagte er: »Fahr schneller.«

Der Jeep beschleunigte die Geschwindigkeit, und die vier Männer mußten sich an ihren Sitzen festhalten. Daoula wäre mehrmals fast vom Dach geschleudert worden. Er schrie um sein Leben, als er sich verzweifelt festkrallte.

Nach zehn Minuten rief Iwan plötzlich aus: »Dort ist etwas . . . rechts . . .«

Dieng fuhr langsamer. Malik schaute zur Seite und entdeckte etwas Weißes im Sand. Er beorderte den Jeep dorthin.

Sie stiegen alle aus und gingen zu den drei Leichen im Sand. »Ich hab gleich gesagt, daß Girland gefährlich ist.«

»Er hat ihre Gewehre mitgenommen«, bemerkte Iwan.

Malik wandte sich um und schaute über die Wüste hinweg. Im lockeren Sand konnte er die Spur des Wagens erkennen.

»In diese Richtung sind sie gefahren«, sagte er und ging zum Jeep zurück. Er nahm die Karte und studierte sie. Seine grünen Augen waren unnatürlich hell – das einzige Zeichen seiner Wut.

Smernoff trat auf ihn zu.

»Posten vier ist hier, nicht wahr?« fragte Malik und wies auf eine Stelle der Karte.

»Ja.«

»Dann haben sie den Kreis durchbrochen. Wir müssen hinter ihnen her. Sie fahren zwar tiefer in den Busch hinein, anstatt hinaus, aber keiner unserer Posten kann sie jetzt mehr aufhalten. Wir müssen so lange hinter ihnen herfahren, bis wir sie haben – was spätestens dann passiert, wenn ihnen das Benzin ausgeht. Wie steht es mit unserem Sprit?«

»Der Tank ist halbvoll, und dann haben wir noch zwei Kanister. Das dürfte reichen«, meinte Iwan.

»Und Wasser?« Iwan schnitt eine Grimasse.

»Es wäre besser, wenn wir mehr davon hätten. Es verdunstet in dieser verdammten Hitze. Wir müssen vorsichtig sein.«

Malik warf einen Blick auf seine Uhr.

»In vier Stunden wird es dunkel. Wir müssen sie vorher erwischt haben. Und äußerste Vorsicht bei der Annäherung. Iwan, du nimmst das Gewehr, du bist der beste Schütze.«

Iwan wandte sich an Daouda: »Gib mir das Gewehr.«

Der große Afrikaner mit der Narbe im Gesicht scharrte mit dem einen Fuß im Sand. Er kicherte vor Verlegenheit.

»Als Sie vorhin so schnell fuhren, ist es vom Dach gefallen«, sagte er. »Auch ich wäre abgestürzt, wenn ich nicht solche Kräfte hätte.«

Iwans Gesicht wurde blaurot.

»Du willst sagen, daß du das Gewehr verloren hast?« schrie er.

»Es ist vom Dach gefallen.«

Malik trat heran und konnte noch im letzten Augenblick Iwans Arm erfassen.

»Augenblick. Wo waren wir, als es runterfiel?«

Daouda zuckte mit den Schultern.

»Irgendwo da.« Er wies in die Richtung zurück.

»Wir sollten zurückfahren«, sagte Smernoff auf russisch.

»Das ist nicht wiederzufinden«, erwiderte Malik, ebenfalls auf russisch. »Selbst wenn wir nur einen Meter daran vorbeifahren, können wir es übersehen.« Er hielt einen Augenblick lang inne, dann fuhr er fort: »Jede Minute, die wir hier vergeuden, gibt ihnen bessere Chancen.« Er wandte sich an Daouda: »Geh zurück und hol das Gewehr. Wir warten hier.«

Daouda schüttelte den Kopf.

»Es ist zu weit, Monsieur. Ich würde mich verlaufen.«

»Hol das Gewehr!« sagte Malik und zog die Waffe.

Dieng trat vor.

»Verzeihen Sie, Monsieur. Dieser Mann ist mein Freund. Wenn er geht, wird er sich verlaufen und sterben.«

»Dann gehst du auch mit«, sagte Malik, und die Waffe war jetzt auf Dieng gerichtet. »Los!«

Dieng starrte in die grün glitzernden Augen, und der Schweiß trat ihm auf das schwarze Gesicht.

»Ich habe nichts gesagt, Monsieur. Ich bleibe, er wird gehen.«

»Beide werdet ihr gehen!« rief Malik und entsicherte seine Waffe.

Die beiden Afrikaner gingen den Weg zurück, den sie gekommen waren. Malik sandte ihnen einen Schuß nach, und sie liefen schneller. Sie stolperten im losen Sand und machten schlenkernde Bewegungen mit den Armen.

»Wenn wir schon nicht genug Wasser haben«, sagte Malik, als er zum Jeep zurückkehrte, »dann ist es besser, ein paar durstige Mäuler zu verjagen.«

Er setzte sich hinter das Steuer. Der Jeep holperte über den losen Wüstensand.

»Ich habe kein gutes Gefühl«, begann Iwan. »Girland hat ein Gewehr, und wir sind in der schlechteren Position. Wenn wir so herankommen, sind wir für ihn wie Figuren auf dem Schießstand.«

»Wir sind zu dritt«, erwiderte Malik. »Einer muß Girlands Feuer auf sich lenken, während die beiden anderen versuchen, ihn zu umgehen.«

Smernoff schaute auf die unendliche Wüste vor sich.

»Wir können ihn verfehlen. Der Wind kommt auf und verweht die Spuren.«

»Wir werden ihn nicht verfehlen.« In Maliks Stimme klang ein finsterer Unterton mit. »Schaut zum Himmel. Er ist genau dort, wo die Geier kreisen.«

Iwan und Smernoff schauten zum Himmel, der sich gelb verfärbte. In der Ferne konnten sie eine Anzahl schwarzer Punkte ausmachen, die nach unten fielen, hoch schwebten, wieder nach unten fielen.

»Alles hängt davon ab, wieviel Benzin er noch hat«, sagte Malik. Er jagte den Jeep mit über neunzig Stundenkilometern über die Wüste.

Als im Sprechgerät ein Knacken hörbar wurde, setzte sich Smernoff schnell die Kopfhörer auf. Dann sagte er: »Wir fahren in Richtung Quadrat sieben. Schicken Sie Männer mit Wasser hinter uns her. Dies ist ein Befehl.« Er schaltete das Gerät ab.

»Was war das?« fragte Malik, der mit dem Steuer kämpfte.

»Posten fünf meldet, daß zwei Leichen und ein Buick gefunden worden sind. Ein kleiner und ein großer Mann, zur Hälfte von Geiern aufgefressen.«

»Schwartz und Borg«, sagte Malik. »Gut, daß wir sie los sind. Der Posten wird uns Wasser bringen?«

»Nein«, erwiderte Smernoff. »In diesem Augenblick ist Posten fünf ungefähr vierzig Kilometer von uns entfernt. Sie hätten kein Transportmittel, sagt er. Einem Araber ist es doch gleichgültig, was mit uns geschieht.«

»Ich möchte trinken«, sagte Iwan und wischte sich mit dem Handrücken über die aufgesprungenen Lippen. »Einen kleinen Schluck können wir uns doch leisten, nicht wahr?«

Smernoff legte die Hand auf die Wasserflasche. »Selbst wenn wir Girland geschnappt haben – wir sind dann noch nicht aus dem Busch.«

»Es war verrückt, ohne genug Wasser so weit in den Busch zu fahren«, sagte Iwan wütend. »Gibt es unterwegs denn nirgendwo ein Wasserloch?«

»Sehen Sie mal auf der Karte nach«, sagte Malik zu Smernoff.

Nachdem der die Karte studiert hatte, sagte er: »Es gibt ein Wasserloch – ungefähr sechzig Kilometer von hier. Aber dazwischen erstreckt sich absolute Wüste – kein Baum, kein Schatten, nur Sand. Glauben Sie, daß Girland in diese Richtung gefahren ist?«

»Das hängt davon ab, wieviel Benzin er im Tank hat.«

»Fahren wir zum Wasserloch«, bat Iwan. »Wir müssen trinken.«

Malik zögerte. Es bestand die Möglichkeit, daß Girland zusätzliches Benzin in Kanistern mit sich führte. Wenn ja, dann würde auch er zum Wasserloch fahren – vorausgesetzt natürlich, daß er von dessen Existenz wußte.

»Gut«, sagte er schließlich. Er nahm den Kompaß vom Armaturenbrett, änderte die Richtung und fuhr jetzt nach Osten.

Sie kamen schließlich aus dem Busch heraus und sahen vor sich die endlose Wüste ohne Bäume und Sträucher. Und dann entdeckten sie den stehengebliebenen Deux Chevaux einige Kilometer entfernt.

Tessa und Girland saßen nun schon eine halbe Stunde in dem kleinen stehenden Wagen. Die Hitze war unerträglich, und Girland hatte ein Gefühl, als koche ihm das Blut in den Adern. Es war gefährlich, die Metallteile des Wagens zu berühren – als er den Unterarm auf den Fensterrahmen gelegt hatte, hatte er sich eine Brandwunde zugezogen.

»Das halte ich nicht mehr aus«, sagte er rauh. »Wir werden hier ja lebendig gekocht.«

»Außerhalb des Wagens ist es noch schlimmer.« Tessa atmete kurz und schwer. »In einer Stunde neigt sich die Sonne, der Wagen wirft dann Schatten, und wir können uns draußen hinsetzen.«

Girland stöhnte.

»Noch eine Stunde! Bis dahin bin ich fertig.«

»Es ist nicht mehr ganz so heiß wie vorher. Trinken wir etwas.«

Girland ließ sich nicht lange bitten. Er drehte sich herum und langte nach dem Wassersack. Dabei schaute er durch das Rückfenster. Was er sah, ließ ihn Durst und Hitze sofort vergessen.

Eine Staubwolke bewegte sich schnell auf sie zu: Ein Wagen näherte sich mit hoher Geschwindigkeit.

»Tessa . . . schau dich um!«

Tessa wirbelte herum.

»Ein Wagen.« Girland griff sich eines der Gewehre.

»Vielleicht sind sie's gar nicht«, meinte Tessa.

»Wer sollte es denn sonst sein? So weit draußen?« Girland stieß die Tür mit dem Gewehrkolben auf und trat in die brennende Sonne hinaus. »Bleib, wo du bist!« rief er Tessa zu. Er hob das Gewehr und schoß über den Wagen hinweg, den er jetzt als Jeep identifizieren konnte.

Der Jeep bremste.

Drei Männer stiegen aus. Selbst auf die Entfernung von einem halben Kilometer konnte Girland Maliks hünenhafte Gestalt und sein silberblondes Haar erkennen.

»Ja, sie sind es.« Er legte das Gewehr an und schoß dreimal auf den Jeep.

Die drei Männer warfen sich zu Boden.

»Wir haben genug Munition«, sagte Girland. »Zuerst will ich mal ihren Wagen zusammenschießen. Wenn wir hier schon verrecken müssen, dann sollen auch die da drüben nicht entkommen.«

Tessa war ausgestiegen und hatte sich auch ein Gewehr genommen. Sie schossen zugleich. Beim Knall eines platzenden Reifens rang Girland sich ein Grinsen ab.

»Macht Spaß«, sagte er. Als er dann aber den untersetzten Mann mit der Automatischen in der Hand sah, der sich erhoben hatte und über den Sand springen wollte, zielte er genau und schoß.

Iwan spürte, wie eine Kugel seinen flatternden Ärmel durchschlug.

»Zurück, du Vollidiot!« schrie Malik. »Zurück!«

Iwan blieb stehen und schaute sich um. Girland zog den Abzugshahn durch. Malik sah einen großen roten Fleck auf Iwans schweißdurchtränktem Hemd erscheinen. Dann fiel Iwan vorn über zu Boden.

»Dieser Idiot«, knurrte Malik.

»Denken wir nicht mehr an ihn.« Smernoff lag unmittelbar neben Malik. »Was machen wir nun? Ohne Feuerschutz kommen wir nie an Girland heran.«

»Wir schnappen ihn, wenn es dunkel ist. Wir müssen warten. Gehen Sie mal zum Wagen und holen Sie das Wasser.«

Smernoff kroch auf den Jeep zu. Als er ihn fast erreicht hatte, feuerte Girland wieder. Das Geschoß zerschmetterte die Windschutzscheibe. Smernoff fluchte. Er fluchte nochmals, als er einen großen dunklen Fleck unter dem Wagen entdeckte und Benzin roch. Er kroch zur anderen Seite des Jeeps. Mit einem Blick erkannte er, daß der Tank dreimal getroffen war. Er langte in das Innere des Fahrzeugs, holte die beiden Kanister hervor und ließ sie in den

Sand fallen. Dann griff er nach dem Wasserbehälter. Panik packte ihn: Der Behälter war leer. Eine Kugel aus Girlands Gewehr hatte ihn getroffen, und der Inhalt war ausgelaufen. Smernoff ließ sich fallen, als Girland wieder schoß. Die Kugel schlug diesmal in die Motorhaube.

Smernoff kroch zu Malik zurück.

»Kein Wasser mehr da«, sagte er mit bebender Stimme. »Und jetzt schießt er den Wagen total kaputt.«

Malik verzog die Lippen und knurrte böse.

»Das wird ihre Lage auch nicht verbessern. Sie haben sicherlich Wasser bei sich, und für die Rückfahrt können wir ihren Wagen benutzen. Wir haben doch noch die Kanister?«

»Ja.«

»Sie sollten sich Gedanken machen, wie wir die beiden da vorn kriegen.«

»Wenn ich jetzt etwas zu trinken hätte, könnte ich es vielleicht«, sagte Smernoff mit einem Winseln.

»Meinetwegen können Sie ja zu Girland gehen und ihn um einen Schluck bitten. Aber bei mir halten Sie gefälligst den Mund.«

Girland und Tessa litten schrecklich unter der brennenden Sonne. Er wagte nicht, wieder in den Wagen zu steigen. Wenn die Russen angriffen, so konnten sie leicht so nahe herankommen, daß sie Girland und Tessa mit ihren Revolvern erreichten. Er mußte sie also an der Stelle festnageln, wo sie jetzt waren.

»Ich habe Durst, Tessa.« Er rieb sich Sand und Schweiß aus dem Gesicht

Mit unsicheren Schritten ging sie zum Wagen und kehrte mit zwei Gläsern Wasser zurück.

»Das verdammte Zeug kocht ja fast«, sagte Girland, als er an seinem Glas nippte. »Wir müssen aufpassen, wenn es dunkel wird. Dann können Sie an uns heran.« Er schaute über den Sand hin, blinzelnd im hellen Sonnenlicht. Von den Russen war nichts mehr zu sehen. »Du hältst Wache, während ich zum Wagen gehe.« Er schaute zu ihr hinunter. »Wir wollen uns nichts vormachen, Tessa. Die Chance, aus diesem Schlamassel herauszukommen, ist nicht groß. Ohne Benzin werden wir es nie schaffen. Selbst wenn es uns gelingt, diese beiden Burschen fertigzumachen, können wir nicht hoffen, Dschiurbel zu erreichen. Ich will dafür sorgen, daß wenigstens auch die Russen unseren Wagen nicht benutzen können.«

Er ging zum Deux Chevaux, schob mit dem Gewehr die Motorhaube hoch und riß die Kabel heraus. Mit dem Kolben zerschmetterte er die Benzinleitung zum Vergaser. Dann kehrte er zu Tessa zurück und ließ sich neben ihr in den Sand fallen.

»Ich übernehme jetzt wieder die Wache. Du kannst in den Wagen steigen.«

»Ich bleibe bei dir, Mark.«

Eine Weile sprachen sie nicht, dann fragte Girland: »Nehmen wir einmal an, wir finden den Rückweg aus dem Busch – was fängst du dann mit deinem Leben an, Tessa?«

»Ich würde nach Paris zurückkehren und mir irgendeinen Job suchen. Warum fragst du?«

Girland schaute zum Himmel hinauf, an dem es dunkler wurde. Die Geier kreisten noch immer über ihnen.

»Sobald es dunkel ist, kriechen wir vom Wagen weg. Malik wird versuchen, uns hier zu fassen, und ich würde ihm gern eins verpassen, wenn sich die Gelegenheit bietet.«

»In einer halben Stunde ist es soweit.«

Wartend lagen sie Seite an Seite. Die Zeit kroch langsam dahin. Das herrliche Rot des Sonnenuntergangs wechselte zu einem Orange. Als es schließlich dunkel wurde, erschienen sofort Sterne.

Da hob Tessa den Kopf, lauschte und sprang auf.

»Hörst du nichts?« fragte sie erregt. »Da!«

»Hört sich wie ein Flugzeug an.« Girland rappelte sich hoch.

Sie starrten beide zum Himmel auf.

»Es ist ein Flugzeug . . . ein Hubschrauber. Da ist er . . . mit amerikanischem Kennzeichen!« Girland begann zu winken.

Der Hubschrauber kam näher und verscheuchte die Geier.

Sie sahen den Piloten, der sich aus einem offenen Fenster beugte und ihnen zuwinkte. Dann setzte er zur Landung an.

Girland schnappte sich den Wassersack und ließ ihn auslaufen. Dann rannte er zum Wagen und holte die Blechdose mit dem Film, die ihm Carey gegeben hatte. Neben Tessa eilte er auf den Hubschrauber zu.

Gerade, als der grinsende Pilot die Tür aufmachte, hörten sie hinter sich einen Schuß fallen. Girland half Tessa beim Einsteigen und schaute über die Schulter zurück.

Gefolgt von Smernoff rannte Malik taumelnd über die Wüste. Im Laufen schoß er.

»Alles klar zum Start«, sagte Girland, der hinter sich die Tür zuschlug.

Der Hubschrauber hob sich vom Boden ab, fort von den beiden rennenden Männern, und gewann schnell an Höhe.

»Wollen Sie denn gar nicht auf Ihre Freunde warten?«

Girland warf dem Mann, der gesprochen hatte, einen scharfen Blick zu. Er saß hinten in der Maschine, mit einem Offizier der US-Army neben sich.

»Ich bin Jack Kerman«, sagte der Mann. »Vielleicht haben Sie schon von mir gehört. Und dies ist Leutnant Ambler vom Sicherheitsdienst. War ja fast wie im Film. Sie können sich glücklich schätzen.«

Girland schaute zu den beiden weißen Figuren tief unten hinunter. Von dieser Höhe aus konnte er nun erkennen, wie hoffnungslos es für sie stand. Die Wüste erstreckte sich bis zum Horizont. Die beiden Russen, die jetzt stehengeblieben waren, wirkten wie zwei Ameisen in einem Ozean von Sand.

Er holte tief Luft, bevor er sagte: »Das tue ich auch.«

Dann fuhr er fort: »Sie haben nicht zufällig einen kalten Schluck bei sich?«

Kerman grinste. Er reichte Girland eine große Thermosflasche.

»Gin und Orange«, sagte er. »Aber Vorsicht.«

Mit zitternden Händen goß Girland zwei Drinks ein. Den einen gab er Tessa, mit dem anderen prostete er Kerman zu, bevor er ihn hinunterstürzte.

»Phantastisch«, sagte er dann. »Aber, zum Teufel, wie haben Sie uns gefunden?«

»Wir haben unsere Köpfe ein bißchen angestrengt und dann hatten wir natürlich auch Glück«, erklärte Kerman. »Nachdem wir Janine Daulnay tot aufgefunden hatten . . .«

Girland erstarrte.

»Sie ist tot?«

»Ja. Wahrscheinlich hat sie ihre Rolle überdreht, so daß Malik wachsam wurde.« Kerman zuckte mit den Schultern. »Nach den Umständen zu urteilen, in denen ich sie fand, war der Tod für sie vielleicht noch die angenehmere Lösung. Als ich dann hinter Malik her war, stieß ich auf Ihren zerschossenen Wagen, fuhr weiter nach Dschiurbel und rief Ambler an, der gleich mit dem Hubschrauber kam. Als ich auf ihn wartete, schnüffelte ich ein bißchen in der Stadt herum, ein redseliger Afrikaner wußte mir zu berichten, daß er Sie gesehen hätte, wie Sie zu einer Villa gegangen seien. Ich lief also hin und lernte Ihren Freund Fantaz kennen. Ich mußte ihn erst ein bißchen überreden, aber er hat mir schließlich die ganze Geschichte erzählt. Inzwischen traf Ambler ein. Wir warteten, bis es hell wurde, dann starteten wir. Seither haben wir Sie unentwegt gesucht. Wir haben auch Ihre Freunde Borg und Schwartz gefunden – tot. Wir haben auch den Kral entdeckt, in dem Carey sich verborgen gehalten hat. Und schließlich haben wir auch noch Sie gefunden . . . Wahrscheinlich ist das hier Miss Carey?«

»Ja«, sagte Girland. »Sie waren wirklich ein fleißiges Bienchen.«

Ambler schaltete sich zum erstenmal ein.

»Sie stehen unter Arrest, Girland. Ich habe Befehl, Sie noch heute Nacht nach Paris zu begleiten. Mr. Dorey will mit Ihnen sprechen.«

»Und was ist mit ihr? Sie kann nicht in Dakar bleiben.«

»Wir haben eine Sondermaschine für Sie beide bereitgestellt. Läuft alles unter der Bezeichnung VIP.« Kerman fuhr fort: »Dorey möchte auch mit ihr sprechen. Sie muß uns also Gesellschaft leisten.«

Girland lehnte sich zurück. Obgleich er völlig erschöpft war, arbeitete sein Verstand weiter. Wegen Dorey machte er sich keine Sorgen – die Mikrofilme würden ihn besänftigen. Mit Freuden würde er sich um Radnitz kümmern, und Girland sagte sich, daß er ruhig auch alle Lorbeeren ernten konnte. Er würde auch glücklich sein zu erfahren, daß es Malik nicht mehr gab. Und sollte Dorey wirklich Schwierigkeiten machen, so konnte Girland schließlich auch in diesem Punkt mit etwas aufwarten – sicherlich würde Dorey die CIA nicht gern wissen lassen, wie Janine ihn zum Narren gehalten hatte.

Aber was geschieht mit mir? dachte Girland. Dann erinnerte er sich, daß er Radnitz' fünftausend Dollar noch auf der Bank hatte. Geld löste so manches Problem.

Er lächelte, streckte den Arm aus und legte seine Hand auf die Tessas.

»Auf jeden Fall gibt es jetzt eine Feier«, sagte er. »Und du wirst dir meine abstrakten Gemälde ansehen.«

Sie lächelte zurück.

»So? Warten wir ab. Ich mache keine Versprechungen, Mark.«

Der Hubschrauber flog über der Wüste in Richtung auf die hellen Lichter des Flugplatzes von Dakar.

Krieg im Dunkeln

Über die doppelbödigen Spionageromane des Anthony Price schrieb der englische Kriminalschriftsteller H. R. F. Keating in der Londoner *Times:* »Diese Bücher möchte man am liebsten gleichzeitig sofort bis zum Ende lesen und sich noch stundenlang damit beschäftigen.«

Labyrinth (10362)
Hinterhalt (10372)
Colonel Butlers Wolf (10402)
Oktobermänner (10407)
Umwege zum Ruhm (10413)
Geister von morgen (10419)
Aufmarsch der Esel (10425)
Kein Platz für Krieger (10431)
Das Vengeful-Komplott (10444)
Gunner Kelly (10458)
Spione am Kreuzweg (10470)
Unser Mann in Camelot (10486)
Unter Ungeheuern (10524)
Im Namen der Nation (10615)
Auf blutigem Boden (10625)
Wer zuletzt rächt . . . (10722)

Anthony Price

Kriminalroman

Ullstein Kriminalromane

»Bestechen durch ihre Vielfalt«
(Westfälische Rundschau)

Andrew Vachss
Bluebelle (22845)

Andrew Vachss
Strega (22982)

Andrew Vachss
Hard Candy (23096)

Geoffrey Homes
Der Doktor starb zur Dämmerstunde (10714)

Ross Thomas
Gottes vergessene Stadt (10716)

James Lee Burke
Neonregen (10717)

Ed McBain
Schöne Bescherung (10718)

Angus Ross
Heimspiel in Yorkshire (10719)

Thomas Maxwell
Kiss Me Twice (10720)

James Hadley Chase
Blondine unter Banditen (10721)

Anthony Price
Wer zuletzt rächt . . . (10722)

Donald Goines
Kenyattas letzter Hit (10723)

James Melville
Ein Haiku für Hanae (10724)

Geoffrey Homes
Dem Glücklichen schlägt auch die Stunde (10725)

Loren D. Estleman
Donner über Detroit (10726)

Angus Ross
Todesfahrt nach Darlington (10727)

James Hadley Chase
Ich lache zuletzt (10729)

Michael Collins
Die rote Rosa (10730)

Angus Ross
Wettlauf nach Luxemburg (10731)

Bill Granger
Mitten im Winter (10732)

James Lee Burke
Blut in den Bayous (10734)

James Hadley Chase
Mach mir den Pelz nicht naß (10735)

Ed McBain
Priester, Tod und Teufel (10736)

Michael Collins
Freak (10738)

Angus Ross
Ein Auftrag in London (10739)

James Hadley Chase
Einmal zuviel geheiratet (10740)

William Wingate
Die Vergeltung des Fremden (10166)

James Melville
Der getarnte Phönix (10741)

Erle Stanley Gardner
Perry Mason und der wunde Punkt (10743)

James Hadley Chase
Man muß für alles zahlen (10745)

Erle Stanley Gardner
Perry Mason und die feurigen Finger (10746)

Michael Collins
Der Schlächter (10747)